国家出版基金项目
NATIONAL PUBLICATION FOUNDATION

主编 丁帆 陈众议

启蒙与艺术的心灵史

黄燎宇 著

作家出版社

图书在版编目(CIP)数据

启蒙与艺术的心灵史 / 黄燎宇著；丁帆，陈众议主编.
—北京：作家出版社，2020.4
（大家读大家丛书）
ISBN 978 - 7 - 5212 - 0716 - 3

Ⅰ.①启… Ⅱ.①黄… ②丁… ③陈… Ⅲ.①德语-
文学研究-世界 Ⅳ.①I106

中国版本图书馆 CIP 数据核字(2019)第 208561 号

本书受"南京大学人文社科资助项目"资助。

启蒙与艺术的心灵史

主　　编	丁　帆　陈众议
作　　者	黄燎宇
责任编辑	丁文梅
出品人	刘　力
策　　划	江苏明哲文化发展有限公司
特约编辑	倪　亮　叶　觅　张士超
出版发行	作家出版社有限公司
社　　址	北京农展馆南里 10 号　　邮　　编：100125
电话传真	86 - 10 - 65067186（发行中心及邮购部）
	86 - 10 - 65004079（总编室）

E - mail：zuojia@zuojia. net. cn
http：//www. zuojiachubanshe. com

印　　刷	河北鹏润印刷有限公司
成品尺寸	145×210
字　　数	163 千
印　　张	8.5
版　　次	2020 年 4 月第 1 版
印　　次	2020 年 4 月第 1 次印刷
ISBN	978 - 7 - 5212 - 0716 - 3
定　　价	43.00 元

大家来读书

　　世界文学之流浩荡,而我们却只能取其一瓢一勺。即便如此,攫取主流还是支流?浪花还是深水?用瓢还是用勺?诸如此类,又不是三言两语可以说得清道得明的。

　　本丛书由丁帆和王尧两位朋友发起,邀约了外国文学文化研究的十位代表性学者。这些学者对各自关心的经典作家作品进行富有个性的释读,以期为同行和读者提供可资参考的视角和方法、立场和观点。本人有幸忝列其中,自然感慨良多,在此不妨从实招来,择要交代一二。

　　首先,语言文学原本是人文的基础,犹如数理之于工科理科;然而,近二三十年来,文学的地位一落千丈。这固然有历史的原因,譬如资本的作用、市场的因素、微信的普及、人心的躁动,等等。曾经作为触角替思想解放、改革开放(在国外何尝不是这样?)探路的文学,其激荡的思想、碰撞的火花在时代洪流中逐渐暗淡,褪却了敏感和锐利,以至于"返老还童"为"稗官野史""街谈巷议",甚或哼哼唧唧和面壁虚设。伟大的文学似乎正在离我们远去。当然,这不能怪世道人心。文学本就是世道人心最重要的组成部分和表现方式;而且"人心很古",这是鲁迅先生诸多重要判断中的一个,我认为非常精辟。再则,在任何时代,伟大的文学都是凤毛麟角。无论是文艺复兴运动时期或19世纪的西方,还是我国的唐宋元明清,大多数文学作品都会被历史的尘埃所湮没,唯有极少数得以幸免。而幸免于难的原因要归功于学院派(哪怕是广义学院派)的发现和守护,以便完成和持续其经典化过程。然而,随着大众媒体的衍生,尤其是多媒体时代的来临,学院派越来越无能为力。我这里之所以要强调语言文学,就是因为它正在被资本,甚至图像化和快餐化引向歧途。

其次,学术界的立场似乎也已悄然裂变。不少同仁开始有意无意地抛弃文学这个偏正结构的"大学之道",既不明明德,也不亲民,更不用说止于至善。一定程度上,乃至很大范围内,批评成了毫无标准的自说自话、哗众取宠、谩骂撒泼。于是,伟大的传统——马克思主义被轻易忽略。曾几何时,马克思用他的伟大发现揭示了人类社会发展的基本规律,但是他老人家并不因为资本主义是其中的必然环节而放弃对它的批判。这就是立场。立场使然,马克思早在资本完成国家垄断和国际垄断之前,就已为大多数人而对它口诛笔伐。这正是马克思褒奖巴尔扎克和狄更斯等批判现实主义作家的重要因由。同时,从方法论的角度,恩格斯对欧洲工人作家展开了善意的批评,认为巴尔扎克式现实主义的胜利多少蕴涵着对世俗、时流的明确悖反。尽管巴尔扎克的立场是保守的,但恩格斯却从方法论的角度使他成了无产阶级的"同谋"。这便是文学的奇妙。方法有时也可以"改变"立场。这时,方法也便获得了一定的独立性。在致哈克奈斯的信中,恩格斯说:"我决不是责备您没有写出一部直截了当的社会主义的小说,一部像我们德国人所说的'倾向小说',来鼓吹作者的社会观点和政治观点。我的意思决不是这样。作者的见解愈隐蔽,对艺术作品来说就愈好。我所指的现实主义甚至可以违背作者的见解而表露出来。让我举一个例子。巴尔扎克,我认为他是比过去、现在和未来的一切左拉都要伟大得多的现实主义大师。"由是,恩格斯借马克思的"莎士比亚化"和"席勒式"之说来提醒工人作家。

再次,目前盛行的学术评价体系正欲使文学批评家成为"文本"至上的"纯粹"工匠。量化和所谓的核刊以某种标准化生产机制为导向,将批评引向千篇一律、千人一面的劳作。于是,一本正经的钻牛角尖和煞有介事的言不由衷,或者模块写作、理论套用,为做文章而做文章的现象充斥学苑。批评和创作分道扬镳,其中的作用和反作用形成恶性循环。尤其是在网络领域,批评的缺位使创作主体益发信马由缰、肆无忌惮。

说到这里,我想一个更大的恶性循环正在或已然出现,它便是读者的疏虞。文学本身的问题使读者渐行渐远。面对商家的吆喝,读者早已无所适从。于是,浅阅读盛行、微阅读成瘾。经典的边际被空前地模糊。我们这个发明了书的民族,终于使阅读成了一个问题。呜呼哀哉!这对谁有利呢?也许还是资本。

以上固然只是当今纷繁文学的一个面向，而且是本人的一孔之见，不能涵盖文学的复杂性；但文学作为资本附庸的狰狞面相已经凸现，我们不能闭目塞听，更不能自欺欺人。伟大的作家孤寥寂寞。快快向他们靠拢吧！从这里出发，从现在开始……

是为序。

陈众议

2018 年 7 月 25 日于北京

目　录

1

Ⅰ 神圣而无用的苦行者

——艺术的心灵史

"伟人乃公众之不幸"

——从《绿蒂在魏玛》看托马斯·曼的艺术观

　　托马斯·曼的长篇小说《绿蒂在魏玛》第八章,写歌德设宴款待远道而来、阔别四十四年的夏绿蒂。席间,他冷不丁地引用了一句据说来自中国的格言,"伟人乃公众之不幸"。话音刚落,听众中间爆发出歇斯底里的笑声。对于冷眼旁观的夏绿蒂来说,这分明是欲盖弥彰,是要防止有人"跳起来掀翻桌子再吼上一声'中国人说得对!'"。

　　既然如此,那么歌德信手拈来的"中国格言"到底点破了什么秘密?或者说,伟人歌德为什么成为公众之不幸?他使谁遭受了不幸?对此,小说至少提供了如下事例:歌德是大众的不幸,因为他是不可救药的精神贵族,声称"群众和文化不合拍"。歌德是进步人士的不幸,因为他主张新闻检查,反对出版自由。歌德是歌德信徒们的不幸,因为他永远保持着一种拒人于千里之外的姿态。歌德是亲人的不幸,因为他对亲戚——无论长辈、晚辈或者平辈——都漠不关心,甚至可以整整十一年不探望母亲;他的独生子奥古斯特慑于父亲的精神光环,死心塌地当父亲的管家,而且在婚姻大事上也遵从父言。歌德是助手的不幸,因为尽管秘书里默尔学识渊博,而且已过不惑之年,尽管他始终默默无闻地充当大师的活词典,甚至在标点语法方面为他出谋划策,可到头来也只被大师唤作"好孩子"。至于夏绿蒂,歌德也给她造成了多重不幸。年轻时,歌德插足其爱情生活,给她带来了痛苦和迷惑。《少年维特的烦恼》的发表,又使她和丈夫尴尬不已。六十三岁的她,带着重温旧情的愿望来到歌德的魏玛,而六十七岁的歌德当面只是敷衍和客套,背后则嗤之以鼻。

也许有人会提出质疑:这是歌德吗?当初是这种情形吗?纠缠于此类问题的人,多半是一个无法和文学建立良好的关系,并且和小说中的夏绿蒂处于同样认识水平的人(夏绿蒂就不理解歌德为什么在《少年维特的烦恼》中把她的蓝眼睛变成了黑眼睛,还对此耿耿于怀)。他极有可能把《绿蒂在魏玛》和某些通过揭示人性弱点或者暧昧逸事来"颠覆"伟人,进而哗众取宠的名人传记相混淆。但是,我们没有这种"忧患意识",我们也并不关心《绿蒂在魏玛》是否塑造了一个"真实"的歌德形象。我们感兴趣的是,托马斯·曼通过歌德这一形象究竟想说明什么。当歌德宣布"伟人乃公众之不幸"的时候,托马斯·曼当然不希望读者单纯从字面、从社会学层面去加以理解,也无意把伟人的形象定格于自私、冷漠、傲慢。歌德是文学家,文学正是其生命的符码。他的伟大、他的"祸害",都源于文学。用文学来演绎歌德其人其事,则是顺理成章的事情。从这个意义上讲,《绿蒂在魏玛》叙述的是一场有关文学的道德官司。惯于而且善于夫子自道的托马斯·曼就此轻而易举地把这部"歌德小说"变成了艺术家小说。声讨也罢,辩护也罢,指控也罢,开脱也罢,歌德的话以及围绕歌德的谈话,都自然而然地具有托马斯·曼的话语特征。

为了澄清这场关系到歌德、关系到托马斯·曼乃至整个文学界的道德官司,我们有必要对歌德给夏绿蒂造成的几重"不幸"做一番分析和演绎。绿蒂的第一桩"不幸",是歌德插足她和凯斯特纳的情感生活之后给她带来的诱惑与困惑。由于夏绿蒂在过去的几十年一直没想通歌德为什么"爱别人的未婚妻",所以和里默尔就此问题进行探讨。两人说得有些玄乎。夏绿蒂说歌德"把感情的布谷鸟蛋放进一个筑好的巢穴",说他"在寻觅和恋爱方面缺乏自立精神",说他有"寄生性"。里默尔则总结说"有一种天神寄生、天神下凡的现象,我们的想象对此毫不陌生,天神在漫游途中参与凡人的幸福,对一个被此间选中的女子做更高级的选择,这个众神之王对一个凡夫俗子的女人产生爱的激情,这个凡夫俗子十分虔诚虔敬,对天神的参与并不感到损失和屈辱,反倒感觉被抬举,感觉很光彩……"里默尔所讲的,就是希腊神话中有关安菲特律翁的故事:宙斯借安菲特律翁出征之机,化装成后者的形象去他家,跟他妻子阿尔克墨涅享受床笫之欢。安菲特律翁回家之后,自然也和妻子云雨一番。结果,阿尔克墨涅生下双胞胎。伊菲克勒斯属于安菲特律翁,赫拉克勒斯属于宙斯。由于这个故事意味深长,解释起来极富弹性,所以从古罗马的普劳图斯到法国的莫里哀再到德国的克莱斯特,许多文学家都钟爱这个题材。托马斯·曼也不例外。虽然他只写过一篇评论克莱斯特剧本的文章,没有用这个故事来创作小说,但他还是把歌德、绿蒂、凯斯特纳三者的关系镶进了这一神话框架。他当然是别有用心的。他不仅把作为第三者的歌德变成了宙斯,变成了神仙,而且还不露声色地把一顶艺术家的帽子塞给了宙斯。歌德是一个无所事事、风流倜傥的闲人,凯斯特纳是一个勤勤恳恳、孜孜不倦的职员。光是这种对比,就足以引出托马斯·曼的艺术家主题。

众所周知,托马斯·曼从创作伊始便反复述说艺术与生活的对立,而对立的根源又在于艺术活动的非功利性,在于艺术家从七十二行中找不出适合自己的一行。这种对立使艺术家成为世人眼中的"闲人""局外人""多余人""无用之人"。《布登勃洛克一家》中那个断送了辉煌家业的汉诺便是这种典型。但是,受过叔本华艺术哲学熏陶的托马斯·曼,脸上是"天生我材有何用"的困惑,心里却是"天生我材另有用"的自信,骨子里把艺术看作一项超凡脱俗、以特殊的方式服务于人类的事业,把艺术家看作一种道德可疑但拥有精神优越性的特殊人种。和忙人凯斯特纳相比,闲人歌德是可疑的。但是,他使凯斯特纳相形见绌,就像宙斯让安菲特律翁自惭形秽一样。已经怀疑自己是否有资格占有绿蒂的凯斯特纳只好以如下方式为自己开脱:"一个人要是在上帝创造的世界上无所事事,享受着充分的自由,他就很容易潇洒起来,他会显得大方,活泼,出众,机智,很让女人喜欢，别人却因为忙碌了一天，被工作问题搞得疲惫不堪，回到爱人身边后已不能按照他自己所希望的那样来表现自己了。"换言之，歌德的优越，在于他闲世人之所忙：工作/生计，忙世人之所闲：感情/精神。绿蒂称这种现象"不公正"，但是她不认为谁都能闲出歌德的水平，而且她也感受到歌德的特殊诱惑。在此，我们触及一个通俗然而重大的话题：情人与丈夫的分离。事实上，在克莱斯特的剧本中，虚荣的宙斯就不断暗示阿尔克墨涅情人与丈夫，也就是他和安菲特律翁有本质的不同。如果说阿尔克墨涅听不懂宙斯的意思，天真地回答宙斯："情人和丈夫！你在说什么？"那么绿蒂心中却是明亮的。只是她作为谨慎务实的市民女子，对于"王子和流浪汉的吻"不免有几分畏惧。否则，她会选择情人，背弃丈夫，成为包法利夫人、安娜·卡列尼娜以及艾菲·布利斯特那种叛逆女性。同样有趣的是，托马斯·曼在一个艺术家的沾沾自喜之中不知不觉地让宙斯、让歌德、让艺术家与花花公子有了牵连，同时又让罗多尔夫们、伏伦斯基们、克朗帕斯们多少沾上一些神气、灵气、才子气。倘若福楼拜、托尔斯泰、冯塔纳在天有灵，不知会做何感想。

如果说歌德的"寄生性"险些把他变成职业诱惑者，那么"知足"的天性则使他显得清心寡欲。里默尔在谈论歌德为何不问政治时，引用了后者的一句名言："一首诗就好像给世界的一个吻，但接吻是弄不出小孩的。"不料这句话却让绿蒂嚼出了"荤味儿"，因为她首先联想到一个说不出口，却始终缠绕心头的"不幸":歌德和她之间那点事并没超出一个吻。她那十一个孩子全部来自"凯斯特纳真正的、诚实的爱情"。就是说,歌德并没像宙斯那样给女人肚子里留下点什么。歌德为什么在此和宙斯分道扬镳?熟悉托马斯·曼早期作品——尤其是《特利斯坦》和《托尼奥·克吕格尔》——的读者对此不会感到惊讶。这两篇艺术家小说分别以怪诞和忧伤的方式宣讲了一个简单的道理:做人和做艺术家,犹如鱼和熊掌,不可得兼。艺术家的生物能量服务于艺术而非生活。托尼奥·克吕格尔慨叹艺术家"刻画而不参与人性",慨叹他们"超乎人性和不通人性",甚至类似罗马教皇豢养那些为保持音色而清除尘根的教堂歌手。《特利斯坦》通过一个叫史平奈尔的作家和一个叫克罗特扬的商人的对比,揭示了艺术家那异化的人性:史平奈尔对女人瞟上一眼就得到莫大的满足。克罗特扬则承认:"我正眼看她们,要是我喜欢,要是她们乐意,我就把她们带走。"不过,恰恰是这个令人疑心他是否阳痿的史平奈尔,让克罗特扬的妻子发现世上"还有某种不同于动手动脚的东西,一种更细腻的东西……"而且他成功地对克罗特扬的妻子进行了精神勾引,和她去瓦格纳音乐中体会特利斯坦和伊索尔德的销魂荡魄。这个满足于女人的"模糊身影"的史平奈尔跟那个满足于"剪影"的歌德又是何其相似!当然,歌德并非只在男女关系中雾里观花,他这种态度几乎表现在他生活的各个方面。比如,他很感激他的母亲把"乐观和讲故事的乐趣"遗传给他,可是当母亲去世时,他已有整整十一年没与母亲见面;又如,他把绿蒂,把绿蒂的弟妹、绿蒂的儿女写得或者说得那么可爱，可他在现实生活中又避之唯恐不及。里默尔把这种种现象归纳为"文人知足"，这不过是托马斯·曼惯用的春秋笔法、西洋笔法。我们尽可本着我们的汉民族文化传统和汉语习惯，把歌德的所作所为说成是"叶公好龙"。

"叶公好龙"，涉及一个古老而广泛的文学话题："诗"与"真"的关系。"诗"与"真"，关系到虚构和事实，艺术和生活，形式和材料，创作主体和创作客体，等等。说到底，也就是现实、作家、作品三要素。从艺术发生论来看，三者之间的关系当然可以用一个再简单不过的公式来说明：现实加作家等于作品。这一简单的公式常常诱使我们进而把三者想象成一个等边三角形，或者是一对和睦而平等的夫妻牵着一个可爱的孩子。但事实并非如此。人们常常会碰到两种很不理想的情形。一是现实有可能无视艺术家的存在，把作品看作自己单性繁殖的结果，所以看不出自己和作品的本质区别。二是艺术家有可能在艺术创造过程中对作品产生变态的占有心理，做出荒唐乃至恐怖的举动。奥维德《变形记》中的雕刻家皮格马利翁，就对自己创作的牙雕女像爱得不能自拔，苦苦哀求天神赋予雕像以生命。在霍夫曼的中篇小说《斯居德里小姐》里面，也有一个因为舍不得自己加工的首饰而不惜杀死首饰主人的金匠。

初涉文坛的托马斯·曼就遇到了第一种情形。他的第一部长篇小说《布登勃洛克一家》因为将家乡吕贝克的一些人物用作原型，所以发表不久便引来阵阵抗议声和咒骂声。吕贝克人称《布登勃洛克一家》为"影射小说"或者叫"比尔泽小说"(一个叫比尔泽的吕贝克少尉写过一本招惹官司的影射小说),骂托马斯·曼"有辱家门"。怒不可遏的托马斯·曼撰写了一篇深思熟虑而且旗帜鲜明的文艺美学论文《比尔泽和我》作为应答。文章阐述了作者身体力行的文艺观念:文学家是在现实中发现,而不是在头脑中发明素材。但是,取材于现实,哪怕是原封不动地取材于现实,也并不意味着可以在现实和艺术之间画等号,因为文学家的介入,必然使二者貌合神离。他写道:"文学家之为文学家,不在于发明的天赋,而在于灌注灵气的天赋。"这是一种既古典又现代的文艺观。说古典,是因为按照他的意思,文学家都是点石成金的魔术师,或者是吹口气便能化平凡为神奇的神仙。这和崇拜主体、崇拜天才、崇拜自我的浪漫主义精神一脉相传。说现代,是因为它实际上在为很不浪漫的"蒙太奇"鸣锣开道。从其一生的文学实践看,托马斯·曼可谓不折不扣的"蒙太奇"艺术家。而且他年岁越大,越陶醉于"蒙太奇",越喜欢"装配"小说。不管新闻旧事,不管文字还是图片,不管是听来的还是看来的,只要能在作品中派上用场,他便取而用之。凯伦伊、阿多诺之类的鸿学大儒都充当过他的知识二传手。《魔山》《约瑟和他的兄弟们》《浮士德博士》等长篇小说也因此露出大百科式的恢宏气象,他本人也成了"渊博型"作家。尽管控诉他"剽窃"的声音不绝于耳(20世纪70年代以后日益兴盛的档案资料研究,使不少人怀疑托马斯·曼是否为"天下第一抄"),尽管他因为《浮士德博士》里的十二音体系差点被勋伯格推上法庭,尽管有敌对的同行把他的大部头作品比喻成"鲨鱼的胃"(《托马斯·曼年鉴》),但是,他那几部包罗万象而且篇幅极长的长篇小说却无可争议地摆进了最高文学殿堂,他本人则守护着点石成金的神话。托马斯·曼力图把天才与匠人,把点石成金的魔术师与东拼西凑的装配匠聚于一身,他的努力值得后人思索。现代诗学,如结构主义、解构主义、互文性理论等,在摧毁天才、主体、个性等"过时"概念之后,却无法解释他们最想解释的问题:什么东西使文学成为文学? 不论什克洛夫斯基的"陌生化",还是热奈特的"阅读态度"(张隆溪:《二十世纪西方文论述评》),抑或福柯的"反话语"(博格达尔编:《最新文学理论导论》),似乎也不比托马斯·曼的"灵气说"更有说服力。话又说回来,托马斯·曼的双重性给他本人所带来的,不只是得意。作为一个植根于 19 世纪而且时常深情地回眸那个世纪的文学家,他充满了天才情怀,偶尔也会对自己的"装配"师傅形象感到不安。由于这种矛盾心理,他把《绿蒂在魏玛》中的歌德也弄成了"装配"师傅的模样。他一方面让自以为在为歌德做嫁衣的里默尔感叹道:"别人在卖力、开采、冶炼、积累,国王却候着锻打金币。"另一方面又让歌德在第七章中反思文学创作与"辅助书籍和原始材料"的关系,其结论是:"为写薄薄一本诗歌箴言集,竟钻到一大堆游记和民俗资料中去汲取营养,去寻求支撑,别人会觉得奇怪,很难把你看成天才。"

因此,我们不难推断托马斯·曼如何处理《绿蒂在魏玛》中的人情恩怨。歌德对"素材"同样采取蔑视、采取不认账乃至过河拆桥的态度。作品一完成，"素材"就像是榨过糖水的甘蔗，就像挤完豆浆的豆渣，就像形容枯槁的女人，作家自然要弃之如敝屣，自然要避之唯恐不及。当歌德得知夏绿蒂刚刚下榻大象饭店便引起群众围观时，他把绿蒂称作"过去"，把群众称作"呆子"，抱怨他们"合谋"对付他，给他"制造麻烦和混乱"。更有甚者，他决定让奥古斯特去拜访夏绿蒂。此举具有恶毒而可怕的象征意味：据有口无心的奥古斯特讲，他是第二次在重要场合代表父亲，前一次则是维兰德的葬礼。换言之，在歌德看来，绿蒂和维兰德一样被埋葬了。区别仅在于，一个是精神埋葬，一个是肉体埋葬。对歌德而言，下榻于大象饭店的"夏绿蒂·凯斯特纳，枢密官之遗孀……"与《维特》的女主人公，与那个曾使他如痴如醉、痛不欲生的绿蒂并非一回事。两者充其量貌合神离。他的爱和情感属于艺术而不是现实中的绿蒂。很显然，《维特》女主人公的原型并不了解《维特》的作者那种叶公好龙的本性。夏绿蒂倘若知趣，就应该放弃魏玛之行，就没有必要去张扬、去确认、去巩固自己在文学史上的地位。以此类推，自称是歌德的"知识供应商"的里默尔也没有理由抱怨大师居高临下地把他唤作"好孩子"，他也不应去幻想"每当后世谈及那个伟人的英雄业绩时，都不免要提到作为其朋友和助手的我"。若是没有"沾光"心理，崇拜歌德的魏玛人也不会对大师趋之若鹜，更不会硬着头皮把大师的无聊当作有趣。因此，如果说绿蒂们、里默尔们以及众多的歌德崇拜者遭受了不幸，那么他们不幸的根源不在于歌德,而在其无知和虚荣。不客气地说,他们是自讨苦吃。

托马斯·曼在《比尔泽和我》里面还阐述了另外一个重要观点:他是尼采的门徒,兼有艺术激情和批判激情,其天职就是"深刻地认识,优美地造型"。为此他写了一段颇有殉道意味的话:"作为人,你可能是善良的,大度的,亲切的,积极的,你可能会不加批判地把一切事情往好处想;作为艺术家,却有一个魔鬼强迫你'观察'……一个真正热爱文字的人,宁愿与世为敌也不肯牺牲一个字眼。"就是说,凭借这股子殉道精神,文学家可以超越人情世故,可以笔下无情。他既可以忠实地"临摹"旁人的声音长相,也可以淋漓尽致地讲述他人的隐私。为此托马斯·曼引用了屠格涅夫和歌德的例子。前者在《猎人笔记》中给曾经热情款待他的俄罗斯地主描画了一幅不太愉快的肖像,后者通过《少年维特的烦恼》把他和夏绿蒂夫妇的微妙关系暴露在世人眼前,使夏绿蒂夫妇陷入万分的尴尬。尽管托马斯·曼没有对这两个不争的事实做进一步的评论,我们也可以轻松地补充他的话外音:为了产生"不朽"的艺术,俄罗斯地主和夏绿蒂夫妇所遭受那点"不幸"算得了什么? 为了创作那日后获得诺贝尔文学奖的《布登勃洛克一家》,几个吕贝克人的"肖像损失"又算得了什么? 既然有这种念头,他托马斯·曼就不会停止"拷贝"工作,碰到名人也决不手软。于是,阿图尔·霍利切戴着史平奈尔的面具走进了《特利斯坦》,卢卡契和豪普特曼又跟着纳夫塔和匹佩尔科恩登上了《魔山》。具有讽刺意味的是，当托马斯·曼的"拷贝"形象出来之后，又少不了有人要叫屈喊冤。

一支笔杆儿，带来多少的不幸与恩怨，托马斯·曼又有多少感想与体验。可悲的是，这些不幸与恩怨并没有被阻挡在自家门外。作为一个"日日为诗苦，谁论春与秋"的艺术苦行僧，托马斯·曼首先是"家庭之不幸"。且不谈他的伏案工作制造了何等肃穆而又压抑的家庭气氛（有家人的回忆录为证），他和妻子儿女的关系也耐人寻味：出身名门又天资不凡的妻子卡佳，一辈子都充当他的经纪人、护士、管家。一度活跃于演艺界和新闻界的大女儿艾丽卡最终则成为他的秘书、随从、翻译。他的儿子个个才华横溢，绝非平庸的奥古斯特所能比，所以他们更要急切地冲出父亲投下的巨大阴影。大儿子克劳斯从不掩饰自己的文学雄心，创作了包括长篇小说《梅菲斯脱》（又译《恶魔的交易》）在内的诸多文学作品，但他仍然被看作"托马斯·曼的儿子"，四十三岁便自杀身亡。老二戈罗比较明智，离开文学进入历史。但是，不论谁读他那本脍炙人口的《19 世纪到 20 世纪的德国历史》，都知道他在语言上用"简练"对抗父亲的"华丽"。因此，这对兄弟和奥古斯特依然是难兄难弟。尽管如此，托马斯·曼还是不会接受"伟人祸水"的简单结论。所以，他让逐渐觉醒的绿蒂在小说结尾与歌德进行的那场对话中质问歌德：他的四周为何散发着"活人献祭"的味道。歌德回答说："你用了一个我最喜欢最感亲切而且从来都十分着迷的比喻，这就是那个有关蛾子和发出致命诱惑的火焰的比喻。如果你安排我当那飞蛾猛扑的火焰,那么不论事物如何变化交替,我依然是那燃烧着的、为了发光而捐躯的蜡烛,我也是那一只扎进火焰的蝴蝶,这是一个关于牺牲生活和肉体,使其转化为精神的比喻……我是第一个,也是最后一个牺牲品,我还是献祭人。"凭借这种翻云覆雨的雄辩功夫,托马斯·曼便轻而易举地把"祸水"的文人变为那种背负十字或是舍身虎口的圣徒。

上述分析表明,当托马斯·曼提出"伟人乃公众之不幸"这一响亮的命题时,他已经准备好"伟人乃自身之不幸""伟人乃公众之大幸"等反题。至于合题,他期待读者与他合作完成。作为一部艺术家小说,《绿蒂在魏玛》充分地显示了托马斯·曼的艺术策略和自我定位。他的歌德是一个"悉取而加之"的形象,所以飘忽不定、变幻莫测。艺术家歌德有残酷、有滑稽,但也不时闪现出诸如使徒圣人、诸如神仙皇帝的身影。对于艺术家,托马斯·曼既无情揭露,又抱有无限幻想。在他的"白日梦"中,歌德/曼金冠加冕,歌德/曼羽化成仙,就连一个叫绿蒂的文学原型也跟影视明星一样引起满城的轰动和众人的围观,造成了"文学牵动千万家"的空前奇观……不过,托马斯·曼却是非常清醒地陶醉于世俗的辉煌。即便此时他也很清楚精神与大众,艺术与生活无非是同床异梦。正如他的里默尔评论将大象饭店围得水泄不通的魏玛人时所说:"就其原先那种粗糙的信仰而言,大众是蔑视精神的,但如果精神能够用唯一可以让他们理解的方式,也就是通过证明自己对他们有用这种方式促使他们崇拜精神,那我们难道不应该感到高兴吗?"如果我们想想莫扎特的萨尔茨堡,想想歌德的魏玛以及托马斯·曼的吕贝克,如果我们看到长眠地下的艺术大师们如何在为这些城市带来丰厚的旅游收入,看到心存感激的当地居民又如何把他们奉若神明,我们就会为里默尔的话拍手叫绝,我们也会从这部宣称"伟人乃公众之不幸"的小说当中看出托马斯·曼的"满纸荒唐言,一把辛酸泪"。

沉重的时刻・沉重的艺术

——读托马斯・曼的《沉重的时刻》

1905 年,德意志第二帝国举国上下都在隆重纪念民族英雄席勒逝世一百周年。慕尼黑的讽刺杂志《西木》也在 5 月 9 日推出了一本正经的席勒专刊,其中就有该杂志向托马斯・曼预约的短篇小说《沉重的时刻》。这篇长度不到十页纸的短篇小说是一篇应景之作,但又不是那种轻松的、光滑的、蜻蜓点水般的应景之作,而是一篇厚积薄发,充满哲思和典故,也充满真情实感的自反小说——反思自我和反思文艺创作的小说,一篇"小而全"的小说,托马斯・曼创作的主导动机在此一一闪现。

《沉重的时刻》写的是夜战《华伦斯坦》的席勒的内心独白,是这位诗人在遭遇创作危机之后反思并且克服危机的过程。在一个寒风呼啸的夜晚,在一间简陋而寒冷的书房里面,一位体弱多病、形单影只的诗人因为下笔艰难而陷入沮丧和绝望,于是他开始思索、徘徊,通过思索与徘徊,他找回了信心,见到了光明,他毅然下笔,完成了作品……这是一个有志者事竟成的动人故事,是一曲高昂的意志赞歌,也正是一幅人们所熟悉、

17

所期待的席勒画像。但更为重要的是，《沉重的时刻》在虚构与纪实、写人与写己之间很好地保持了平衡，使人们在这幅席勒肖像上面可以辨认出托马斯·曼本人的精神特征。托马斯·曼在其漫长的创作生涯中用小说和随笔勾勒过许多文化名人肖像，《沉重的时刻》则是第一幅曼式文化名人肖像，所以在托马斯·曼的创作中具有里程碑意义。

众所周知，席勒首先是作为"讴歌自由的诗人"而彪炳史册，而永垂不朽的。托马斯·曼笔下的席勒也是一位讴歌自由的诗人，但这位席勒的自由观却有些出人意料，因为他对自由做了一番油腔滑调、离经叛道的新解——用他自己的话来说就是"大胆阐释"："自由不就是摆脱什么的自由吗？我们最后还需要摆脱什么？也许还需要摆脱幸福，摆脱世俗的幸福，摆脱这根丝绸镣铐，摆脱这桩柔软而可爱的义务……"说到这里，席勒走进隔壁房间，对着熟睡的妻子无声地吐露了自己的心声："我的老婆！我的爱人！你来满足我的渴望吗？为了创造我的幸福来到我身边吗？你是我的幸福，别吱声儿！继续睡！现在别睁开你这可爱的、长长的睫毛，别望着我，别拿你这又黑又大的眼睛，别用我偶尔见到那种询问和寻觅的眼神望着我！向上帝发誓，我向上帝发誓，我爱你！我只是有时候找不到感觉，我经常因为艰难的写作，因为自己给自己规定的任务而疲惫不堪。我不能过多地与你相伴，我绝不可能在你这里得到完全的幸福，因为我有我的使命……"

　　人们很难想象真实的席勒会发表这种耐人寻味的自由论和幸福论。但如果说这是托马斯·曼本人的思想写照,人们也不免感到诧异,因为《沉重的时刻》是他在新婚燕尔之际,是他在蜜月旅行归来之后写成的,他的婚姻又是资产阶级眼里最理想的婚姻:他是参议的儿子,又是小有名气的青年作家,他的妻子才貌双全而且是慕尼黑的名门闺秀,他岳父岳母的豪宅是慕尼黑名流荟萃的沙龙。婚后的托马斯·曼,不再像那个因为艺术与生活水火不容而长吁短叹的托尼奥·克吕格尔,而是成为一个踌躇满志的资产阶级作家——他用一种让人分不清玩笑和正经的口气称自己"光芒万丈"。但耐人寻味的是,幸福刚刚降临他的头上,他就发现幸福不是一朵让他遨游艺术天空的祥云,而是一个妨碍艺术家前行的沉重包袱,一个吞噬艺术家的漩涡。所以,他一面在信中告诉兄长自己如何"害怕幸福",如何"对幸福怀有道德-苦行僧的疑虑",说"幸福而混乱的日子缺乏创造力",说自己渴望呼吸"不含厄洛丁的空气"[厄洛丁原文为 erotin,由厄洛斯(爱神,Eros)和尼古丁(nikotin)的"丁"(-tin)组合而成;艾丽卡·曼编:《托马斯·曼书信集》];一面把这一重要的人生体验写进小说。他不仅让席勒对着熟睡的妻子发出有限禁欲的无声誓言,不仅让席勒感叹今非昔比:"过去那一无所有、默默无闻的年代,被他视为经受磨难和考验的年代,那才是丰富多彩、硕果累累的年代;现在他得到一点命运的恩宠,从精神强盗世界来到合法的、有家有室的中产阶级世界,他有了职位和荣誉,有了妻子和孩子,但他却由此筋疲力尽,一蹶不振。"他还计划写这样一篇小说:一个作家在结婚之后生活过于幸福而无法创作,所以陷入绝望,后来发现妻子有外遇之后,这位作家才恢复了创作。在长篇小说《国王殿下》中,他又通过一位桂冠诗人之口告诫世人:"清心寡欲是作家和缪斯订立的盟约,生活是一座禁止作家入内的花园……"

对于托马斯·曼这种心态,人们可以说他身在福中不知福,可以说他无病呻吟——德国的新左派干脆把托马斯·曼的问题统称为"奢侈的小问题",说他自怜或者自恋,至少可以说他自相矛盾。但是托马斯·曼本人不会这么看,他甚至不认为这是自相矛盾。他的眼里只有辩证统一。对此他有着清醒而深刻的认识,甚至可以说有坚如磐石的信仰。他的认识和信仰,概括起来就是:对于艺术家而言,艺术是目的,生活是手段,所以艺术家的生活天然具有悲剧色彩,所以艺术家必须通过优裕的物质生活得到补偿,艺术家应该在"温柔富贵乡"从事艺术创作,所以他坦言自己"有权过舒适生活",说自己"对体面的、养尊处优的生活有本能的要求"。不过,这种带有悲剧色彩的自我意识,这种补偿论或者说平衡论都不是托马斯·曼本人的发明,而是他的精神先师尼采和瓦格纳启迪的结果。尼采对艺术家进行了深入细致的解剖,发现了艺术家是一种先天纵欲、后天禁欲的悲剧人物,所以他指出:"就其天性而言,艺术家也许是很性感的人,绝对地敏感,来者不拒,对轻微的刺激、对轻微刺激的信号都会做出反应。尽管如此,由于承受着创作任务和创造杰作的意志的压力,他们实际上一般都在节欲,有的甚至还保持贞洁。"瓦格纳则通过反观自身找到了不能亏待自己的理由。他的逻辑是,我"只是作为'艺术家'活着",我"整个的人都化作了'艺术家'",所以我"不能睡谷草,也不能去劣质烧酒中找享受;要让人呕心沥血地创造出一个虚构的艺术世界,就必须给人养尊处优的感觉"。托马斯·曼把"创造作品的意志"定义为"艺术家道德",不仅认为"内心烦恼更多的人有权要求更多的外在舒适",他还青出于蓝而胜于蓝,把瓦格纳或者说他个人的体验上升为艺术家的集体诉求。新婚燕尔的他就在一封信中写道:"啊,有钱真好。我有足够的艺术家气质和腐败趋向,所以我能够陶醉于财富。一面求禁欲、一面求奢侈,这种矛盾倾向一定属于现代心灵的特征:看看瓦格纳做出的伟大榜样吧。"

　　阅读《沉重的时刻》的读者,如果不反感知人论世的阅读方法,就会看出瓦格纳、尼采、托马斯·曼的幽灵也在席勒的寒舍或者说——谁叫它没暖气呢——"冬宫"中徘徊。他们的幽灵不仅守护着席勒娇妻的梦乡,而且左右了席勒的思想和情感,给席勒的形象带来一点"陌生化效果"——席勒也贪图肉欲和享乐,而且高度自恋。他的享乐倾向表现在他对红色窗帘、对"给这个缺乏色彩和生活气息的简陋房间带来一点奢侈和性感"的红色窗帘的眷恋;他的高度自恋则表现在他对自己的过度爱惜,因为他"只要看看自己的手,心里就会涌起一股温暖的自恋之情"。

席勒经历"沉重时刻",个中原因与其说是《华伦斯坦》与"职位和荣誉""妻子和孩子"的对立,不如说在于《华伦斯坦》本身。同样,让托马斯·曼"沉重"的主要原因,既非幸福的拖累,也非其唯美主义的世界观——把艺术创作视为人生乃至天下头等大事的观念,而是他的创作危机。二者的区别在于,席勒是在创作《华伦斯坦》期间遇到的障碍,托马斯·曼所体会的,绝不仅仅是写剧本——他刚刚写完他唯一的剧本《菲奥伦察》——如何艰难。他所遭遇的,是从《特利斯坦》到《死于威尼斯》的十年写作危机。这是一场不声不响、不为人知的写作危机,因为在这十年里他一直在写作、在出版。他发表的东西不仅数量可观,而且琳琅满目:有小说有剧本,有长篇有短篇,还有随笔、文学评论、论战文章,等等。但是,写作慢手和写作困难户也成为他这一时期的作品中的耀眼形象。《特利斯坦》的主人公史平奈尔是一个下笔艰难的作家,他那停停走走的写作方式让叙述者得出了一个惊世骇俗的结论:"作家就是那种下笔比其他所有人都更艰难的人";席勒的"沉重时刻"完全归咎于他的作品"进展缓慢,写写停停,最终陷入停顿";《国王殿下》中的桂冠诗人马蒂尼在花团锦簇之际告诫世人,诗人"并非时时刻刻都是诗人",有时候给雪茄供应商写张明信片就要花他一天时间;《死于威尼斯》中的文学大师阿申巴赫也从未一泻千里,他的最佳纪录也就是在半天时间里出产一页半的精美散文……但不论在托马斯·曼生前,还是在他死后的一段时间里,人们都没有从这些或滑稽或悲壮或者又悲壮又滑稽的人物身上看出托马斯·曼本人遭遇的创作危机,更不知道危机的背景。事实上托马斯·曼已经通过史平奈尔这一形象道出了危机的原因:史平奈尔的桌上永远醒目地摆着他写的一本小说,可是,尽管他天天伏案写作,他却再没有写出第二本小说;因为一本《布登勃洛克一家》而一举成名的托马斯·曼,最担心自己写不出一本赶上更不用说超过《布登勃洛克一家》的长篇小说,担心自己一炮打响之后便江郎才尽。他不想成为他虚构的史平奈尔,也不想步音乐家韦伯的后尘,因为除了《魔弹射手》,韦伯没有写出第二部大型杰作。

有趣的是,在他成名成家、"光芒万丈"的 1905 年,他的野心和忧虑,他的冲动和焦虑都来了个总爆发。1905 年碰巧是他的而立之年。作为一个不仅流淌着资产阶级的血液,而且信奉资产阶级价值观的作家,他有着异常强烈的事业心、功名心,甚至还有"三十而立"的正统观念——他在信中对哥哥吐露真言:"我已经三十岁了。应该考虑出本杰作了。"于是,他摩拳擦掌,制订了雄心勃勃的写作计划。由于他心中的楷模是创造出大型艺术作品的 19 世纪欧洲艺术大师,如瓦格纳如左拉如托尔斯泰,所以他首先把目标锁定在鸿篇巨制。另一方面,他预见或者说预感到自己未来的创作道路坎坷、漫长甚至没有尽头,所以他感到巨大的压力和畏惧,所以他必须鼓励自己,安慰自己,劝说自己。《沉重的时刻》便淋漓尽致地展现了他的复杂心态。于是我们看到席勒感叹作品是"负担,是压力,是良心的痛苦,是必须喝干的海洋,是一项可怕的任务,这任务让他骄傲,也让他受难,是他的天堂,也是他的地狱";看到席勒用出人头地的美好远景来吸引自己,来给自己打气,也给自己——他妒忌并且蔑视那些没有创作压力的人——消气:"做伟人! 做杰出人物! 征服世界,流芳千古! 和这个目标相比,那些永远默默无闻的人所享受的幸福又算得了什么? 出名——名扬四海,为天下人所爱戴! 不知道这种梦想和渴望如何甜蜜的人们,你们去大谈自私吧! 出类拔萃者在受苦受难的时候都有自私心理。等着瞧,出类拔萃者说,你们这些没有使命的人,你们这些在世俗生活中优哉游哉的人! 雄心壮志说,我会白白受苦吗? 痛苦一定会把我铸造成伟人!"其实,席勒这段显然对象不明的高亢宣言可以用一句话来概括:燕雀安知鸿鹄之志哉!

事实证明,托马斯·曼在而立之年的鸿鹄之志并没有得以实现,他所铸造的宏伟计划一一破产。他想撰写的大型美学-哲学论文永远停留在札记阶段,他有两部长篇胎死腹中,唯一顺产的长篇小说《国王殿下》有着难以克服的先天缺陷,至今无法入围小说经典。这几乎意味着长篇小说家托马斯·曼在《布登勃洛克一家》到《魔山》的二十年间交了白卷。经过多年的磨难和思索,托马斯·曼终于明白自己犯了好高骛远、操之过急的低级错误。他幡然醒悟的标志就是《死于威尼斯》,就是他在小说第二章开头搞的黑色幽默:这里一一介绍的阿申巴赫杰作,都是托马斯·曼夭折的作品,就是说,他把自己那些不成气候、不堪回首的作品断片全部埋进了阿申巴赫的坟墓。完成这一精神葬礼之后,托马斯·曼才豁然开朗,才一身轻松,才写出了第二部不朽长篇《魔山》。从《魔山》开始,他的长篇之路才变得一马平川,变得宽阔而辉煌。1940 年,站在长篇小说的巅峰俯瞰世界的托马斯·曼才言简意赅地总结说:"最伟大的作品并不总是那些带着最伟大的意图写成的作品。"

《沉重的时刻》也是一篇闪耀着美学-伦理思想光辉的作品。这种光辉则主要来自小说所谱写的意志礼赞和慢速礼赞。这篇小说明确表述了一个具有划时代意义的思想:写得快是坏事,写得慢是好事。这是席勒在下笔艰难的沉重时刻、在发现自己从未有过文思泉涌的绝望时刻望见的一道思想闪电,他那窃窃私语的内心独白也随之化为慷慨激昂的剧场演说:

> 只有粗制滥造和浅尝辄止的文人才文思泉涌,文思泉涌的,全是那些易于满足并且糊里糊涂的人,全是那些感受不到才能的压力和约束的人。什么是才能?先生们女士们,台下的朋友们,才能不是什么轻轻松松的、翩翩起舞的东西,才能并非得来全不费功夫。从根本上讲,才能是一种需要,是对理想的清醒认识,是一种永不满足的心理。永不满足的人,不经历痛苦就不可能获得并且提高本领。对于最伟大、最不满足的人,才能就是最严厉的惩罚……

席勒所幻想的剧院演说,的确是一篇颠覆性演说。因为西方传统的诗人形象建立在柏拉图的灵感神赋论的基础上,传统意义的诗人,必须神灵附体,文思泉涌,洋洋洒洒,一蹴而就。在经历了狂飙突进和浪漫运动的德国,这一传统可以说是得到过度发扬光大。有关艺术家们如何听从灵感召唤的故事,有关散步回来的贝多芬连帽子都顾不上摘就直奔钢琴敲打突如其来的灵感或者舒伯特在饭馆的菜单上速写从天而降的音符的感人故事在 19 世纪就已广为流传。在 20 世纪的头三十年,非理性的诗学观在德国登峰造极,最终演变成为审美原教旨主义。审美原教旨主义者随即在德国文坛挑起一场路线斗争:迷狂者、喷薄者、一发不可收拾者是 Dichter(诗人),清醒者、挤压者、字斟句酌者是 Schriftsteller(作家)、是 Literat(文人或者说为文之人)。原教旨主义者的理由很简单,"诗人从来不与素材搏斗;如果他跟素材搏斗,他就不是诗人,他只是文人";或者"迷狂结束之时,就是诗人沉默之时,就是作家发言之时"。在这场涉及"诗人"和"作家"、"诗人"和"文人"的阶级斗争中,托马斯·曼自然成为冲击对象,因为众所周知,他不是"喷薄型"而是"挤压型"作家。一个血气方刚的原教旨主义者还在一封公开信中声明自己要跟托马斯·曼就"诗人还是作家"的问题"决胜负"。但是,托马斯·曼并不为自己的写作方式自惭形秽,尽管他很珍惜"诗人"①称号。这一方面因为他从自身的经

---

① 德文的 Dichter 本义是"凝练者",一般指诗歌或者韵文的作者,现在作为褒义词借指优秀的文学创造者,就像中文里面也用"诗人"指代优秀作家,所以 Dichter 既可以翻译为"文学家",也可以翻译为"诗人"。

验知道,文艺创造是一个交织着理性和非理性、灵感和技艺的过程,伟大的艺术缺一不可。他对喷薄神话可谓天然具有免疫力。另一方面,尼采的著作很早就给他打了一剂免疫针,因为尼采在《人性的,太人性的》里面一针见血地指出:第一,"所有伟大的艺术家都是伟大的劳动者";第二,维持天启灵感的神话符合艺术家的利益;第三,这一神话之所以能够维持,是因为人们看不到艺术家的创造过程。对于尼采这一教导,托马斯·曼显然是心领神会。《特利斯坦》里面有关史平奈尔写信那段描写几乎就是尼采思想的文字图解。如果叙事者没有描绘史平奈尔的写信过程,没有把他那"吟安一个字,拈断数茎须"的吃力模样暴露在光天化日之下,读者很可能会相信他在信的开头编织的"千言万语滚滚而来"的谎言,因为他写好的东西总是给人"流畅而生动"的印象。另一方面,托马斯·曼非常清楚,从"喷薄"到"放水"只有一步之遥。在他眼里,高产猛产的亨利希·曼就是反面素材。写一部小说至少要熬几年时间的托马斯·曼,曾经在信中对 1900 到 1906 年间写了七部长篇的哥哥直言不讳:"据我所知,还没有一个严肃作家平过你的纪录。"他在《沉重的时刻》中让席勒发表上述剧场演说,当然是指桑骂槐。但这位席勒骂的不是歌德,而是亨利希·曼。

托马斯·曼是一位思想包装大师。在《一个不问政治者的看法》中,他用市民阶级的工匠精神或者说敬业精神传统来美化自己的写作方式;在《长篇小说的艺术》中,他又给自己找出了无可辩驳的美学依据:缓慢写作符合"叙事艺术精神",也就是"耐心细致,始终不渝,坚持不懈,从容不迫"的精神。但是,当托马斯·曼如此高屋建瓴的时候,他已经走出危机的低谷,已经徜徉于事业和荣誉的巅峰,已经成为天马行空、刀枪不入的文化半神。身陷危机之时,写作慢手托马斯·曼则是通过高唱意志赞歌来突破写作困境。为了艺术,席勒不怕艰难,甚至不怕牺牲,所以他对医生和歌德的健康忠告置若罔闻;席勒把自己看作排除万难的悲剧英雄,而且他的英雄观跟康德的伦理观一样带有自虐或者受虐色彩。对于康德,只有帮助他人又让自己受苦的人才算高尚;对于席勒,不孱弱不痛苦,就算不上英雄——他不承认歌德是英雄,就是因为歌德的条件太好,日子太轻松。席勒的英雄观既非孤掌难鸣,也非昙花一现。阿申巴赫显然是席勒式英雄,即"弱者英雄"。阿申巴赫不仅喜欢塑造"刀剑穿身、咬紧牙关、傲然挺立"的英雄——圣塞巴斯蒂安的形象,他的鸿篇巨制也要归功于日复一日的点滴积累以及日复一日的早起和冷水澡。值得注意的是,史平奈尔和马蒂尼这两个滑稽人物也跟阿申巴赫一样是席勒的同类,也是弱者英雄,所以也带有悲剧色彩。只不过他们不像席勒那样抽烟,熬夜,喝酒,喝刺激性饮料;他们的生活更理性,更科学,更健康。史平奈尔通过早起、冷水澡、雪中散步和有规律的、严格遵循卫生法则的生活来克服自己的身体和精神上的弱点,他还懂得从坚实、硬朗、朴素的家居风格中汲取精神力量,他如此"克服自我",只是为了支持自己的创作;马蒂尼则被迫通过大量的睡眠,通过闲坐和闲逛来储蓄创作的力量。总之,席勒、史平奈

尔、马蒂尼、阿申巴赫都是"日日为诗苦，谁论春与秋"的"诗
奴"，这种"奴性"使他们显得既崇高又渺小，既可怜又可敬。
他们的双重面相正好反映出艺术苦行僧托马斯·曼的复杂
心态。

　　不论托马斯·曼在《沉重的时刻》中如何夫子自道，《沉重
的时刻》首先是一篇写席勒的小说。就是说，这篇小说必须"真
实"地再现席勒的性格和外貌，他的生活和创作，他的思想和情
感，等等。为此，托马斯·曼进行了大量的研究和考证，翻阅了
席勒的传记资料和席勒的书信——尤其是与歌德和克尔纳的
通信，也重温了席勒的文学作品。他在这篇不到十页的小说上
面所下的实证功夫远远超出人们的期待，他塑造的席勒完全经
得起文学史家和席勒研究者的挑剔或者检验。在《沉重的时
刻》里面，人们见到熟悉的席勒，见到席勒的红色窗帘和他喜欢
的咖啡、烟叶、毒品；通过席勒的内心独白，人们了解到当初《华
伦斯坦》带给他何种烦恼，了解到他对歌德的复杂情感和他对
诸多事情的看法及感受。经过仔细的挖掘和整理，人们发现
"几乎没有一句话不是用文献材料加工而成"①。为了管窥这篇
小说如何字字句句都有出处有依据，我们不妨看看以下几段：

----

　　①　这是迪特·博西迈耶在 2005 年发表的长篇演说《〈沉重的时刻〉：托马
斯·曼和席勒》中进行的总结。托马斯·曼研究中的一部考据经典之作是汉斯-约
阿西姆·桑德伯格撰写的《从考据角度看托马斯·曼的席勒研究》。桑德伯格的一
个有趣结论，就是托马斯·曼对席勒的了解主要来自二手材料，博西迈耶则根据托
马斯·曼的日记对此进行了反驳。

有时他的精神会燃烧一通宵，因为他在天才的激情发出的光芒中窥见持续的恩赐会带来何等辉煌，一夜过后，他却必须付出惨重的代价，在迷茫和麻木之中度过整整一周……

——这段话来自 1797 年 12 月 8 日席勒给歌德的信，里面谈到生病如何影响他的创作。

现在他得到一点命运的恩宠，从精神强盗世界来到合法的、有家有室的中产阶级世界，他有了职位和荣誉，有了妻子和孩子……

——这是席勒在被聘为耶拿大学教授写信给克尔纳谈的感想。

不要冥思苦想！他过于深沉，不可以冥思苦想！不要跳进混沌的海洋，至少不要在那里久留！要从应有尽有的混沌海洋中把可以成形和快要成形的东西打捞上岸。不要冥思苦想：要下笔！划定范围，抛弃多余的东西，塑造形象，完成作品……

——席勒在小说结尾对包括他自己在内的下笔艰难者发出的呐喊，同样来自席勒致克尔纳的信，以及歌德和席勒对

1800 年前后德国文坛普遍存在的下笔艰难的现象所做的研究。

> 谁能跟他一样,在虚无中、在自己的心中创造? 一首诗歌在尚未从现象世界借来比喻和外衣的时候,难道不是早就作为音乐,作为存在的原型在他的灵魂中诞生了吗? 历史,人生智慧,激情:这些都是手段与借口,仅此而已,只是用来掩盖跟它们没有什么关系、来自奥尔菲斯的深渊的一切。词汇,概念:这无非是琴键,无非是让艺术家演奏隐秘的弦乐的琴键……

> 一部部新作从他的灵魂,从音乐和思想中艰难诞生……

——这两段话闪烁着席勒思想的光芒,因为席勒不仅在《论素朴的诗和感伤的诗》里面把"具有音乐气质的诗人"称为"感伤诗人"即现代诗人的代表,而且在给歌德和克尔纳的信中描述过自己的诗歌如何诞生在音乐的星团中并逐渐成形。另一方面,托马斯·曼又把叔本华、诺瓦利斯、尼采的相关音乐哲学糅到里面,搞出一个美味的思想大拼盘。

总之,《沉重的时刻》是一本"蒙太奇"或者叫组装小说,一本用"他山之石"雕刻出来的小说。如果能够拿"材料"和"形式"、拿"石头"和"玉"进行一一对比,我们将获得双倍的阅读快乐,同时也会大大拓宽我们的创作美学视野。对于托马斯·曼而言,《沉重的时刻》是起点,也是一场操练。通过《沉重的时

31

刻》，他那添枝加叶、点石成金的艺术技巧得到很好的演练，所以一年之后他可以理直气壮地在《比尔泽和我》里面抛出与流行看法背道而驰的美学观点：文学家是在现实中发现，而不是在头脑中虚构素材，"文学家之为文学家，不在于虚构的天赋，而在于灌注灵气的天赋"。托马斯·曼不仅将此作为身体力行的文艺观，而且他年岁越大越乐于突出自己的文学拾荒者、文学粘贴匠和文学装配师傅的形象。从《魔山》到《绿蒂在魏玛》，从《约瑟和他的兄弟们》到《浮士德博士》再到《骗子克鲁尔自白》，他的长篇小说都像是盛大的知识博览会，让读者目不暇接，眼花缭乱。也正因如此，托马斯·曼有了"渊博型作家""哲理小说家""掉书袋""天下第一抄"等褒贬不一的称号。

艺术圣人还是艺术废人

——读瓦肯罗德的《一个热爱艺术的修士的内心倾诉》

对德意志民族来说,兴盛于 18、19 世纪之交的浪漫主义是一场功勋卓著、值得大书特书的文化运动。德国浪漫派不仅改写了德国文学对英、法文学亦步亦趋的历史,使德国首次成为"文学输出国",他们还以其令人侧目的文学创作和理论建树,为德意志民族赢得了自康德和歌德出现后便开始编织的"诗人和哲人"的桂冠,最终确立了德国的文化大国地位。众所周知,在群星闪烁的浪漫星空中,有不少划空而过的流星。这当中,还有一位特别值得注意的人物:威廉·海因里希·瓦肯罗德。二十五岁便撒手人寰的瓦肯罗德,算不上德国浪漫派的耀眼人物或者说核心人物,因为他甚至没来得及赶赴耶拿城,没来得及去那里和亲兄弟般的蒂克、施勒格尔兄弟、诺瓦利斯,以及费希特、谢林等人结成异军突起的"早期浪漫派"。可是,他薄薄一本《一个热爱艺术的修士的内心倾诉》(以下简称《倾诉》)及其姊妹篇《艺术随想录——献给艺术之友》(以下简称《随想录》)①,却是德国浪漫派的发轫之作和经典作品,毫无争议地在文学乃至文化史上占据了一席之地。勃兰兑斯在《十九世纪文学主潮·德国的浪漫派》中说过,《倾诉》是"整个浪漫主义文学建筑的基层结构,后来的作品都摆在它的周围",它"虽不是气势磅礴的创作,它的萌芽能力却非常令人惊叹";鲁道夫·海姆则指出:"在德国,还从来没有人用这种声音来宣布艺术的福音,温克尔曼和莱辛没有,赫尔德和海因泽也没有。"瓦肯罗德塑造那位温文尔雅的修士所宣讲的艺术神圣论,的确在浪漫派中间产生了一呼百应的效果。一时间,不仅有许多作家起而效尤,纷纷在自己构想的艺术圣殿前烧香膜拜,让老歌德看出这是"一场效仿修士、效仿斯特恩巴尔德的闹剧"(后者是蒂克的长篇小说《弗朗茨·斯特恩巴尔德漫游记》的主人公),就连主张艺术宗教化、艺术家生活修士化的拿撒勒画派(又称路加兄弟会,拿撒勒画派出现于1809年,其核心成员是几个生活在维也纳的德国画家。为实现在与世隔绝的状态中生活和创作的理想,他们在1810年迁往罗马宾丘上的圣伊索多罗修道院),也把瓦肯罗德奉为精神领袖。

本文将从两个角度——艺术神圣论和艺术家悲剧——来

---

① 《倾诉》匿名发表于1796年,《随想录》则是在瓦肯罗德死后一年,即1799年才由蒂克编辑出版的。但这两本书中都有一些东西出自蒂克之手。由于他们志同道合、情同手足,而且和其他浪漫作家一样醉心于"共同创作"的理想,脑子里还没有"版权"这根弦,所以文学史家一直为甄别二人的"手迹"大伤脑筋。但人们已基本就此达成了共识:书中的核心思想来自瓦肯罗德,蒂克只是做了一些精彩发挥。

探讨瓦肯罗德的思想以及他在文化史上的地位。

艺术的神秘和神圣

瓦肯罗德是所谓的"艺术宗教"的创始人。他说过一句与启蒙精神背道而驰的名言:"艺术和宗教在哪里汇合,壮观的生命河流就从哪里开始汹涌奔腾。"对他来说,艺术犹如宗教一般神圣,他一切的精神努力,都旨在唤起世人对艺术的敬畏,促使人们以宗教虔诚来对待艺术。在他这里,艺术的神圣化以艺术的神秘化为前提,而艺术的神秘,又是借助灵感神赋论来说明的。瓦肯罗德对神赋论怀有浓厚的兴趣。他在《倾诉》的开篇就告诉读者:"诗人和艺术家的迷狂向来都是激烈争论的对象和起因。"尽管这句话显示出瓦肯罗德的艺术史研究有些大而化之,因为从古希腊到文艺复兴前期,迷狂只是诗人的专利,造型艺术家则混迹于工匠队伍,与之无缘。但是,这一疏忽并不妨碍瓦肯罗德正确把握神赋论,特别是由柏拉图和新柏拉图主义者普罗丁所阐发的神赋论。在《倾诉》中,这二人的思想都得到了很好的图解:当修士描绘拉斐尔在夜半三更见到圣母显灵之后才一蹴而就画成圣母像的时候,或者当他讲述青年画家安东尼奥无论如何全神贯注、一笔一画地临摹拉斐尔作品也学不像的时候,人们很容易联想到柏拉图有关作诗要凭神力而不是凭技艺的教导;当修士谈论那颗始于万物之主,再经由人的心灵进入人的作品,然后重新对着万物之主熠熠发光的"天国火星"的时候，当他把自然和艺术称作造物主赐予人类的两种通天的"神奇语言"的时候，人们又不难辨析出普罗丁的"神采放射"论调（朱光潜认为，普罗丁美学思想的全部意图都在证明"物质世界的美不在物质本身，而在反映神的光辉"）。

依照神赋论，诗人是天与地、人与神的中介。由于视角和理解的不同，其形象和地位可能产生微妙变化。如果他被看作神的喉舌、神的使者、神的宠儿，他会令人羡慕、令人敬畏；当人们视之为懵懂无知的工具，或是专供神仙下凡的"过道"和"门户"的时候，他甚至可能成为怜悯对象。尽管神赋论具有一定的阐释弹性，但有一个思想却是不可动摇的：受惠于神的诗人应该保持谦卑、虔诚。神赋论者瓦肯罗德显然也恪守了这一原则。尽管他的修士一想到拉斐尔和米开朗琪罗就浑身震颤，就泪眼潸潸，叫人搞不清浮现在他眼前的是人还是神，尽管修士也讲过专心作画的帕米贾尼诺把一路烧杀抢掠到他跟前的士兵震慑，竟被他们当成不可冒犯的圣人保护起来的故事，可他同时又强调，艺术家是"上帝的奴仆"，他还把那些自封为上帝、自封为世界主宰的艺术家比喻成幻想着自己高坐在金銮殿上的乞丐。对于人们应该崇拜艺术而非艺术家，因为艺术家是"脆弱的工具"的说法，他也表示赞同。为了教艺术家们懂得虔诚和谦卑，他描绘了多个"流泪"的场面：拉斐尔夜夜祈祷，祈求圣母显灵，当圣母显灵之时，他的双眼噙满了泪水；安吉利科在创作《基督受难图》的时候泪流满面；徒劳模仿过拉斐尔绘画的安东尼奥，在"圣洁"起来之后，总是在泪如泉涌、心潮澎湃、双手颤抖的状态中作画,这些在"不知不觉"中出来的作品倒让他感到满意。

　　生活在18世纪下半叶的瓦肯罗德宣扬灵感神赋论,这或多或少是在和时代唱反调。自文艺复兴以来,人们越来越自然地把艺术家比作神,艺术家的神化进程已经不可逆转。到了18世纪中叶,随着高举天才旗帜的狂飙运动的兴起,随着康德和歌德异口同声的赞美和讴歌,艺术家终于走上了神坛。康德拆散了自文艺复兴时期逐渐形成的艺术家和科学家同盟,并把"天才"的美谥留给了艺术家。歌德的几首自由诗,如《漫游者的暴风雨之歌》《普罗米修斯》《莫罕默德之歌》等,因为表达了艺术家要和上帝平起平坐,甚至取而代之的思想,而被视为"天才时代的巅峰之作"。经过狂飙突进洗礼的艺术家,个个至高至尊,个个唯我独尊,个个无待于外。他们不会诚惶诚恐,不会拜天叩地,也不会因为外来的馈赠而热泪盈眶。与狂飙突进一脉相传的浪漫主义者,不仅接过了天才崇拜的大旗,而且对天才观念做了更为精致的论证和改造。他们不再盲目地叫喊什么"哪里有不可学不可教的影响、力量、行动、思想、感觉,哪里就有天才",他们开始理性地思考高高在上的天才如何确立自身,又如何超越自身。正是在这种背景下,才出现了把文学创作看成一个交织着"自我创造和自我毁灭"过程的弗·施勒格尔,以及呼吁思想者进行"自我观察"的费希特,他们代表了浪漫交响乐中的最强音。因此,一味鼓吹神授灵感的瓦肯罗德,自然会有复辟或者倒退之嫌。而由于他对体系、对抽象说理深恶痛绝,他还大逆不道地宣称"信迷信也比信体系好"。难怪《倾诉》发表后不久,瓦肯罗德便背上了"蒙昧主义"的恶名,就连十分欣赏他的奥·施勒格尔也觉得他不应该"把仅存于人身上的神性和人割裂开来",不应该"把神秘的艺术迷狂和神授灵感混为一谈"。

不过,"反潮流"的瓦肯罗德也有其"弄潮"或者说"赶潮"之处。如果不是因为道出了时代的某一心声,他不可能在浪漫派中间得到广泛呼应。把灵感归功于神,这在18、19世纪之交显得有点不合时宜,但灵感说本身并不会引起异议。浪漫派崇拜灵感、企盼灵感、依靠灵感。正是由于浪漫派的推波助澜,有关艺术家们如何听从灵感召唤的动人故事在19世纪十分走俏:什么散步回来的贝多芬连帽子都顾不上摘就直奔钢琴而去啦,什么舒伯特不得不在饭馆的菜单上挥洒音符啦,等等。在浪漫派之后的一个半世纪里,灵感与天才、灵感与艺术再次结下了不解之缘,"艺术等于天才等于灵感"的新三位一体论几乎神圣不可侵犯。如果不朦胧不迷狂不喷薄,名气再大的艺术家,也会让人疑心是否是真正的艺术家。(直到1929年,普鲁士艺术科学院还就是否有必要以灵感为分水岭来区分"诗人"与"作家"进行过争论,让饮誉世界的"作家"托马斯·曼也感到芒刺在身。)只是在后现代派崛起之后,局面才有所改观。今天,无论是那旨在证明"千古文章一大抄"的"互文性"理论,还是埃柯宣布的著名公式"天才等于百分之十的灵感加百分之九十的汗水",人们都能报以会心的微笑。

　　不过我们在此所要探讨的,是瓦肯罗德的另一"弄潮"思想——艺术神圣论。《倾诉》的一大魅力,在于它用一腔真诚、用晓畅而感人的语言来传播艺术宗教,来宣讲唯有沐浴熏香、匍匐在地,方能醍醐灌顶,方能甘露入心的道理。瓦肯罗德不仅要求艺术家把艺术当作来自天国的"高级情人",把艺术定义为"宗教爱情,或者说为人所热恋的宗教",就是对于艺术欣赏者,他也提出了不低的要求:艺术欣赏如同"礼拜",欣赏者应该"在无声的、沉默的谦卑中,在精神升华的孤独中敬仰伟大的艺术家、敬仰这些人中俊杰",应该"长时间地、聚精会神地端详他们的作品,在那些最令人愉快的思想和感情所散发的光芒中温暖自身"。对于该基本教义,瓦肯罗德从正反两方面都进行了阐述。他不仅告诫艺术家和观众应该如何如何,同时也让他们知道不能如何如何。譬如,艺术家一边画画一边聊天要不得,吊儿郎当地去看画同样要不得,因为刚刚和嘻嘻哈哈的酒肉朋友告别,便摇摇晃晃地走向艺术殿堂的人,和那些在此时此刻走进教堂的人一样亵渎神灵。很显然,瓦肯罗德孜孜以求的目标,便是艺术创作和艺术欣赏的宗教化、仪式化。他的思想一点也不玄妙,他给人的感觉,多半是"高贵的单纯"。不用说费希特、谢林、施莱尔马赫,就是拿施勒格尔和诺瓦利斯的艺术哲学来比,瓦肯罗德也会显得头脑简单,简单得让人怀疑他有没有,或者说有没有能力构思艺术哲学。另一方面,浪漫玄学家们和瓦肯罗德却是相映成趣、互相补充的。如果说前者致力于建立艺术哲学或者说艺术形而上学,那么困扰后者的,则是艺术社会学问题,是艺术的"外部环境"。当浪漫诗哲们沉湎于艺术救世的宏大构思时,当他们踌躇满志地探讨反讽、神话、世界的诗意化等玄而又玄的问题时,瓦肯罗德却忧心忡忡地注视着艺术的生存环境和尊严。

瓦肯罗德的忧虑不无道理。众所周知,直到19世纪上半叶,德国的社会发展比其西欧邻国要慢半拍。当汽笛声已在英伦三岛响彻云霄的时候,德意志大地仍是鸡犬之声此起彼伏。对于德国浪漫派所处的社会历史环境,克劳斯·京泽尔做过如下描述:"德意志民族神圣罗马帝国完全处于中世纪状态。它由三百多个主权国家、帝国自由城市、帝国直辖的及教会统辖的领地组成,高居其上的是一个选举出来的、软弱无力的皇帝。……该帝国的两千三百万人口中,有百分之七十五从事农业。生活在帝国自由城市中的市民中产阶级还在用过时的帮会制度管理自己。据后世的估计,当时有百分之七十的德国人是文盲。"需要补充的是,当时的德国已经缓慢地走上了资本主义发展轨道。与此同时,艺术逐步走向市场。高雅艺术不再是王侯和贵族的专利,开始从深宫大院走向社会,走向大众,面向市民大众的美术馆和音乐厅应运而生。然而,迎接这高雅艺术的,并不总是高雅的观众。以当时的音乐厅为例,由于听众良莠不齐,由于许多人缺乏艺术鉴赏力和对艺术的敬畏感,所以音乐会上经常出现令音乐家们尴尬和恼怒的场面。蒂克曾经抱怨女人在音乐会上打毛线,稍后的黑格尔也在《美学》中提到人们听歌剧时遇到不感兴趣的场面就聊天、吃零食的现象。至于瓦肯罗德,更是从各种大煞艺术风景的粗鄙行为中间看出一个时代症结。通过修士,他一针见血地指出,他的时代"把其实是非常严肃、非常崇高的艺术当作刺激感官的轻松玩具来把玩"。因此,他对艺术受众非常苛刻。他不能容忍人们像逛集市那样参观美术展览,边走边看边评,他同样不能容忍音乐厅里出现对牛弹琴的现象。《倾诉》中的音乐家贝格林格,虽说他面对着珠光宝气、身着绫罗绸缎、正襟危坐的观众,后者脸上那无动于衷的表情却使他黯然神伤。当他想到这些人即便在圣乐灌顶的教堂里也激动不起来的时候,他感到了绝望,恨不得"把这种文化抛弃一边,逃进山里去找那淳朴的瑞士牧人,和他一起演奏那些在任何地方都能唤起他乡愁的阿尔卑斯山歌曲"。

瓦肯罗德呼吁人们把美术馆视为寺庙、把音乐厅当教堂,当然是出于矫枉过正的良苦用心。同样不可否认的是,他的艺术神圣论一旦深入人心,必然会产生相当的社会效应。然而,单靠呼吁是不可能把艺术请入神龛的。艺术环境的改良有赖于一定的社会条件。如果说靠白纸黑字传播的文学可以在一定程度上超越经济基础制约上层建筑的规律,如果说经济政治落后的社会也可能出现发达的文学,那么造型艺术和音乐艺术的繁荣却是离不开相应的物质基础的。譬如在 18 到 19 世纪初的一百年里,英国之所以成为德国音乐家的理想国,使亨德尔乐不思乡、海顿流连忘返,与它身为资本主义的"龙头老大"、有着雄厚的物质基础不无关系。这个道理艺术修士瓦肯罗德却不明白,他那些只知道翱翔于精神天空的同类也不明白。同样令人遗憾的是,德国浪漫派也未能从 19 世纪德国历史中获得启示:在他们之后的大半个世纪里,德意志大地虽然被浪漫派感到陌生和恐惧的工业化、技术化以及商业化浪潮冲刷和淹没,但与此同时,文化教育事业也在突飞猛进,作为高雅文化消费主体的中产阶级人群快速扩大(据统计,在 1800 年前后的德国,高文化阶层仅占总人口的百分之一,到 1900 年,其比例已达到百分之二十),艺术环境大为改善。雨后春笋般涌现的音乐厅,不仅修建得富丽堂皇,里面的观众也是今非昔比,维持庄严肃穆的演出气氛已是不言而喻。落成于 1873 年的拜罗伊特节日剧院,更是笼罩在香烟缭绕的宗教氛围之中。一旦踏入这个汇集各方艺术信徒的麦加圣地,不管地位多高、名气多大,都得正襟危坐、噤若寒蝉。(当端坐在节日剧院的斯特拉文斯基因四肢发酸而改变坐姿时,那不可避免的一丁点噪音竟招来了"上百道愤怒的目光"。有了这个不愉快的经历,他不得不对那种把艺术当宗教、把剧院当寺庙的观念嗤之以鼻。见妮克·瓦格纳:《音乐家、文学家、音乐爱好者谈瓦格纳:资料汇编》。)如果说瓦肯罗德的最高理想——观众和艺术家心心相印——很难实现,因为要求每一个艺术鉴赏者都向艺术品"敞开心扉",就和要求每一个走进教堂的人和上帝"神交"一样艰难,那么,他的基本理想——艺术活动的仪式化和宗教化——至少在拜罗伊特化为了现实。

艺术家悲剧

　　从形式看,《倾诉》是典型的"阿拉贝斯克"。里面有诗歌、书信、逸事、散文、美术评论,结尾则是一篇题为"音乐家约瑟夫·贝格林格不寻常的音乐生涯"的短篇小说。小说约占全书六分之一的篇幅,其主人公是修士的朋友约瑟夫·贝格林格。贝格林格出生于一个生活拮据的医生家庭。他性格温柔,酷爱音乐,自小便暗暗发誓要把自己的生命化为音乐,可父亲要他学医。有一次和父亲发生激烈冲突之后,他终于离家出走,前往曾经给他艺术体验的主教府,在那里学习了音乐知识并成为乐长。但由于观众的麻木、同行的妒忌、主教的控制和干预等诸多问题,功成名就的他反倒心灰意懒,郁郁寡欢。复活节前夕,他殚精竭虑、一气呵成写出了一部堪称不朽的受难曲。在成功地指挥受难曲的首演之后,他心力交瘁,继而患病身亡。

　　很明显,音乐家贝格林格的故事给《倾诉》造成了一道"思想裂缝"。如果说修士此前讲的画家故事听起来美妙动人,如果说"天真而洒脱的拉斐尔创造出思想深邃、能让人瞥见天国的作品,放浪不羁的圭多·雷尼画出了无比温柔、无比神圣的画面,朴实无华的纽伦堡市民阿尔布莱希特·丢勒,在有悍妇与之日日争吵的情况下,依然孜孜不倦、一板一眼地完成了一部部思想丰富的作品",如果说他们一个个都那么"皮实",而唯独创造出"神秘美"的贝格林格弱不禁风,那么这是不是因为修

士有点厚古薄今或者自相矛盾呢？当然不是。另一方面，我们
也不能跟修士一样，把上述差异归结为"上帝的安排"。我们必
须看到，约瑟夫·贝格林格的悲剧并不根源于他的个性，主宰
其命运的，是非同小可的艺术家问题。所谓艺术家问题，其实
是个社会学问题，它涉及艺术家和社会的关系或者说冲突。艺
术和艺术家几乎和人类的文化同时产生，艺术家问题却并非
"古已有之"，它出现于近代西方，出现在艺术家的自我意识和
社会现实发展严重错位的背景下。尽管犬儒派创始人安提西
尼讲过笛子吹得好的为人必定很坏一类的话，而柏拉图又指控
诗人荷马百无一用——不会打仗，不会治病，不会发明器械，甚
至不会教书育人，让人疑心艺术家是否在古希腊就成了个问
题；尽管文艺复兴时期的艺术家已有相当的自我意识，也逐渐
被视为要艺术不要生活的"另类"，但就总体而言，18世纪以后
才出现了艺术与生活之水火不容，艺术家成为叛逆或者边缘人
的状况。之所以如此，是因为当"艺术自律"成为艺术家们挥之
不去的念头，当艺术拒绝成为实现某种政治、宗教抑或社会目
标的工具的时候，恰逢功利主义思潮大行其道，对于乘风破浪
的新兴资产阶级来说，评判万事万物的唯一标准，就是看其是
否经世致用。此风之盛，就连不苟言笑的康德也忍不住要调侃
一番："人们通常只是把能够满足低级感觉的、能够让我们足吃
足喝足衣足用，以及铺张浪费的事情称为有用的，我却不明白
为什么不把所有能迎合我的活泼的感受的东西视为有用……
在上述观点看来，鸡当然是比鹦鹉好，饭锅比瓷器更有用，世上

的智者加起来也不及一个农民的价值，人们也不会在就最佳耕作办法达成共识之前，去探索恒星世界。"在这种背景下，艺术的务虚性质格外扎眼。身为医生的老贝格林格既然是时代精神的产物，他理所当然要对艺术嗤之以鼻。照他看来，艺术无非是协助人们放纵欲望和激情的奴婢，是讨好贵族世界的优伶，相比之下，他所献身的医学才是最慈善的、对人类最有益的科学，所以他教导儿子，要以教育大众、施舍大众，要以包扎伤口、治愈疾病为己任。

不过，老贝格林格之所以反对儿子从事艺术，并不只是因为艺术无益于社会。他这么做，显然也是为家庭的利益和儿子的前程着想。如果说对生活在 21 世纪的人来讲，艺术和贫穷之间未必有什么必然联系，那么在过去两个多世纪里，每当做父亲的听说儿子要献身艺术的时候，他们常常因为恐惧而脸色煞白，或者因为愤怒而脸红脖子粗。他们并不是神经质。这是因为在一个把商人、医生、牧师，或者司法官员视为最高就业理想的社会里，艺术自然是贫与贱的同义词。既然做父亲的都希望儿子奔向锦绣前程，希望他们过上殷实而体面的生活，他们势必要儿子远离艺术。决意献身艺术的儿子们，要么公然反叛，成为"逆子"，要么阳奉阴违，白天干"正事"，夜里搞艺术。瓦肯罗德属于后一种类型。他就是迫于父亲的压力才学习法律、投身司法生涯的，而他的《泣诉》和《随想录》都是偷闲写成的。在瓦肯罗德之前，德国还有三个著名的"逆子"：一个是因为献身诗歌被逐出家门、享年仅二十八岁的克利斯蒂安·京特,一个是违抗父命、拒绝学法律的亨德尔,第三个则是擅自从法律转向文学的歌德。及至19、20世纪,择业问题引发的父子冲突可谓有增无减,使越来越多的人发出了资本主义敌视艺术的感慨。也许是什么辩证法作祟吧,这不幸的现实却成为文学之大幸。饱受现实之苦的文学家青年纷纷用笔杆来诉说自身的不幸和不满,由此产生了许多不朽的艺术家小说。戈蒂埃塑造了患"畏诗症"的财主形象;托马斯·曼写出了长篇处女作《布登勃洛克一家》,这部讲述一个商业望族因为艺术而消亡的作品,为他赢得了诺贝尔文学奖;在卡夫卡的《变形记》中,一个无力,其实也是无心尽职的推销员,变成了一条不中用而且讨人嫌的大甲虫,借助这个天才的寓言,卡夫卡把艺术家逃避"正经职业"、逃避家庭责任的后果触目惊心地展现在人们眼前。

如果说"音乐家约瑟夫·贝格林格不寻常的音乐生涯"为德语文学中的一道亮丽的风景线——艺术家小说开了先河,如果说它敲响了"影响整整一代浪漫作家的——打个音乐上的比方——'主题'",让他们去"进行更加巧妙的发挥,进行更加丰富多彩的变奏和配器"(赫尔曼·奥古斯特·科尔夫:《歌德时代的精神》),那么音乐就是这么一个主题。因为在这篇小说中,艺术家的悲剧是和音乐问题紧密相连的:由于音乐,约瑟夫·贝格林格对经世致用的医学、对一切兼济天下的理想都不感冒;由于音乐,他坚信天生我材另有用,坚信自己有一个"更远大、更高尚"的生活目标——艺术;为了音乐,他可以废寝忘食,可以抛弃一切世俗的享受和烦恼;音乐使他超凡脱俗、飘飘欲仙，音乐也让他过早地告别了人寰……音乐在小说中享有如此分量，这并非偶然。究其原因，还得从浪漫派、音乐和德国三者间的特殊关系说起。简单讲，三者具有如下关系：一方面是德国浪漫派提高了音乐的地位，对德国音乐的发展起到了推波助澜的作用；另一方面，音乐又给德国文化和民族心理留下了深刻的烙印。虽说是马丁·路德率先给德意志大地播下了音乐的种子——他不仅让音乐在一切科学和艺术中享有仅次于神学的地位，而且他把世俗音乐宣布为上帝的馈赠，无疑为音乐家巴赫的创作做了某种精神铺垫（约翰内斯·米腾茨维认为，受到路德思想影响的巴赫，不仅在创作宗教康塔塔，就是在写《平均律钢琴曲》和《勃兰登堡协奏曲》的时候也把自己看作上帝的仆人）；虽说由于海顿、莫扎特以及贝多芬的出现，德国在音乐方面已是"后来者居上"，可直到19世纪初，德国人既没有对音乐另眼相看，也没把自己看作音乐民族。（由于两个原因，我们没有刻意区分德国和奥地利：第一，因为直到19世纪初，德、奥都还同属神圣罗马帝国；第二，德、奥的文化一体性并没因为政治和主权上的分离而终止。）这从两位精神泰斗——康德和黑格尔身上就可以看出：前者认为各门艺术中音乐的地位最低，后者感叹他们北欧人在音乐和歌剧方面怎么也赶不上意大利人。德国人的音乐崇拜是从浪漫派开始的，其始作俑者正是瓦肯罗德。他不但因为路德赋予音乐崇高地位而对其刮目相看，他不仅说"让木材和金属发出声响"是人类最伟大的发明，说音乐是"天使的语言"，他还热情洋溢、笔酣墨饱地描绘了音乐之神奇、之空灵、之神秘。在他之后,浪漫派对音乐的赞美不绝于耳。其中,霍夫曼和叔本华的声音尤其令人关注。他们一个把音乐宣布为"最具浪漫精神"的艺术,另一个则借助形而上学的力量把音乐推上了艺术宝座。在 19 世纪后期,又有和叔本华一脉相传的尼采讴歌音乐所蕴涵的"酒神"精神。与此同时,瓦格纳、勃拉姆斯、马勒、布鲁克纳等音乐家,带着德意志诗人和哲人的祝福,把德国音乐引到一个新的高峰,使德国最终成为无可争议的音乐大国。到了 20 世纪,人们越来越自然地把音乐和德国民族魂联系起来。一战刚刚爆发,托马斯·曼就断定,德、法矛盾实际上是"音乐"和"文学"的矛盾,到二战结束的时候,他又不得不深刻地检讨音乐和德国历史悲剧的关系……

必须指出的是,尽管路德和浪漫派都对音乐情有独钟,他们对音乐的理解却有着根本的不同。路德把音乐当成传播和巩固宗教信仰的工具,看重其陶冶情操、振奋人心的社会功能,在浪漫派眼里,音乐宛若一匹行空的天马,它远离社会、远离尘嚣,拒绝承担任何道德和认识义务。他们所追求的,是不再陪衬外物的音乐,是停止为表情、舞蹈、文字做注释的音乐,一言蔽之,他们要的是"纯音乐"或者说"绝对音乐"。这种认知上的差别自然决定了二者各有所好:路德看重声乐;浪漫派推崇器乐,因为只有器乐才能体现音乐之神奇、之空灵、之神秘,才能最大限度地实现"艺术自律"的浪漫理想。他们赞美音乐,实际上是赞美器乐。霍夫曼认为器乐给人们揭示了"一个与他身处其中的外在感性世界迥然不同的世界",以便他"放弃一切确定的感觉",去"体会无可名状的渴望";而在叔本华看来,在各门艺术中,唯有音乐独立于现象世界,在某种意义上讲,"没有这个世界,也照样有音乐"。然而,说到浪漫派崇拜器乐,瓦肯罗德同样功不可没。照他看来,多声部的众赞歌是声乐发展的巅峰,器乐的辉煌则体现在交响乐,但这既不妨碍他把声乐叫作"有限的艺术",更不影响他去赞赏器乐的"独立和自由"。他认为,音响"既不模仿什么,也不美化什么",所以它构成一个"与世隔绝的世界",所以它好像"一束新的光芒,一颗新的太阳,一个环绕地球的光环世界"。不可否认,瓦肯罗德也有陶醉于声乐,特别是宗教歌曲的时候,《倾诉》中有关德国画家在圣乐灌顶的教堂内皈依天主教那段描写就是证明,但这并不说明他对声乐和器乐一视同仁,因为让画家双膝发软的,并非拉丁语歌曲的文字和内容,而是其旋律和音响。更为重要的是,这段精彩的文字也有助于解释出生于新教家庭的浪漫派为何纷纷皈依天主教。勃兰兑斯曾试图拿这段描写来说明天主教的倾向从一开始就植根于浪漫派的原则之中,同时他还反驳了奥·威·施勒格尔有关天主教倾向来源于艺术家的偏好的说法。可是,勃兰兑斯此言差矣。他之所以否认浪漫派由艺术走向宗教,是因为他过分地相信艺术家的宗教虔诚,是因为他忽略了艺术和宗教之间那层微妙的关系:艺术固然可以充当宗教的诱饵,可以为后者网罗信徒,但艺术从来都不是宗教的忠实奴仆,因为它会喧宾夺主,会使信徒们耽于享受。这个事实连宗教人士也不否认。米兰主教安布罗斯就承认自己"用赞美诗的旋律诱人信教",稍后又有圣奥古斯丁忏悔说:"听觉的欢愉可以鼓舞脆弱的心灵进入虔诚的状态。然而,有时我受歌唱的感动多于受内容的感动,我承认这是犯罪,我后悔不该听到那歌唱。"至于瑞士宗教改革领袖茨温利,则是以斩草除根的果断来消除音乐所造成的尴尬:他不仅禁止在祈祷时唱歌,由于担心音乐使人耽于享受,他还下令把教堂内的管风琴劈成柴火。

如果说宗教是浪漫派的精神鸦片,那么艺术就是这鸦片当中的吗啡。这不仅是那位画家,而且也是音乐家贝格林格给人的启示。贝格林格把音乐称为"信仰之域",还说什么"一接触音乐,心灵的恐惧便化为乌有",但他所谓的信仰和宗教信仰不是一回事。他认为音乐无非是教人"学会感受感觉",他在欣赏音乐的时候,脑子里是一片空白。对此,他做过下述一番坦白:"此时此刻,我们有什么问题得到解答了吗? 我们洞悉了什么秘密吗? ——没有! 尽管没得到任何答案和启示,我们眼前却是云蒸霞蔚,我们感到欣慰,但不知道为什么……"随着这番话跃然纸上的,与其说是一个艺术欣赏者,不如说是艺术吸毒者的形象。贝格林格分明是在音乐声中腾云驾雾。耐人寻味的是,尽管如堕五里雾中,贝格林格却保持着一丝清醒的认识。他念念不忘那些在地上忙忙碌碌的人如何看他:"让他们、让那些在生活中驾车飞驰而过的人、让那些不知道人的心中还有一块保存着神圣静谧的土地的人去讽刺讥笑吧。他们尽可风驰电掣、洋洋得意,他们尽可坚信自己驾驭着世界。但总有一天,他们会嗷嗷待哺的。"不难看出,这种吸食艺术鸦片的行为多少带有反叛社会的意味,贝格林格也的确想借助艺术的魔力,把劳动和进步的理想、务实和效率的观念扔到九霄云外。这是一种典型的浪漫反叛,因为浪漫派的一个基本特征就是抗拒时代主旋律,就是与社会唱反调。当瓦肯罗德致力于在高奏前进凯歌的社会中开辟一方艺术净土的时候,弗·施勒格尔又抛出了把生活艺术化的主张。他不仅肆无忌惮地高喊"我不单享受,我还感受,还享受我的享受",他还惊世骇俗地告诫世人,"勤奋和功用是死亡天使,他们手持火星四射的利剑,阻止人们回归天堂";比他们稍后的艾兴多夫,则让一个抱着乐器东游西逛的"废物"成为艺术家的象征,"废物"拔掉地里的蔬菜土豆,代之以珍奇花卉的举动,把艺术家的"务虚"本质表现得淋漓尽致。

作为浪漫派人物,瓦肯罗德既典型又不典型。当他宣传艺术神圣论和艺术无用论的时候,当他宣传灵感决定论和音乐至上论的时候,他是典型的浪漫派。然而,思想的矛盾和反叛的不彻底又使他显得与众不同。瓦肯罗德不仅在行动上向父亲妥协,乖乖地开始了司法生涯,而且也为此付出了精神代价:他本是一个多愁善感、心地单纯、有着女性般的温柔和羞怯的文学青年,为了当好一个高高在上、冷若冰霜地掂量人的行为的法官,他却不得不拼命地压制自己的本性。之所以如此,是因为他是地道的过渡性人物,是因为他横跨着启蒙主义和浪漫主义两个精神世界。一方面他是无可争议的浪漫先知,留下了宛如空谷足音的艺术宣言和艺术颂歌。他说过:"人的神圣的追求,便是创造这么一种东西:它不为日常用途所吞噬,它遗世独立、熠熠生辉,它不为任何齿轮推动也不推动别的齿轮。"他还说:"在心灵发出的火焰中,没有什么比艺术的火焰窜得更高、更笔直! 没有什么事物能和艺术一样,如此浓缩人的精神和心灵的力量,使之成为人间上帝!"另一方面,瓦肯罗德又不似其他浪漫艺术家般义无反顾地奔赴和陶醉于艺术世界。他有回眸和反省的时候。他常常不自觉地站在父亲的立场,站在启蒙主义者的立场来打量自身、来审视艺术。他看到了问题,他深感惭愧,他由此陷入沮丧乃至绝望,于是就有了贝格林格的艺术家悲剧。概括起来讲,贝格林格是被以下两个认识压垮的。第一,身为凡胎俗子的艺术家,不能超凡脱俗,不能实现远在九天的艺术理想。贝格林格尔自小就因为家庭的干扰、因为吃喝拉撒妨碍他的音乐享受而烦恼,成为音乐家之后,他又摆脱不了自以为是的雇主、装腔作势的观众,还有妒火中烧的同行。艺术家的可悲,就在于他"即便展开精神的翅膀奋力扑腾,也无法脱离尘世"。第二,艺术是无用的、有害的、反人道的。贝格林格发现艺术是骗人的"迷信",发现自己专注于艺术而忽略了人,所以他咒骂自己是一个把人的作品看得比上帝的作品还重要的"傻瓜",所以他告诫人们:"艺术是一颗诱人的禁果,谁要尝过那无比甜蜜的汁液,谁就永远地被逐出那积极进取的世界。"贝格林格如此借用或者说颠覆古老的"失乐园"神话,并无亵渎之意,他只是想表达肺腑之言。他不仅相信艺术家对社会的用处还远远抵不上一个"普通匠人",他还承认,假设他遇上不幸的、需要救助的场面,如果受苦受难的父亲、母亲以及孩子们站在他跟前绞手哭嚎,他将陷入恐惧和沉默,他将为自己的软弱无力感到羞愧。

综上所述,瓦肯罗德所刻画的艺术家悲剧有着历史的必然,而历史的发展是不以人的意志为转移的。艺术家努力把艺术神圣化,可艺术神圣化又和艺术的边缘化结伴而行。当艺术神圣到与社会和人生毫无干系的时候,它也把自身放逐到了社会的边缘。此时此刻,艺术家也许会悟出一个残酷的道理:从"艺术圣人"到"艺术废人",只有一步之遥。如此事与愿违,既是个人的悲剧,也是社会的悲剧。

Ⅱ 众声喧哗
——启蒙的心灵史

市民阶级的心灵史
——读托马斯·曼的《布登勃洛克一家》

1897 年 5 月,出版商萨缪尔·费舍尔致信旅居意大利罗马的托马斯·曼:"如果您肯给我机会出版一部大型散文作品,哪怕是一本篇幅不那么大的长篇小说,我将非常地高兴。"这位年仅二十二岁、只发表过几个短篇的文学青年欣然允诺。在随后的三年里,他从罗马写到慕尼黑,完成了一部以他的故乡——濒临波罗的海的吕贝克——为背景的长篇小说,取名《布登勃洛克一家》(最初取名《江河日下》)。小说于 1901 年出版,出版不久便显露峥嵘,反响甚大,销量随之出现戏剧性攀升①。从马赛到哥本哈根,从阿姆斯特丹到柏林,都有读者发出惊叹:"和我们这里的情况一模一样。"1929 年 11 月,瑞典文学院宣布托马斯·曼获该年度诺贝尔文学奖,但保守的评委们对《魔山》这样的长篇杰作和《死于威尼斯》等优秀中篇视而不

① 以下数据很说明问题:1903 年出第二版,1910 年出到第五十版,累计销售达五万册,1919 年便出到第一百版,1930 年累计销售达到一百万册。到 20 世纪 80 年代,累计销售已超过四百五十万册。

见,特别强调托马斯·曼获奖是因为他写出一本《布登勃洛克一家》。(托马斯·曼对此不以为然。他在致纪德的一封信中写道:"一本《布登勃洛克一家》绝不会给我带来促使和推动文学院为我颁奖的声望。")时至今日,《布登勃洛克一家》已成为名副其实的百年文学经典。初出茅庐便写出不朽的长篇,文学史上仿佛又增添了一个一不留神搞出伟大作品的奇迹。然而,托马斯·曼不相信奇迹。他在惊喜之余开始思考一个问题:起点不高、期望不大的《布登勃洛克一家》凭什么打动世人?[①] 他冥思苦想,终于在年近半百之时豁然开朗:《布登勃洛克一家》是一部"市民阶级的心灵史",他的一生,其实只讲述了一个故事,那就是"市民变化的故事"。

为概括《布登勃洛克一家》的"中心思想"而绞尽脑汁的外国读者,十有八九不会因为读到托马斯·曼这一高屋建瓴的自我总结而茅塞顿开,因为"市民"恰恰是一道阻碍外国读者进入托马斯·曼艺术世界的概念屏障。我们认为问题的根源在于德文词 Bürger。Bürger 源自 Burg(城堡),字面意思是"保护城堡的人",也就是"城堡居民"或者"城市居民",即"市民"。在西欧,市民自诞生之日起就是一个阶级,就存在对立

---

① 托马斯·曼回忆说,他拿新出炉的《布登勃洛克一家》选段把亲戚朋友逗得哈哈大笑,笑声过后众人一致认为该小说缺乏广阔的世界景观,拿来练笔或者自娱自乐倒是不错,当时他对这种看法表示认同。后来在斯德哥尔摩的宴会上他对瑞典女作家、1909 年诺贝尔文学奖得主瑟尔玛·拉格洛夫的话又产生了共鸣,因为后者告诉他,她写《叶斯达·伯陵的故事》时,心里只有心爱的侄儿侄女们,压根儿没想到会因此一举成名。

面。一部欧洲近代史，就是市民阶级反对贵族阶级的历史，就是前者高举着自由、平等、知识以及劳动光荣的旗帜，与固守政权、固守旧有社会观念和社会秩序的后者进行对垒的历史。这场斗争在 18、19 世纪才尘埃落定，西欧各国的市民阶级相继登上历史的宝座，在政治、经济、文化各方面引领时代。然而，尽管有着相似的历史经历，德国市民阶级的自我意识却和他们的近邻有所不同。Bürger 一词便是例证。Bürger 的内涵意义不同于英语的 burgher（家道殷实，思想保守的中产阶级市民）或者 citizen（公民）或者二者之和，也不同于法语的 bourgeois（资产者）或者 citoyen（公民）或者二者之和，让英文和法文译者不胜烦恼。与德国人同文同种同历史的英国人和法国人尚且如此，中国读者的处境也就可想而知了。如果我们因为阅读托马斯·曼的作品查阅一本合格的现代德汉词典，我们有可能被 Bürger 词条搞得头晕目眩：市民、公民、市侩、中产阶级、资产阶级……我们习惯把"市民"看成"城市居民"或者"市井俗民"的缩写，既不理解德国"市民"的关系为何如此复杂，也不明白德汉词典中的解释怎么就没有一个百分之百地适合托马斯·曼的语境①。撞上宁为玉碎、不为瓦全的翻译家，这个词恐怕只好音译为"毕尔格"。Bürger 的隐含意义如此丰富、如此驳杂，这多少反映出社会意识的历史变迁。

———————

① 中译者一般都在"市民"和"资产阶级"之间徘徊。譬如，傅惟慈译的《布登勃洛克一家》采用前者，刘德中等译《托马斯·曼中短篇小说集》则是采用后者。但是译者们没有加任何注释。

这中间有两点值得注意。第一，从 18 世纪后期到 19 世纪的德国市民阶级（das Bürgertum），实际上是一个精英阶层，是由医生、律师、工厂主、大商人、高级公务员、作家、牧师、教授以及高级文科中学教员组成的中上层。相同或者相似的价值观念和生活方式是联系形形色色的阶级成员的纽带。据尤尔根·科卡考证，德国市民阶级在 19 世纪——历史学家们称之为 das bürgerliche Zeitalter（市民时代）——中叶仅占总人口的百分之五，如果把匠人、小商人、小店主这类小市民也计算在内，也不超过百分之十五。尽管德国市民阶级都是殷实之家，我们所熟悉的政治话语也一直把他们统称为资产阶级，使人联想到这个阶级的本质特征是占有并崇拜财富，但是德国市民阶级很难接受单纯的资产阶级称号。个中原因在于，他们引以为豪的恰恰是财富和文化的水乳交融。约翰·沃尔夫冈·封·歌德（虽然他的姓名之间添了一个代表贵族身份的"封"字，他仍然被视为德国市民阶级的伟大代表）的一句箴言便充分表达出他们的文化精英意识："若非市民家，何处有文化。"第二，从 19 世纪开始，Bürger 这一概念便不断受到贬义化浪潮的冲击。德国浪漫派对市民阶级的社会理想和道德理想进行了讽刺和批判，把市民统统描绘成手持长矛的形象，使 Bürger 和 Spießbürger［市侩，小市民，是对中世纪那些没有坐骑的长矛（Spieß）卫士的蔑称］结下不解之缘；掀起"波希米亚革命"的艺术浪子们纷纷向吉普赛人看齐①，浪迹天涯、无牵无挂的"波希米亚"让稳定而体面的"布尔乔亚"遭到严重的审美挫折；资本主义的蓬勃发展和1848/1849 年的民主革命的失败，使无产阶级革命导师认清了德国市民阶级的本质，Bürger 不仅成为保守、软弱、缺乏革命性的化身，而且和来自法国的 Bourgeois（资产者）融为一体；20 世纪 60 年代，随着学生运动和新左派思潮的兴起，"市民"和"市民性"再次成为批判对象，市民阶级的文化优势也沦为笑柄，左派人士故意画蛇添足，张嘴就是 Bildungsbürger（文化市民，如前所述，Bürger 本身就有"文化人"的含义，Bildungsbürger 自然成为一个带有讽刺意味的冗词）。就这样，Bürger 从一个原本褒义的概念逐渐演变成为一个中性的、见仁见智的概念。

托马斯·曼有着根深蒂固的阶级意识和阶级感情。和许多艺术家不同，他年纪轻轻就表达出强烈的阶级归属感。人们也许会因为中篇小说《托尼奥·克吕格尔》感人至深地刻画了市民的灵魂和艺术家的灵魂如何在他心中对峙和争吵而疑心他的阶级立场发生了动摇，但是这一顾虑将被他随后发表的《阁楼预言家》打消。在这篇小说中，他不仅把自己塑造成一个头戴礼帽、蓄着英式小胡子的中篇小说家（这是 19 世纪德国市民的标准形象），而且带着讥讽和怜悯描写在阁楼上面折腾的"波希米亚"。对于他，"市民"是一个值得骄傲的称号，市民阶

---

① 巴黎的艺术浪子们之所以和波希米亚扯上关系，是因为法国人把他们崇拜的吉普赛人叫作"波希米亚人"（bohemiens），吉普赛人被称为"波希米亚人"，则是因为法国人认为他们来自遥远而神秘的波希米亚。

级是一片孕育哲学、艺术和人道主义花朵的沃土，歌德和尼采都是在这块土壤成长起来的文化巨人，所以他托马斯·曼要保持市民阶级的特色，要捍卫市民阶级的尊严，所以他强调，"市民变化的故事"讲的只是市民如何变成艺术家，而非如何变成资产阶级或者马克思主义者。他也如愿以偿地被视为20世纪的歌德①，被视为德国传统市民文化的集大成者。

必须指出的是，1900年前后的托马斯·曼还没有系统地反思市民问题，也没有以市民阶级的总代表自居，所以他的《布登勃洛克一家》本能地把市民阶级划分为三六九等（这在第四部第三章描写的市民代表大会上可谓一览无余），代表曼家的布登勃洛克一家（以下简称布家）属于高等市民。这不足为怪。这是社会存在决定社会意识的又一例证。我们知道，托马斯·曼生在吕贝克的一个城市贵族家庭。诞生于1226年的吕贝克，其实是一个高度自治的城市共和国，德意志民族神圣罗马帝国皇帝所赐予它的"帝国直辖市"地位，甚至保持到1937年。吕贝克是一个拥有辉煌历史的商业城市，在14世纪曾为盛极一时的汉萨同盟的总部所在地（现在的德国航空公司就取名为"空中汉萨"）。但是，在工业化和技术化浪潮席卷德意志大地的19世纪中后期，吕贝克的社会经济发展却没有完全跟上时代的

① 至少有如下事实证明托马斯·曼有这种愿望：他把《托尼奥·克吕格尔》比作"20世纪的《少年维特的烦恼》"，把《魔山》纳入《威廉·麦斯特》开辟的成长小说，长篇演说《作为市民时代总代表的歌德》和长篇小说《绿蒂在魏玛》纯粹是夫子自道。

步伐,商业和商人仍然是社会生活的主宰和核心。曼家的崛起就很说明问题;曾祖父获得吕贝克的市民权并创办粮食商行,祖父和父亲先后子承父业,其名望却超过了父辈。前者兼任荷兰驻吕贝克领事,后者则当选为市府参议,成为这个袖珍国的部长级人物。到托马斯·曼这一辈,曼家已成为无可争议的城市贵族。所谓城市贵族,也就是贵族化的市民,也就是那些虽然没有放弃本阶级的政治和道德理念,但在生活方式和生活情趣方面向贵族阶级看齐的上层富裕市民。市民贵族化,符合仓廪实而知礼仪的社会发展规律,所以这种现象并非 19 世纪或者晚期市民阶级所独有,而是贯穿着市民阶级的发展史。城市贵族的标志,则是考究的饮食和穿着,含蓄而得体的言谈举止,还有高雅的审美趣味。可是,当市民阶级进化到城市贵族的时候,也许麻烦就出来了。这正是《布登勃洛克一家》所触及的问题。

注意到《布登勃洛克一家》副标题"一个家庭的没落"的读者,将惊喜地发现,这本讲述家族没落的小说,竟见不着多少感伤情调,反倒通篇幽默,笑声不断。透过这笑声,我们首先望见了横亘在城市贵族与中下层大众之间那条阶级鸿沟,望见了高高在上、嘲笑一切的城市贵族。不言而喻,离贵族生活相距十万八千里的穷人或者说无产者是要受到嘲笑的。他们对不起贵族的听觉,因为他们一张嘴就是土话(在德国,不会说高地德语即德国普通话,是要遭人歧视的),就闹笑话(参加共和革命的工人斯摩尔特,当他被告知吕贝克本来就是一个共和国后,便说"那么就再要一个"),就说出让人难堪的话(前来祝贺汉诺洗礼的格罗勃雷本大谈坟墓和棺材);他们也对不起贵族的嗅觉,因为他们身上散发着汗味(而非香水味)、烧酒味(而非葡萄酒或者白兰地味道)、烟草味(而非雪茄味);他们更对不起贵族的视觉,因为他们在参加布家的丧葬或者庆典活动时,走路像狗熊,说话之前总要咽口水或者吐口水,然后再提提裤子。格罗勃雷本的鼻尖上一年四季都摇晃着一根亮晶晶的鼻涕。严格讲,小说里所有的穷人都应取名格罗勃雷本——这是 Grobleben 的音译,意为"粗糙的生活"。对于无产阶级革命导师毛泽东的教导——"最干净的还是工人农民,尽管他们手是黑的,脚上有牛屎,还是比资产阶级和小资产阶级知识分子都干净"——尚存记忆的读者也许要问,写这些东西是否太 petit bourgois,是否太小资情调。令人宽慰的是,格罗勃雷本们并非《布登勃洛克一家》的主要嘲笑对象,因为高高在上的托马斯·曼对他们没有什么兴趣(除了《布登勃洛克一家》,他那卷帙浩繁的作品里几乎见不着格罗勃雷本们的踪影)。社会地位与布家相同或者相近的人受到了更多而且更尖刻的嘲笑,如布商本狄恩、酒商科本、裁缝施笃特以及汉诺的教师。和布家联姻的佩尔曼内德和威恩申克,更是布家的大笑料。布家人不但要挑剔发音和穿着,挑剔坐相站相吃相,他们也看重知识和教养。谁要把《罗密欧和朱丽叶》说成席勒的剧本,或者只会欣赏静物画和裸体画,或者碰到盖尔达就问"您的小提琴好吗",谁就会遭受无言的蔑视。

《布登勃洛克一家》并非贵族趣味指南,托马斯·曼也不是一味沾沾自喜的城市贵族,而是一个能够超越阶级局限的艺术天才。这本小说在取笑粗俗外表和低级趣味的同时,也用讥讽的目光来审视外表华丽、格调高雅的城市贵族。布家的几桩婚事便将城市贵族的痼疾和偏见暴露得一清二楚。门当户对,金钱第一,这是城市贵族们雷打不动的嫁娶原则。老布登勃洛克的前后妻都是富商的女儿。他的两个儿子,一个规行矩步,娶了本城名门的千金,另一个则大逆不道,娶了自己所爱的小店主的女儿。这个家庭叛逆不仅受到父亲的经济制裁,他似乎还得罪了老天,因为他的爱情的结晶只是三个嫁不出去的女儿。她们后来则化为希腊神话中的复仇女神格赖埃。叔伯亲戚家发生的事情,姐妹三个用一只眼睛观察,再用一张嘴巴评论。第三代的婚姻更有戏剧性。托马斯虽与本城花店姑娘安娜有过一阵暗恋,但他后来还是非常理智地、非常风光地娶回了阿姆斯特丹百万富翁的掌上明珠盖尔达;朝气蓬勃的大学生莫尔顿很讨冬妮的欢心,但他是总领港施瓦尔茨考甫的儿子,属于小市民阶层,所以他只好眼睁睁地看着冬妮被汉堡商人格仑利希娶走。不料这两桩婚姻都带来灾难性后果:格仑利希是骗子而且破了产(与汉堡商界有着密切往来的布登勃洛克参议竟然对其真实情况一无所知,这也够蹊跷的了),冬妮被迫离婚。后来她嫁给慕尼黑的忽布商人佩尔曼内德,但是她忍受不了胸无大志的佩尔曼内德和与她的贵族观念格格不入的慕尼黑,所以她不久便以佩尔曼内德有越轨行为为理由离了婚,回到能够让她昂首挺胸的吕贝克。她的"第三次婚姻"——女儿的婚姻,则随着身为保险公司经理的女婿锒铛入狱而告终,布家为此蒙受了重大的经济和名誉损失。至于盖尔达,她有丰厚的陪嫁,不同凡响的美貌和情趣,但她也给布家带来孱弱的体质和危险的音乐激情(汉诺徒有布家的外貌),早早地让他们绝了望,也绝了后。同情布家的读者也许会想:莫尔顿毕业后不是很体面地在布雷斯劳开起了医疗诊所吗? 他不能让冬妮过上殷实而体面的生活吗? 后来变成伊威尔逊太太的安娜明明是一个具有旺盛生育力的女人,她甚至在悄悄瞻仰托马斯遗容那一刻也带着身孕(掐指一算,此时的伊威尔逊太太怎么也年过四十了),当初托马斯要娶了她,第四代布登勃洛克还会形单影只、弱不禁风吗? 可是,囿于阶级偏见的布家必然要拒绝莫尔顿和安娜。他们哪里知道自己这一回拒绝了健康和善良,并断送了自家的未来?

布家的衰落,难道要归咎于他们结错了婚吗? 不是的。布家的没落是一个十分复杂的过程,中间搀杂着各种破坏因素。除了事与愿违的婚姻,还有骗子加败家子加竞争对手,还有日趋下降的体质和日益脆弱的意志,还有命运的嘲弄和事情的不凑巧,所以这犹如一曲交织着天灾人祸、内因外因、必然与偶然的四面楚歌,吸引着一批又一批的读者和研究者,使这部百年文学名著有了层层叠叠的"副文本"和林林总总的阐述。但我们中国读者所熟悉的,似乎只有如下学说:是如狼似虎、不择手段的哈根施特罗姆一家(以下简称哈家),造成了恪守传统商业道德的布家的没落,哈家的胜利标志着资本主义从自由竞争到垄断阶段的过渡。这是前民主德国女学者英格·迪尔森1959年明确表述,又在1975年悄悄收回的观点,其思想源头则可追溯到马克思主义文论家卢卡奇。是卢卡奇率先在题为《寻找市民》的论文中把布家与哈家的对比和较量宣布为小说的一条思想红线。他还说,前者是"德国一度为之骄傲的市民文化的载体",后者标志着德国市民阶级由文化主宰转变为经济主宰,也就是资产阶级(他把这种变化命名为"哈根施特罗姆式转折")。素养极高的卢卡奇还不至于从庸俗社会学的角度去把哈家妖魔化,但他毕竟为东德和苏联的研究界定下了"美化布家,贬低哈家"的基调。这种将两家关系阶级斗争化的做法,既得不到托马斯·曼的首肯——他声称自己"在睡梦之中错过了德国市民阶级向资产阶级的转变",也得不到文本的支撑。通读整本小说,我们找不到哪怕一个能够说明哈家违背法律或者商业道德的事例。况且资本主义的商业道德是靠法律来约束的。保险公司经理威恩申克的下场,就说明在偏远的吕贝克也照样天网恢恢,疏而不漏。朝气蓬勃、与时俱进,这是哈家生意红火的主要原因;雄厚的财力加上"自由和宽容"天性,又使他们的政治和社会声望与日俱增:初来乍到的亨利希·哈根施特罗姆,还因为娶了一个西姆灵格(这是典型的德国犹太人姓名)为妻而遭到具有排犹倾向的布登勃洛克们的疏远和冷遇,但是他的儿子亥尔曼已经可以在议员竞选中与托马斯·布登勃洛克进行较量,并险些获胜。他们当然有缺陷,有些还非常令人反感,如肥胖，塌鼻，说话呜舌，珠光宝气，对文物保护不感兴趣，等等。但是我们不能把他们的审美缺陷与道德污点混为一谈（如果读者的眼光被"布登勃洛克化"，特别是"冬妮·布登勃洛克化"，就很容易出现这个问题）。换言之，哈家的兴旺与布家的衰落，不能归咎于好人吃亏，坏人当道。他们充其量让人看到穷人富了没模样，富人穷了不走样。

布家没落的主要原因，无疑在于自身，在于其精神。作为一部心灵史，《布登勃洛克一家》的绝大部分篇幅都在描写布家后代内心变化所产生的后果。形象地说，精神涣散是这个商业望族没落的原因和标志。老布登勃洛克在充满刀光剑影的商业竞技场上全神贯注，出手果断，所以他频频得手。他的儿子和孙子上场之后，却是一个比一个分心，他们一边经商，一边思考与经商无关甚至与之相抵触的问题，所以他们节节败退。他的曾孙不仅拒绝踏入商业竞技场，而且早早地告别了人生战场。小布登勃洛克们的问题，在于他们把心思分给了宗教、历史、哲学、艺术、道德，在于他们想得越来越多，说得越来越多，说话内容越来越离谱。让·布登勃洛克爱上了上帝、英式花园，还有记载家史的金边记事簿，他既为拉登刊普一家的没落惋惜，也担心灾祸叩到自家门。第三代的托马斯之讲究穿着，之卖弄文墨，已超出他的市民同类所习惯的限度，与此同时，他的头脑也越来越被怀疑主义所缠绕。他暗地里对商业产生了道德质疑，暗地里否定自己是合格的商人和市民。他好似一个兴趣索然的演员,勉强维持着老板派头和市民外表,所以当他沾满血污和泥污猝死街头的时候,很难说他是受到了命运的嘲弄还是得到了解脱。他的弟弟克里斯蒂安,不仅告别了目标明确、持之以恒、井然有序的市民生活,而且将含蓄、得体这类市民美德抛在九霄云外。他喜欢描述自己的身体感觉(必要时还可以把裤脚扯起来让众人看)和思想感受,他思无羁绊、口无遮拦,全然不顾什么阶级立场、家族立场、个人立场,所以他的话既发人深省又令人困惑,所以他一会儿让人低首害臊,一会儿令人捧腹大笑(他是书中最大的笑料供应商)。由于摆脱了个人欲望和各种利害关系,他已进入康德所定义的审美状态和叔本华所讴歌的认识状态,他已经化为"清亮的世界之眼"。难怪高深莫测、高不可攀的盖尔达——她欣赏的人不出三个,她说的话不出三句——要对他另眼相看,要说他比托马斯更不像市民。可惜这天才的克里斯蒂安,最终进了疯人院。由于他,普灵斯亥姆牧师已经当众把布家宣布为没落的家庭。值得注意的是,也是因为不可救药的暴露癖而成为阶级异己的克里斯蒂安,却和托马斯一样害怕别人流露真情。不论号啕大哭的冬妮,还是戚然肃然的吊唁者,都叫他手足无措。事实上,害怕"裸情"的不仅仅是这两兄弟,整个布家都是这样。佩尔曼内德受到他们暗中嘲笑,一个原因便是他表达感情太直率;当已有临终预感的托马斯畅谈起自己对高山和大海的形而上思索时,天真但又不乏阶级本能的冬妮也觉得不应该。发生在布家的这种现象,反映了市民阶级的一个精神飞跃。想当初,譬如说从《布登勃洛克一家》倒退一百年，真情还是市民阶级手中的武器。他们讴歌真情，袒露真情，见谁都"敞开心扉"（德文叫Herzensergießungen），跟谁都恨不得以兄弟姐妹相称（席勒的《欢乐颂》真是喊出了时代的心声）；他们决意用一颗真诚、温暖、鲜活的心，来对抗贵族阶级的虚伪、冷漠、俗套。如今，他们不仅站到了贵族阶级的立场，而且大有后来居上之势：他们躲避真情，已从生活躲到艺术，所以把躲避真情提升为审美原则。托马斯·曼的中篇小说《托尼奥·克吕格尔》，还以一个对人"掏心"的商人和一个诗兴大发的军官为例，说明"健康而强烈的感情，素来就没有什么审美能力"。随着市民阶级审美趣味的贵族化，19世纪后期以来的一流长篇小说——这是道地的市民阶级的艺术——无不以反讽，以冷峻，以"酷"为首要特征。布家发展到第四代，其贵族趣味又上了一个台阶。汉诺自小就显得高贵而脆弱，就有一种不声不响的优越感。这种感觉一方面得益于他的身世，因为作为布家人，他不仅可以嘲笑学校教员的寒碜着装和举止，他还可以为这些充其量算中产阶级的讨厌鬼不能跟到宛若人间仙境，却又贵得要命的特拉夫门德去烦他而幸灾乐祸。他的优越感的另一根源，则是他沉湎其中的音乐。音乐，这可不是普普通通的艺术。同样从《布登勃洛克一家》倒退一百年，也就是在浪漫派运动风起云涌之时，音乐就被德意志的哲人和诗人异口同声地推举为艺术之王，成为最阳春白雪的艺术。音乐家的头顶上也随之浮现一轮神秘的光环。有趣的是，这一现象也见诸布家。通晓文学和绘画的托马斯，便因为不懂音乐而在盖尔达面前抬不起头,盖尔达则毫不掩饰她对乐盲的蔑视。如果没有这种蔑视,我们很难想象她怎么会公开与封·特洛塔少尉搞暧昧的二重奏。耐人寻味的是,已经进入最高艺术境界的汉诺,在生活中却是一个窝囊废。他比总不成器的克里斯蒂安叔叔还要窝囊:克里斯蒂安至少还声称自己能够干这干那,汉诺却永远对"长大了做什么"的问题保持沉默。他不单因为不能子承父业而辜负众望,他也没想过要成为——就像冬妮姑姑所说的——莫扎特或者梅耶比尔。对于他,音乐不是什么"事业",而只是精神鸦片和自慰的手段(描写他在八岁生日弹奏幻想曲那段文字可谓素面荤底)。更叫人绝望的是,除了音乐、海滨以及和凯伊的友谊,汉诺见不着别的人生乐趣和人生目的,所以他未及成年便撒手人寰。布家的香火熄灭了。牵挂布家命运的托马斯·曼,还在中篇小说《特利斯坦》中为他们写了一段亦庄亦谐的悼词:"一个古老的家族,它太疲惫,太高贵,它无所作为,无以面对生活,它行将就木。它的遗言化为艺术的鸣响,化为缕缕琴声,琴声浸透着临终者清醒的悲哀……"

布家的衰落显然有点"横看成岭侧成峰"的意味。他们一方面体质越来越差,意志越来越弱,想法越来越务虚,社会形象越来越不体面,他们当然退化了,也非市民化了。另一方面,如果说德国市民阶级是文化精英,如果说通晓其时代的高雅文化是这个阶级的基本特征,那么,不读歌德和席勒,只会欣赏通俗风景画,只晓得在饭后茶余吹吹洛可可小调的老布登勃洛克,恐怕还算不得标准市民。他的后代要比他标准得多:托马斯读过海涅和叔本华,汉诺则陶醉于代表 19 世纪后期德国乃至欧洲最高文化成就的瓦格纳音乐。如是观之,从曾祖父到曾孙,布家经历的是一段进化史,一段市民化的历史。进化也罢,退化也罢,市民化也罢,非市民化也罢,反正《布登勃洛克一家》揭示了一种反比例关系:精神越发达,生存能力越低下。这是一条令人耳目一新的定律,但我们还不能叫它"布登勃洛克定律",因为这不是托马斯·曼的发明。早在《布登勃洛克一家》诞生之前,一向言必称希腊的欧洲思想家们似乎忘记了古希腊的文人和哲人皆能掷铁饼扔标枪并且骁勇善战这一史实,纷纷宣告精神和肉体、思想和行动之间存在反比例关系:克莱斯特在《论木偶戏》中讲到一只任何击剑高手也奈何不得的狗熊,一剑刺去,它的前掌会化解你的进攻;若是佯攻,它会一动不动;叔本华则断言,没什么思维习惯的野蛮人更善于斗兽和射箭这类活动,他还说,智力越高,痛苦越大,天才最痛苦;尼采又把哈姆莱特之迟迟不肯下手归咎于知识妨碍乃至扼杀行动;在 19 世纪的后三十年,由于相关书籍雨后春笋般地涌现(最具影响力的是意大利犯罪学家隆布罗索和德国精神病医生朗格-艾希鲍姆),天才与疯狂的关系在欧洲知识界几乎无人不晓……《布登勃洛克一家》证明托马斯·曼是一个善于把烂熟的思想果实酿成艺术美酒的天才。

有家族,就有兴衰。布家的兴衰也不足为怪。拉登刊普一家,布家,哈家先后入主孟街豪宅,便是三十年河东、四十年河西这一永恒真理的生动显现。在布登勃洛克一家的故事结束时,我们看到布家日薄西山,哈家如日中天。然而,一想到法学家莫里茨·哈根施特罗姆身体虚弱而且产生了艺术细胞,我们就不得不为哈家的未来捏一把汗,我们有理由预言哈家的辉煌也持续不了几代。因此,与其说《布登勃洛克一家》的伟大在于它细致入微、引人入胜地刻画了一个家庭的衰败过程或者说一个阶级的内心变化过程,不如说它让我们经历了一场精神洗礼,使我们炼出一道透视家族兴衰的眼光。

启蒙的启示录

——从《魔山》看托马斯·曼的启蒙观

　　欧洲的启蒙运动开辟了现代历史的进程，给人类带来了现代思想和现代普世价值。这些早已走出书本和书斋的思想和价值，也早已成为影响和塑造现实世界的精神力量，所以，启蒙运动无可争议地成为现代历史和现代性的源头，启蒙也顺理成章地成为当今世界的热门政治与学术话题。值得注意的是，政界与学界在启蒙问题上明显存在认识反差。前者倾向把启蒙神圣化和工具化，把启蒙视为万福之源，西方主要国家更是把启蒙历史和启蒙价值当作软实力，当作对付前启蒙或者未经启蒙的国家的政治大棒和经济谈判筹码；相比之下，学界的态度趋于多义和复杂。学者们对启蒙的反思和批判可谓由来已久。如果可以把康德的《纯粹理性批判》视为启蒙运动的自我批判，我们就可以说启蒙的自我批判始于其诞生之日。从18、19世纪之交的浪漫派到20世纪中叶的西方马克思主义，再到当代学术界，针对启蒙的批判声音一直不绝于耳。批判者站在各自的立场对启蒙进行声讨，把暴力革命和对大自然的破坏,把极权主义和帝国主义、个人主义、物质主义以及虚无主义全都归咎于启蒙,启蒙犹如万恶之源。"启蒙辩证法"不再是个别清醒者的振聋发聩的呐喊,而逐渐成为学界共识。启蒙的祸与福、启蒙思想给人类带来的辉煌和困境似乎同样引人注目。

当今的启蒙研究蔚然成风,研究成果蔚为大观。但这方兴未艾的启蒙研究却对一个重要的思想资源仿佛视而不见、弃而不用。这个需要重视和开发的思想资源就是文学。文学对启蒙的关注和反思也可以说始于启蒙时代。歌德的《浮士德》(第二部)就可看作德语文学中最早和最具分量的启蒙反思录。不过,在这部作品诞生后的一个半世纪里,几乎没有谁把它当作启蒙反思录来读。《浮士德》一直被视为诞生于启蒙时代的"浮士德精神"的颂歌。20世纪后期的人类经验才促成了《浮士德》接受中的范式转换。人们这才恍然大悟,发现以自强不息和征服世界为本质特征的"浮士德精神"与其说是一曲高亢的启蒙礼赞,不如说是对启蒙理念的绝妙讽刺和批判;人们这才看到浮士德在将其旨在造福人类的宏伟事业付诸实践的时候,也践踏了生命破坏了自然,看到这位英雄最终变得如何盲目如何可悲——他居然把自己的掘墓人当作将其宏图大业付诸实践的民众。对"浮士德精神"进行批判性反思,就等于对启蒙精神进行反思和批判。由于启蒙研究者忽略文学资源,文学作品很难进入启蒙研究的主流文献,即便进入启蒙研究正典的脚注也无比艰难。个中原因,也许在于文学家们多半借助形象进行思考和表达，在于文学表达天然具有含蓄性、多义性、复杂性。

托马斯·曼的长篇小说《魔山》也是一部启蒙启示录。这本小说不仅塑造了一个栩栩如生、耐人寻味的启蒙者形象，而且把主人公汉斯·卡斯托普刻画为启蒙与反启蒙势力时时刻刻争夺的对象——这场较量正是这部因为内容庞杂而被讥讽为"鲨鱼的胃"（汉斯·威斯林：《托马斯·曼年鉴》）的长篇小说一条清晰可辨的思想和艺术红线。从某种意义上讲，汉斯·卡斯托普滞留疗养院的七年历史，就是一部日常化和德国化的启蒙与反启蒙的斗争史。然而，这本永不寂寞的哲理小说是一部被忽略的启蒙启示录。也许因为研究启蒙的专业哲学家们不读《魔山》，而曼学专家们又对《魔山》刻画的启蒙问题视而不见，在蔚为大观的《魔山》研究文献中几乎就见不着启蒙专题研究，本来非常惹眼的启蒙问题却成为这本大部头小说的思想盲区和研究死角。这种局面应该得到扭转。

塞腾布里尼的存在使启蒙问题在《魔山》里面变得相当惹眼。塞腾布里尼是旗帜鲜明的启蒙主义者，在众多来来往往的疗养客中，唯有他的身影自始至终晃动在汉斯·卡斯托普眼前，唯有他自始至终在跟汉斯·卡斯托普交往、交谈……

卢多维科·塞腾布里尼是意大利人。他的祖父是一个走南闯北的革命家，降生在希腊土地上的父亲则是一个致力于研究古典文化的书斋学者。这样的民族和家庭背景不仅让塞腾布里尼有了启蒙者的精神谱系——古希腊文化和意大利的文艺复兴就是启蒙思想的源头，而且把他变成了一个既有坚定的社会理想、又有深厚人文素养的启蒙主义者。对于汉斯·卡斯托普，塞腾布里尼是一个不请自来的教育者，一个几乎形影不离的监护人。塞腾布里尼随时随地给他讲解善恶是非，宣传启蒙理想，在和纳夫塔进行昏天黑地的辩论战时他也尽量坚守其启蒙思想阵地。通过他，由理性、进步、自由、民主、平等、公正、人类的尊严和尘世的幸福等价值构成的启蒙思想世界，得以高度完整地呈现在读者眼前，抽象的启蒙原则也变得形象、具体而且耐人寻味。

对于他的思想，我们可以做出如下粗略概括：

启蒙就是批判，就是教育。塞腾布里尼一出场就是批判者和教育者的形象。他与汉斯·卡斯托普初次见面就冷嘲热讽并且主动承认自己说话刻薄，但是他的刻薄有两个正当理由：其一，刻薄是"理性闪闪发光的武器，可以用来对付黑暗和丑陋势力"，恶意"体现批判精神，而进步和启蒙都始于批判"；其二，刻薄有教育意图。他提醒汉斯·卡斯托普及其表兄："人文主义者都有教育者的天赋……先生们，人文主义和教育学的历史关联证明二者在心理上相通。"所以，他当仁不让地做起了汉斯·卡斯托普的思想监护人①，而且他也证明了自己具有教育

---

① 邓晓芒对启蒙者的教育冲动不以为然。他论证说，启蒙就是人们走出由自我招致的不成熟状态，但对成年人启蒙无异于让人再次自我招致不成熟状态，所以他断言"知识精英以民众的监护人自居，是一种反启蒙心态"。在他看来，中国的两场启蒙运动（五四运动和 20 世纪 80 年代以来的思想解放运动）就因此充满缺席。

者的天赋:他擅长寓教于乐,他也懂得"换着花样教育人,一会讲故事,一会讲抽象的道理",难怪汉斯·卡斯托普要感叹"他不愧是教育家"。

启蒙就是理性。塞腾布里尼永远理性,即便在狂欢节也用理性原则对人对己,把理性原则贯彻到细枝末节,所以他反对汉斯·卡斯托普随波逐流地在狂欢节放弃尊称,拒绝跟他"你"来"你"去,其目的就是就要让他保持清醒和距离;当汉斯·卡斯托普以借铅笔为由,不顾一切地走向他渴慕已久的肖沙夫人的时候,塞腾布里尼徒劳无益地在他背后喊话:"喂!工程师,等一等!别这么当真,工程师!理智一点儿,明白吗!真是疯了,这小伙子!"

启蒙就是进步。塞腾布里尼反对汉斯·卡斯托普从"平原"来到高山疗养院,敦促计划在山上停留三周的汉斯·卡斯托普立刻下山。"平原"指汉斯·卡斯托普的家乡,也就是位于北德平原的港口城市汉堡,汉斯·卡斯托普即将在汉堡成为船舶工程师。"高原"指位于阿尔卑斯山脉的瑞士达沃斯的山庄疗养院。塞腾布里尼讴歌"平原",是因为"平原"是"劳动的世界",他对船舶工程师肃然起敬,因为工程师是"实用天才",也就是研究和应用科学技术的人才。塞腾布里尼对科学技术顶礼膜拜,是因为科学技术有助于启蒙主义者的进步理想的实现,人类可以借助科学技术征服自然,缩小彼此之间的距离,增进民族了解,消除民族偏见,最终从"黑暗、恐惧、仇恨"走向"友爱、光明、善良、幸福",把世界大同的梦想变成现实。塞腾布里尼厌恶疗养院,因为疗养客们全都浑浑噩噩,醉生梦死,没有时间观没有进步观,所以他把疗养院喻为冥府,把两位主管医师称为米诺斯和拉达曼特斯,把汉斯·卡斯托普称为俄底修斯,讥讽他"自愿通过爬山的方式来到我们这些生活在下界的人中间"。

启蒙就是反封建反宗教。塞腾布里尼声明自己热爱"身体",热爱"形式、美色、自由、快乐、享受",唾弃那诋毁健康和美,把病弱变成进入天国的通行证的黑暗中世纪;他认为基督教经不起理性的审判和推敲,故意在圣诞平安夜谈论"木匠的儿子"和"人类的拉比",对历史上是否真有耶稣其人表示怀疑;他盛赞德意志民族的学习并改进的两大发明——火药和印刷术,因为前者可以"把封建主义的铠甲轰得稀巴烂",后者则有益于民主思想的传播;他蔑视"亚洲",因为"亚洲"相当于现存的中世纪,"亚洲"信奉无为哲学,没有进步观念,也没有社会进步。

启蒙就是革命。塞腾布里尼信奉进步和光明,信奉科学和民主,把建立一个充满民主和理性、和谐与公正、幸福和健康的世界共和国视为最高理想。但他也知道,要实现这一理想就必须进行革命,就必须打破"王朝统治和宗教信仰";把世界共和国带到人间的,不是"鸽子的脚爪",而是"雄鹰的翅膀",所以他崇拜法国大革命,对他的革命家祖父崇拜得五体投地:他祖父曾出生入死,披挂上阵,祖国沦陷之后永远身着黑色,以示哀悼;巴黎爆发"七月革命"后,祖父大声宣称,"有朝一日,所有人都将把巴黎那三天与上帝创造世界那六天相提并论"。

启蒙就是增进人类的健康和幸福,让人类摆脱疾病和痛苦。塞腾布里尼不仅加入"促进进步国际联盟",以书信方式与组织保持联系,而且他还参与该组织策划和实施的一项效仿并超越 18 世纪法国百科全书的庞大工程:他与来自世界各地的医生、国民经济学家、心理学家同心协力,共同撰写多卷本《痛苦社会学》和多达二十卷的《社会病理学》。前者旨在找出人类痛苦的社会根源,后者旨在对病态的社会进行诊断,二者互为补充,殊途同归。与此同时,塞腾布里尼批评汉斯·卡斯托普对病痛所持的错误观点,因为汉斯·卡斯托普不习惯见到粗俗而愚蠢的病人,认为疾病应该使人变得敏感而高贵。他还以子之矛攻子之盾,讥讽对疾病发表哲学高论的汉斯·卡斯托普的身体恐怕也并非他本人想象的那么健康。

塞腾布里尼重文学,轻音乐。他有文以载道的理念,相信优美的文字与优美的思想和优美的行为密切相关,所以他对既无"载道"意愿,也无"载道"功能的音乐不以为然。面对钟爱音乐的汉斯·卡斯托普,他欲擒故纵地自称是"音乐的情人",然后以如下方式解释什么叫"音乐的情人":"这并不是说我对音乐特别充满敬意,并不是说音乐在我眼里跟语言一样可敬可爱——语言是精神的载体,是为进步事业服务的工具,是为进步事业开垦土地的闪亮犁头……音乐则欲言又止,态度暧昧,事不关己,高高挂起……您可以说音乐有崇高的一面。是的!崇高的音乐会点燃我们的情感火焰。但关键在于点燃我们的理性火焰！从表面看,音乐是运动的化身——同时我又觉得它有寂静主义之嫌。让我来一句极端言论:我对音乐怀有政治上的反感!"

　　塞腾布里尼显然是一幅启蒙者的漫画。他的漫画特征既来自其夸张的言行,也归咎于他的自我矛盾和人性弱点。譬如,他的美食和调情嗜好超出了人们对启蒙者的期待;他有过于强烈的意大利民族情结,在合适和不合适的场合都要诅咒长期欺负意大利的奥地利,这与启蒙者的国际主义和世界主义情怀很不协调;当纳夫塔赞扬基督教真正实现了人人平等的原则时,他攻击教会"重视灵魂的数量而非其质量",还说由此可以推断教会的精神品味不够高贵,其贵族观念溢于言表;他把按照疗养院规章制度行事的疗养客比喻为任人宰割的羔羊,还讽刺在疗养院里也表现出恪守纪律的军人本色的约阿希姆·齐姆森"会玩那种受人奴役时还能保持骄傲的把戏",他自己却因为疗养院主管医生发出健康警告而放弃参加"促进进步国际同盟"在巴塞罗那举行的重要会议,等等。塞腾布里尼的启蒙思想特征虽然有些夸张,但是没有受到歪曲,他的形象就是一幅惟妙惟肖、形神具备的启蒙漫画。

　　这幅启蒙漫画当然表达了托马斯·曼对启蒙思想的保留和批判。塞腾布里尼们编写《痛苦社会学》和《痛苦病理学》这一细节,把托马斯·曼对启蒙思想的基本认识和评价表达得淋漓尽致。在他看来,启蒙的缺陷在于其浅薄的乐观主义:浅薄导致乐观,乐观反映浅薄。而启蒙者之所以浅薄,是因为他们习惯在社会层面思考问题,凡事都找社会根源,以为可以通过社会进步和改善社会制度来解决一切问题,甚至可以彻底消除痛苦和罪恶。但是,人类的痛苦与罪恶的根源与其说在于社会,不如说在于人性或者人类自身,所以永远无法根除,有人类就有痛苦和罪恶。塞腾布里尼们把《痛苦社会学》和《痛苦病理学》视为救世宝典,证明他们是社会决定论者,他们也必然是乌托邦主义者——从社会决定论到社会乌托邦只有半步之遥。塞腾布里尼们的大百科项目看似夸张、荒唐,类似的宏愿在现代历史上却是屡见不鲜。我们很熟悉的"新社会新人类"的历史乌托邦就如出一辙。这种用新社会造就新人类的设想就是登峰造极的社会决定论,跟启蒙思想可谓一脉相承。(歌德让浮士德昔日的学生瓦格纳去从事"人造人"项目,不知是否也在影射启蒙主义者塑造新人类的宏伟构想。)总之,彻底摆脱痛苦的人类社会只能是一个乌托邦,根除人类痛苦绝不可能。

《魔山》的启蒙批判带有鲜明的德国特色和艺术家特色。就是说,托马斯·曼是站在德国人和艺术家的立场对启蒙进行反思和批判。既然如此,德国文化和艺术家天性中有什么东西跟启蒙思想互不兼容?

首先是音乐和启蒙不兼容。德国是真正的音乐王国,音乐则是真正意义上的德意志民族艺术;音乐不仅铸造了德国文化的辉煌,而且塑造了德国民族气质,在某种意义上还决定了德意志民族的历史命运。这是托马斯·曼最深刻的认识,也是他最坚定的信念。第一次世界大战爆发之后,他撰写了一系列旨在阐述德国文化特征和民族气质的文章。在论战性和纲领性的长篇檄文《一个不问政治者的看法》中,他用包括"文学"和"音乐"在内的一系列对立概念来阐释法德两国的文化差异。他的基本看法就是:音乐使德国人变得内向、深沉、不问政治,文学则让法国人形成了外向、健谈、热衷政治的民族性格,所以启蒙者塞腾布里尼讥讽啤酒、烟草和音乐是德国国粹,所以他责怪汉斯·卡斯托普和他的祖国保持一种"让人不知其深浅的沉默",并且明确表示自己"对音乐怀有政治上的反感"。二战结束后,德国的历史灾难和历史罪孽迫使托马斯·曼再度对德意志文化精神和民族性格进行思考,音乐再度成为其思考的焦点。他不仅没有改变音乐性等于德国民族性这一基本认识,而且抱怨"没有将浮士德与音乐联系起来,是浮士德传说和诗作的一大错误"。他指出:"如果浮士德是德意志心灵的代表,他就必须是音乐家;德国人的世界观抽象而神秘,有音乐家气质。"也正因如此,他在二战后期的炮火声中创作了长篇小说《浮士德博士》,把个人、艺术和民族的命运交织在一起,而小说的主人公就是一位现代音乐家。对于这种几乎被他恶魔化的音乐气质,他没有谴责和批判。他只是认为德国人的音乐气质,跟其政治冷漠和政治幼稚之间存在因果关系,而这种因果关系又成为德意志民族悲剧的根源,所以他很赞同巴尔扎克说的一句话:"德国人,他们对自由这一伟大工具一窍不通,但天生会摆弄所有乐器。"值得一提的是,身为文人的托马斯·曼对音乐的欣赏和崇拜几乎达到自我否定的地步。他不仅在《一个不问政治者的看法》中把德国称为"非文学国家",他还把自己的写作活动分为高低不同的档次,把最高级的写作活动即小说创作称为"音乐"。音乐崇拜是典型德国传统,确切说,是德国浪漫派开辟的传统,因为德国不仅在浪漫派时期成为音乐大国,认为音乐"最富浪漫精神"的德国浪漫派,还把音乐奉为"艺术之王",使音乐地位高于包括文学在内的其他艺术。音乐给德国民族性格打下深深的烙印,音乐也让德国心灵与启蒙精神难以融合。

让德国浪漫派与启蒙精神互不兼容的不仅仅是音乐。德国浪漫派发明的浪漫反讽也让启蒙主义者难以欣赏。什么是浪漫反讽? 根据"反讽之父"施勒格尔的定义,浪漫反讽就是在"自我创造"和"自我毁灭"之间循环往复,就是让玩笑和正经水乳交融,最终通过无限的反思达致"无限的完善性"。又"转"又玄的浪漫反讽其实是一种反思艺术,属于哲学反讽,比以"说反话"为特征的古典修辞反讽复杂得多,也高级得多。但是启蒙者至少有两个理由不喜欢浪漫反讽:一是它让人捉摸不透,不适合做教育和宣传的工具(阿里斯芬对反讽家下的定义就耐人寻味:"跟油一样滑,跟橡胶一样有弹性。")肩负着启迪民众重任的启蒙者自然青睐通俗易懂、明白无误的表达,所以塞腾布里尼声明自己只欣赏"直来直去的、作为古典修辞手段"的反讽;其二,浪漫反讽和音乐异曲同工,它能够使人的精神"向内转",使人漠视外界、漠视社会政治现实。"反讽之父"施勒格尔拿"反讽的祖父"费希特的《知识学》和歌德小说《威廉·迈斯特》跟法国大革命相提并论,这就很耐人寻味。恐怕也只有德国浪漫派的内心天平上面,一本哲学书或者一本小说才能显示出跟一场改变人类历史的社会革命同等的分量。因此,对于塞腾布里尼所欣赏、所宣传的修辞反讽,身为首屈一指的浪漫反讽大师托马斯·曼只会莞尔一笑。

对疾病和痛苦的态度也让启蒙与浪漫互不兼容。启蒙者赞美光明、快乐、健康,德国浪漫派却崇拜黑夜、疾病、痛苦,把疾病和痛苦高贵化、天才化。诺瓦利斯和叔本华就是突出的代表。前者不仅创作《夜颂》,而且通过对大自然的观察和反思发展出一整套疾病哲学:"植物生病导致动物化,动物生病导致理性化,石头生病导致植被化。"后者则发现人的智力愈高、认识愈明确就愈是痛苦。所以,纳夫塔在和启蒙者塞腾布里尼的辩论中强调疾病与人性、与天才成正比。他还提醒塞腾布里尼:"在所有的时代,健康人都是靠着病人取得的成果活着!有那么一些人,他们自觉自愿地生病和发疯,以便为人类获取知识;这些通过疯狂获取的知识变成了健康,在当初的牺牲之后,占有和享用知识和健康就不再以疾病和疯狂为前提了。这真正是伟大的献身,就像耶稣被钉死在十字架上……"汉斯·卡斯托普仿佛也有浪漫遗传基因,因为他始终不明白山庄疗养院的病人为何能够做到愚蠢而粗俗,疗养院为何缺乏庄严肃穆。明确"反对浪漫主义"的塞腾布里尼自然要对他进行讽刺和批判。

对危险与罪恶的态度也让启蒙与浪漫互不兼容。就像对疾病和痛苦一样,启蒙者对罪恶和诱惑也避之唯恐不及。在塞腾布里尼眼里,疗养院充满疾病和罪恶,所以他力劝汉斯·卡斯托普赶紧返回平原,所以他生怕汉斯·卡斯托普在"魔山"接触坏人坏事坏思想,生怕他陷入诱惑与危险,所以他既不想让他接近肖沙夫人,也不想让他认识纳夫塔。相比之下,浪漫派都是"上山派"。《魔山》用"平原"和"高山"代表启蒙世界与浪漫世界,可谓既艺术又直白,既大胆新颖,又在预料之中。浪漫派蔑视"平原",因为它与平凡、平淡、平庸相连;浪漫派崇拜高山,是因为他们相信"无限风光在险峰",相信山上有宝藏,相信山上有非同寻常的知识和体验,有超凡脱俗的美和智慧。就是说,在浪漫派眼里,每一座高山都是真正意义上的魔山。"浪漫派国王"路德维希·蒂克笔下的鲁能山就是一座魔山,他的同名不朽艺术童话也成为各种"魔山"故事的叙事原型。在鲁能山历险的克里斯蒂安,既是在瓦特堡流连忘返的唐豪塞的艺术祖先,也是在达沃斯乐不思蜀的汉斯·卡斯托普的艺术祖先。托马斯·曼说过,他把汉斯·卡斯托普送上山,是为了让他理解一个道理,即"一切高级的健康都必须以对疾病和死亡的深刻体验为前提,就像获得拯救的前提是经历罪恶"(《演讲与文章》)。所以汉斯·卡斯托普对肖沙夫人说:"通向生命的路有两条,一条是又直又平的寻常道路,另一条则很糟糕,它途经死亡,这是天才之路。"这表明,浪漫派寻求或者迎接启蒙者避之唯恐不及的痛苦和罪恶,是因为他们有辩证眼光和辩证思维,是因为他们懂得艺术辩证法和道德辩证法：既然荷花离不开污泥，既然水至清则无鱼，那么真正的圣人应该是昔日的罪人①，就应该是一个放下屠刀的屠夫，人生和社会的不幸也可以变成艺术之大幸②。和浪漫派相比，缺乏辩证眼光的启蒙者专拣又直又平的寻常道路走，自然显得浅薄、小气、乏味。启蒙者的教育也必然流于肤浅。

启蒙与浪漫的区别和对立，还在于一个世俗，一个浪漫。启蒙运动所开辟的现代化进程以世俗化为特征。世俗化进程动摇了教会统治和基督教思想，同时也导致世界的功利化、唯物化、"去魅化"。浪漫派反对"去魅"，因为"去魅"不仅意味着从山林水泽或者说从人的内心撵走神神鬼鬼，而且会导致这个世界失去很多的思想、理想、魅力或者说美，世界将变得低级、单调、乏味。浪漫派的"还魅"愿望油然而生，诺瓦利斯喊出了"世界必须浪漫化"的响亮口号。浪漫派也旗帜鲜明地反唯物、反功利，所以施莱格尔断言"勤勉和功利是手持火剑的死亡天使，他们阻挡人们返回天堂"，所以艾辛多夫笔下那个不中用的人从花园里拔掉土豆和蔬菜，代之以名贵花卉。在《魔山》里

---

① 托马斯·曼眼里的经典实例是陀思妥耶夫斯基。他在一封信中写道："伟大的道德家大都有着罪孽深重的过去。据说陀思妥耶夫斯基就曾诱奸儿童。他还有癫痫病，今天人们已经把这种神秘的病解释为一种淫荡的表现。"

② 在《一个不问政治者的看法》中，托马斯·曼曾以作曲家比才为例子反驳启蒙主义的理性和德行崇拜。比才认为，在充满理性和德行的社会里，"不再有不公正，所以也没有不满意的人，不再有人侵犯社会契约，不再有牧师警察罪犯，不再有卖淫通奸，不再有活跃的情绪与激情……也就不再有艺术！"

面,反功利、反实用、反俗气的浪漫派思想四处可见。汉斯·卡斯托普不肯下山,塞腾布里尼认为这是选择懒散,背叛劳动世界,汉斯·卡斯托普却感觉这种闲散生活具有健脑益智之效,他说他在山上这十个月产生的思想超过了在平原上产生的思想的总和。他对肖沙夫人的恋情更是违反了启蒙者实用和理性原则,因为肖沙夫人不仅是有妇之夫,而且因为生病而无法生儿育女。至于纳夫塔,他不仅一出场就引用神秘主义者克莱尔沃的伯尔讷的名言:水磨、田野、卧榻代表由低贱到高贵的三种人类生活,他还一再使用基督教和现代共产主义的思想武器,对启蒙带来的世俗化后果展开猛烈的审美-政治批判。他指出现代国家的灵魂就是金钱,批评启蒙主义者"愚蠢地"把生活当目的,嘲笑启蒙者的伦理道德其实是"立足于理性和劳动的庸人哲学",说他们最大的理想就是让人类"长寿、多福、富贵、健康",等等。在纳夫塔的揭露和攻击之下,世俗化的启蒙世界显得很不理想、很不英雄、很不审美。(在当今世界,对世俗化结果的不满促使人们越来越关心"幸福指数"和"再造神圣"等问题。譬如赵敦华提出了"神圣和世俗文化相结合的新启蒙观"。)

托马斯·曼的启蒙观既给人以深刻的启示,也给人留下巨大的悬念。它给人的第一个启示和悬念,就是能否把德国视为一个具有深厚启蒙传统的国家这一问题。托马斯·曼所揭示的德国历史和德国文化的特殊性是如此的触目惊心,几乎让人不得不思考"欧洲启蒙运动"这一概念是否成立。因为且不说德国和英国,就是法、德两国的启蒙思想家也无法组成欧洲启蒙共同体或者说价值欧共体。法国启蒙运动重理性,反宗教,致力于社会变革,而这些恰恰都是很不德国的启蒙特征。德国的启蒙者既未"幻想用最后一个教士的肠子绞死最后一个国王",也从未号召"每一个清醒明理的人、每一个正直体面的人都应该憎恶基督教教派"(《启蒙与世俗化——东西方现代化历程》);德国产生了空前绝后的三大批判,提出了"Sapere aude!"(敢于认识)这一响亮口号。但是德国的启蒙思想家从来不鼓励人们去认识社会,德国人也从未把批判的武器转化为武器的批判——启蒙不曾给德意志大地带来社会革命(对于启蒙与革命的关系,西方学界存在启蒙导致革命论与启蒙避免革命论的对立);德国哲学的理性可谓登峰造极,但是德国哲学拒绝政治化(托马斯·曼认为"哲学政治化"是法兰西传统),它最终沦为极端理性或者超理性,未能深入民族魂,德意志民族的浪漫气质其实远远超过法兰西。"德国人就是用浪漫方式对启蒙的理智主义和理性主义发动反革命的民族,就是用音乐反抗文学、用神秘反抗清晰的民族",托马斯·曼如是说;从不列颠远眺德国的哲学家罗素也有类似看法:"德国永远比其他任何国家都容易感受浪漫主义,也正是德国,为讲赤裸裸意志的反理性哲学提供了政治出路。"最后还必须指出的是,德国的思想家们不仅全都淡于政治,而且全都趋于保守和反动:歌德公开声明"宁愿不公正,不要无秩序",包括路德、歌德、叔本华、尼采、格奥尔格在内的"德意志人道精神的塑造者和教育者都不是民主主义者",社会民主党人、魏玛共和国首任总统艾伯特承认自己"仇恨革命,犹如仇恨罪孽"——托马斯·曼认为这话有"真正的德国口吻"和"真正的路德口吻"。鉴于我们国内的启蒙研究出现了褒扬德国贬抑法国的倾向,上述事实就更值得我们重视和思考。当我们说法国启蒙"仅仅停留在感性和表象的层面,停留在文学批判和政治批判的水平上,没有真正深入到哲学思维"的时候,当我们夸德国启蒙家懂得妥协、求和谐、有哲学水准的时候,我们不仅离蔑视形而下、蔑视社会-政治思维的《一个不问政治者的看法》的作者只有半步之遥,我们也会跟这位德意志文化优越论者一样在历史和现实面前陷入尴尬。个中原因在于,德国人进入民主共和时代比英国晚了两百多年,比法国晚了一百多年,而且这第一个德意志共和国根基不稳,它的后面还紧跟着纳粹政权,而纳粹德国又不应被视为偶然事件(托马斯·曼和卢卡奇去德国思想史中探寻纳粹起源的做法值得肯定,不管人们对《理性的毁灭》和《浮士德博士》这两本书的思路和结论有何评论)。

托马斯·曼给人的又一启示和悬念就是:艺术家能否"双轨"?能否做到一面坚持"政治正确"即维护启蒙价值(拙文《作家·批评家·老冤家》把政治正确视为启蒙主义的后现代形态),一面又保持思想和艺术的绝对自由?骨子里认为启蒙传统很不德国、启蒙思想与德意志文化相去甚远的托马斯·曼,在一战结束后出人预料地变成了共和主义者。他在1922年发表的轰动性演说《论德意志共和国》就是其思想转折的里程碑。从《一个不问政治者的看法》到《论德意志共和国》，这是一个充满戏剧性的，但也必须打点折扣的转折。因为当他自称"笨嘴笨舌"地高喊"共和国万岁"的时候，他还有别的心思在活动，他对民主共和明显三心二意。譬如，他从未收回或者否定堪称保守主义经典的《一个不问政治者的看法》（德意志民主共和国在1956年就出版了十二卷本《托马斯·曼文集》，但是《一个不问政治者的看法》直到1983年才首次出版。该文的争议性由此可见一斑），他甚至将该文称为"漂亮的撤退战"——面对势不可挡的民主化浪潮的撤退战；再者，他讴歌民主共和的方式让人感觉南辕北辙，《论德意志共和国》几乎通篇都在引证浪漫派，其目的在于证明民主共和思想"甚至可以达到德国浪漫派的水平"，难怪赫尔曼·库尔策说他"情感保皇，理智共和"。当然，最说明问题的还是他的《魔山》。在层峦叠嶂、云山雾罩的《魔山》叙事空间里，他不仅把《一个不问政治者的看法》中的法德之争变成了欧亚对抗，把思想阵地战变成了思想游击战，他还安排既代表他本人也代表德国的汉斯·卡斯托普（汉斯属于最具民族象征意义的德国名字）与启蒙者塞腾布里尼周旋。在这位启蒙者面前，汉斯·卡斯托普总是保持谦虚和好奇，同时也表示敬意和好感。他不仅侧耳倾听塞腾布里尼的演讲，他还时不时地为塞腾布里尼的妙论拍打膝头高声喝彩，有时候他做什么事情而塞腾布里尼又不在场，他会自问塞腾布里尼会怎么看会怎么说，他声明自己喜欢塞腾布里尼的"寒碜"甚于纳夫塔

91

的"奢华"——这当然是在影射二人的思想和语言风格,这俩进行手枪决斗时他也毫不犹豫地充当前者的助手。另一方面,这个面带谦虚和真诚的汉斯·卡斯托普也很滑头,也很会使坏。说他滑头,是因为塞腾布里尼说什么他都觉得"值得一听",但他是左耳进右耳出,所以在几乎所有重要问题上都辜负了塞腾布里尼的期望:他没有提前下山,反倒在疗养院待了七年,如果不是一战爆发他会一直待在疗养院;他对肖沙夫人穷追不舍又苦苦等待,他也乐意接近纳夫塔和佩佩尔科恩,他还喜欢音乐、反讽、精神分析、招魂术实验,等等。说他使坏,是因为他在塞腾布里尼和纳夫塔的马拉松式辩论中喜欢而且善于火上浇油,前者被后者击中要害时,他常常幸灾乐祸甚至落井下石,他也很乐意揭启蒙的短……一战之后的托马斯·曼,其独特之处就在于其两面性和矛盾性。作为小说家,他善于利用叙事空间实现立场中立化和道德逍遥化,善于在虚构世界中制造精神混沌发动精神暴乱,所以他可以在小说中尽情嘲笑启蒙而又"逍遥法外";作为政论家和公众人物,他又总是为民主、共和、理性奔走呐喊。如果有人说他在小说中制造精神混乱,他甚至可能为此忐忑不安[①]。因此,托马斯·曼在演说和政论当中总是比在小说中更"道德",更"进步",他的小说创作和政论写作也因此

---

① 托马斯·曼很怕《魔山》被贴上相对主义或者虚无主义的标签,所以他在致友人的信中质问:"如果一种虚无主义嘲笑极端主义理论,并且拿勇敢的约阿希姆和话无整句的大人物佩佩尔科恩这类人物形象来抗衡,那么这到底还算不算真正的虚无主义?"

显得井水不犯河水。但是,透过这井水不犯河水,我们可以窥
见横亘在他"心"和"脑"、情感和理智、审美和道德之间的鸿沟,
我们的连串疑问也油然而生:这是唯美主义还是道德主义的鸿
沟? 这样的鸿沟是否很德国化? 是否有点像通过区分纯粹理
性和实践理性的方式,来保证理性和信仰井水不犯河水的康
德①? 果真如此,事情就有些吊诡。

---

　　①　托马斯·曼没有读过康德,但是他相信德国的空气中弥漫着康德思想。
他的信念有歌德的话做支撑:康德是一个"你不读他的书也要受他影响"的哲学家。

一则光辉灿烂的启蒙神话
——读莱辛的《智者纳旦》

    2011 年 4 月 1 日，由柏林国家博物馆、德累斯顿国家艺术收藏中心和慕尼黑巴伐利亚州国家绘画收藏馆联合主办的"启蒙的艺术"大型展览，在国家博物馆隆重开幕。这一事件再度唤起我对德国启蒙文学的兴趣。我开始重读莱辛，而且首选五幕剧《智者纳旦》。众所周知，《智者纳旦》是莱辛的代表作，也是德语文学中最为经典的启蒙文学作品。它不仅表达了宗教宽容这一核心的启蒙价值观，而且带有启蒙文学最明显的形式特征，如功利性、现实性、战斗性。莱辛写《智者纳旦》，属于典型的迂回战术：他因为把自然神论者莱马鲁斯的遗著公开发表，而陷入与汉堡牧师长葛茨的激烈论战，与葛茨的论战又招致布伦瑞克大公禁止他发表神学讨论文字。这时，不吐不快、心有不甘的莱辛急中生智，想到了文学创作，决定通过剧本继续发表自己的神学观点。他也毫不掩饰自己的迂回战术："我必须试一试，看看人们是否还让我在我的老讲坛，至少在剧院里不受干扰地进行宣讲。"就是说，他一开始就没把《智者纳旦》

当演出剧,而是当阅读剧来写,所以他把这个剧本命名为"一首戏剧体的诗",同时承认自己"现在还不知道德国有什么地方可以上演这个剧本"。他的话一开始似乎得到了应验,因为《智者纳旦》在他去世后两年,即1783年才得以在柏林首演,观众的反应也比较冷淡。但是,该剧1801年就在魏玛首次成功演出——这是歌德、席勒联袂合作的成果。此后,随着莱辛的德意志文化伟人的形象得以确立,《智者纳旦》毫无争议地跻身德国文学正典,成为在德国的剧院中演出最频繁的剧目之一。

《智者纳旦》的成功多少有些耐人寻味。这一方面是因为,它那明显有些苍白的艺术形式与其耀眼的文学和舞台辉煌之间形成一种反差。首先,它既非让观众产生怜悯和恐惧的悲剧,也非用嘲笑来对付愚蠢的喜剧,它给观众提供的一般戏剧享受极其有限;其次,它未能在"动之以情"和"晓之以理"之间保持平衡,歌德就抱怨在这个剧里"几乎只有理智在讲话";再者,它是标准的"载道"之作,但文以载道又是一个"不美"的、不够现代的特征,因为早就广为流传并且深入人心的现代美学观念,把"美"等同于自主性、超功利性、无关利害性。有趣的是,这种现代审美观的始作俑者是康德和浪漫派,身为启蒙思想家的康德可能压根儿没想到,他在《判断力批判》中给美下的定义对文以载道的启蒙文学意味着什么。总之,我们即便不好说《智者纳旦》存在什么艺术缺陷,也可以说它的思想性压倒了它的艺术性。而如果一部让思想性压倒艺术性的作品最终成为德国人阅读最多、观看最多的一部剧作,那就只有一个解释:人们不计较它的艺术性,人们可能根本就没有把它当艺术品来对待。帮着席勒把《智者纳旦》搬上舞台的歌德,也许就不太看重该剧的艺术性。事实上,德国人很少拿艺术性来衡量和评价莱辛。对于他们,莱辛首先不是文学艺术家,而是一个思想家,一个文化-政治符号。莱辛有丰富的思想和高尚的人格,这使他具有非常理想的符号资质。人们可以根据时代的需要,把他变成不同的符号。譬如,他做过"法国人的天敌",做过民族英雄和"斗士",他既是理性主义的化身,也是理性主义的克服者。今天,在把启蒙神圣化和工具化的德国,莱辛是一尊政治偶像,是康德级的启蒙思想家。政治正确者都喜欢向他致敬。

另一方面,《智者纳旦》的思想内容与其正典地位和正统形象之间也存在耐人寻味的反差。这一点最让笔者感到好奇和诧异,这也是笔者撰写本文的原始动力。所谓"正典",多半都是伟大的作品,多半具有多义性、复杂性、开放性。但不可否认的是,跻身正典的作品一般都有比较隐蔽的思想锋芒,都不会对现实构成挑战和危险,否则它们不可能进入中学教科书,不可能贴上安全精神食粮标签,然后提供给需要精心呵护的青少年。除了纳粹德国时期,正典《智者纳旦》在德国的中学教学大纲中,一直牢牢占有一席之地,在中学生的阅读排行榜上也名列前茅。对此,笔者深感诧异,因为它的思想芒刺非常暴露,它随时可以激活人的思想,刺激人的神经,它不仅"少儿不宜"(其实天主教会在 1841 年就做出这一诊断),而且不适合给信奉"和为贵"或者寻找心灵慰藉的成年人阅读。弗·施勒格尔认为《智者纳旦》是"莱辛的莱辛",它充满了批判、疑问和思想挑衅。笔者认为,由于其思想太过尖锐、太过挑衅,堪称宽容"圣经"的《智者纳旦》本身就应该成为宽容对象,它本身就需要人们的宽容。更有甚者,阐释《智者纳旦》的,恐怕也需要得到宽容,也应成为宽容对象。想到这里,笔者也不免产生一丝顾虑,感觉到一点点的不自由,他的心灵之眼甚至瞥见了编辑室的剪刀和废纸篓,还有宗教裁判所门前的火把和干柴堆。如果不是想起了康德和施勒格尔,如果不是想起接受美学,他会永远下笔艰难……

康德说:"鼓起勇气,运用自己的理智!"

施勒格尔说:"坦率是每一个想公开谈论莱辛的人的首要义务。"

接受美学教导说:"文学作品不是一个自在的客体,不会以同样的面貌呈现在每一个时代的每一个读者眼前;它不是一尊独白式的展现其超时代本质的巨型雕像。相反的,它就像一部乐谱,总是期待着常读常新的阅读反响,这些反响使文本摆脱词语的物质形态,获得现实的存在。"

现在我们就鼓起勇气,坦率地谈谈自己阅读《智者纳旦》产生的想法。为便于叙述,我们先对剧情进行简要交代:

　　《智者纳旦》的故事发生在 12 世纪的圣城耶路撒冷,而且是在第三次十字军东征刚刚结束之际。被称为"智者"的犹太富商纳旦外出归来,得知自家刚刚遭遇失火,一个基督教圣殿骑士勇敢地从大火中救出他的女儿。犹太人知恩图报,既想报答把他女儿从烈火中救出来的圣殿骑士,也想报答间接恩人苏丹萨拉丁,后者因为被俘的圣殿骑士的相貌与他失踪多年的哥哥相似而饶了圣殿骑士一命。与此同时,纳旦的女儿和圣殿骑士之间又产生了恋情。由此,在这几个犹太人、穆斯林和基督徒之间出现了非常微妙的关系。智者纳旦有意帮助经济上陷入窘境的苏丹萨拉丁,后者却对他满腹狐疑,还拿"三大宗教里面哪个最真实"这一无比棘手的问题来难为他;圣殿骑士爱上了纳旦的女儿,也看到纳旦充满善意,但是他需要逐渐克服对犹太人的根深蒂固的偏见。后来,两个年轻人的离奇身世得以解密:纳旦的女儿和圣殿骑士是亲兄妹,而他们都是苏丹萨拉丁那位失踪的哥哥与一位女基督徒生下的孩子,纳旦则是在自己的家人全部被基督徒屠杀之后,认这个基督徒孤儿做养女的。最后,几个穆斯林、基督徒、犹太人在激动和喜悦中相互拥抱,这出五幕剧就在这一感人场面中款款落幕。

《智者纳旦》无疑是一部伟大的作品,它有充足的理由跻身正典。笔者认为,它的伟大至少体现在如下几个方面。

首先,《智者纳旦》体现了造福人类的宏大善良意愿,极力促进宗教平等、宗教宽容、宗教和解。这一宏大的善良意愿,来自对宗教迫害和宗教战争的深刻反省，来自对三大宗教即犹太教、基督教、伊斯兰教的历史实践及其后果的观察和思考。莱辛深知，宗教不宽容的根源在于宗教傲慢①，宗教傲慢则很容易发展为"虔诚的疯狂"。所谓宗教傲慢，就是相信"只有自己的上帝才是真正的上帝"（第二幕第五场）——这是犹太教、基督教、伊斯兰教的共同特征；所谓"虔诚的疯狂"，就是"认定自己拥有更好的上帝，并且把这一上帝强加给他人"（第二幕第五场）的想法和做法。说白了，就是武力传教或者说武力护教，就是对信仰异己的零容忍，这是基督教、伊斯兰教中极端势力的共同特征。"虔诚的疯狂"是宗教异化的结果，它在天主教这一年代最久远、队伍最庞大的基督教派别中间表现得最为明显。历史上，天主教据称对异己一向毫不手软，不管这异己来自教内还是教外，不管这是犹太人还是穆斯林，是东正教徒还是胡格诺教徒，所以才有了圣巴托罗缪惨案（1572年）和绵延整个中世纪的宗教性屠犹惨案，所以才有了宗教裁判所和十字军东征——幡然醒悟的圣殿骑士，把十字军东征称为"虔诚的疯狂"的"最黑暗的表现形式"（第二幕第五场）。但需要说明的是，尽管《智者纳旦》将其主要批判锋芒对准基督教，尽管莱辛塑造了耶路撒冷宗主教（早期基督教在耶路撒冷等城市的主教的称号）这个仇视穆斯林和犹太人的反面人物形象（其人物原型就

---

① 德文原文是 Stolz，应该译为"骄傲"或者"自豪感"。与"傲慢"相对的德文词是 Hochmut。由于"宗教骄傲"太拗口，也考虑到莱辛的批判意图，所以写"傲慢"。

是葛茨),但莱辛对三大宗教的态度却不失客观和公允。他不仅指出傲慢是三大宗教的共同特征,而且对宗教傲慢的受害者和始作俑者犹太教进行了温和的批评,所以他让圣殿骑士质问犹太人纳旦,"是哪个民族把自己首先称为选民?基督徒和穆斯林继承了这种骄傲,谁都认为,只有自己的上帝才是真正的上帝"(第二幕第五场)。遗憾的是,《智者纳旦》未对本来很值得玩味的犹太式宗教傲慢做进一步的探讨。从心理学的角度看,犹太式宗教傲慢是一种登峰造极的宗教傲慢,因为犹太人是出于彻底的选民意识和种族意识而不屑于传教,这种姿态甚至可以阐释为对其他民族的无言蔑视;从实践层面看,这种傲慢又有利于不同信仰、不同民族的和平相处,因为它不具有任何宗教扩张性和侵略性,不会在信仰方面强人所难。欧洲中世纪犹太人的不幸,在于他们恰恰与当时不太宽容的基督徒为邻,而且他们属于绝对的少数族裔。欧洲犹太人为自己的坚如磐石的信仰付出了沉重代价,他们的宁死不屈则证明了信仰的巨大力量。

总之,《智者纳旦》向人们传达了一个非常明确的信息:要实现宗教宽容,就必须遏制宗教傲慢,就必须摆脱"虔诚的疯狂"。这是一个深刻的、充满理性的思想,这也是一个大胆的、接近异端的思想。莱辛勇气可嘉。

《智者纳旦》的另一新颖而大胆之处,在于它史无前例地在基督教世界提出了"人性"的概念,提出了"神性第一性还是人性第一性"的尖锐问题。莱辛不仅明确指出在教徒身上现实地存在人性与神性、人性与宗教属性的对立,他还明显倾向前者,鼓励大家先做人、后做信徒。所以他让苏丹萨拉丁的妹妹责备基督徒"以做基督徒为骄傲,不是以做人为傲",所以他让智者纳旦在与圣殿骑士的交谈中感叹:"难道基督徒和犹太人首先是基督徒和犹太人,然后才是人? 如果我在您这里找到一个满足于人的称号的人,那该多好!"(第二幕第五场)莱辛生活在基督教世界,而基督教世界是一个上帝创造、上帝管理、上帝指引的世界。他在基督教世界大力提倡人性,犹如在照耀着神性光芒的大地上大写人字,并且高歌"人啊,人!"

《智者纳旦》的第三个亮点,在于它闻所未闻地用实践理性来应对宗教平等和宗教地位问题。出现在第三幕第七场的戒指寓言就是这种实践理性的生动体现。这个寓言是智者纳旦讲给苏丹萨拉丁听的,他由此巧妙地回答了有关三大宗教里面哪一个最正确、最高明的问题。而著名的戒指寓言是这样说的:

> 从前有一个人从其心爱的人手中得到一枚具有魔力的戒指。佩戴者如果相信其魔力,就会受到上帝和他人的喜爱。这枚魔戒后来成为传家宝,父亲总是把它传给自己最宠爱的儿子,得到魔戒的儿子自然成为家族的首领。后来有一位父亲觉得自己的三个儿子都同样可爱,不忍看见一个有魔戒而另外两个没有,所以就悄悄请最高明的艺术家打造了两枚以假乱真的魔戒。父亲临死之前,把这三枚

真假不分的魔戒分别赠给三个儿子。父亲死后，三个儿子都拿出了自己的戒指，都坚信自己的戒指才是真传。他们争论未果，查证未果，只好请法官裁定。法官没有作出裁决，而是建议他们假定三枚戒指都是父亲的真传，他们只需看看谁手上的戒指最先显示魔力。法官最后告诉他们："如果宝石的力量在你们孩子和孩子的孩子身上仍然显示，上万年后，我会邀请你们来到我的座位前。那时，坐在这把椅子上的，是一个比我更智慧的人。"

众所周知，《智者纳旦》取材于薄伽丘的《十日谈》，而戒指寓言也同样来自《十日谈》。《十日谈》的戒指寓言也想说明，人们无从判断三大宗教里面哪一个是天父真传，哪一个拥有真正的教义。但是莱辛对戒指寓言做了点石成金的处理。如果说《十日谈》止于怀疑主义和相对主义，透露出一种不置可否的沮丧，那么《智者纳旦》就是在怀疑主义的基础上，发展出一套积极乐观的行动哲学和实践哲学，要求三大宗教悬置教条和理论，通过行动来证明自身的正确和高明。换句话说，《智者纳旦》信奉"实践是检验真理的唯一标准"。值得注意的是，《智者纳旦》的实践理性源于怀疑主义和相对主义，但是它随即又扬弃了怀疑主义和相对主义，因为它暗含一种竞争意识，只不过它把竞争引向另一个层面，即实践层面。《智者纳旦》自觉不自觉地在三大宗教之间倡导竞争，但这是一种良性竞争，是一场比爱心、比高尚的竞赛，而且是一场人人都可以做裁判的比赛，因为爱心和高尚都是凭借常识、凭借健康的理性就可以识别和判断的，它可以表现为勇敢、无私、大度、慷慨等等。其实，这场比赛在《智者纳旦》中已经开幕。爱好施舍、放弃复仇的智者纳旦已为犹太教得分，为营救他人而纵身火海的圣殿骑士为基督教得了分，服从理性、捐弃前嫌、礼贤犹太商人的苏丹萨拉丁则为伊斯兰教得了分。如是观之，戒指寓言的确是一则智慧的、温暖的、把人类引向光明未来的寓言。读着这样的寓言，人们有可能心潮澎湃、浮想联翩。笔者就曾在阅读的狂喜中蓦然回首：戒指寓言之于《智者纳旦》，犹如《欢乐颂》之于《贝多芬第九交响曲》。《智者纳旦》若是改编为歌剧，恐怕也像在《欢乐颂》中达到高潮的《贝多芬第九交响曲》，把观众领入普天欢庆、万众归一的至美至善境界。

然而，正如《欢乐颂》讴歌的是无法实现的人类之梦，《智者纳旦》也是一则人们津津乐道，但又难以置信的寓言。如果我们在激动之余再对《智者纳旦》进行一番冷静而理性的思索，我们就会发现，这部作品的伟大其实在于其乌托邦特征。乌托邦即乌有乡，乌托邦思想都是子虚乌有的思想境界。莱辛是善良的，也是深刻的，但他也是天真和主观的。他忘记了自己在为谁说话、在对谁说话，他忽略了说话对象的某些不可忽略的特征，从而低估了事情的复杂性。因此，他的《智者纳旦》不可避免地留下诸多问题和悬念。

《智者纳旦》留下的第一个问题和悬念，就是它所展现的大团圆能否经受纯粹理性的检验。毫无疑问,《智者纳旦》的结尾令人欣慰,也令人振奋。三大宗教的代表不仅在此握手言欢,相互拥抱,而且发现彼此沾亲带故,原本一家。然而,这也是一个很成问题的结局。我们不问它能否接受历史的检验,因为如此美好的事情过去没有过,在可以想象的将来也不可能有。我们也犯不着拿历史现实跟剧本对峙,因为既然是文学,就不必写实际发生过的事情,写出可能发生的事情足矣。但是我们可以直白地问,《智者纳旦》刻画的美好结局可能吗?我们的答案倾向于否定。原因在于,这个大团圆有点儿太特殊,太偶然,它拿了太多的亲情、友情、爱情做后盾、做铺垫,剧中的人情网络几乎看得人眼花缭乱。这里有男性穆斯林和女性基督徒相恋,他们还有一儿一女做爱情结晶;这一对分别在基督教和犹太教环境中长大的兄妹,在不知自己和对方身世的情况下又产生了恋情,换句话说,犹太人和基督教之间也可能产生爱情;由于这两人是苏丹萨拉丁的侄儿侄女,他们和叔伯的团圆又象征着穆斯林、犹太人、基督徒亲如一家,象征他们本来就是一家,他们之间出现了叔侄关系、兄妹关系、养父养女关系。不过,莱辛并不以让犹太人、基督徒、穆斯林彼此沾亲带故为满足,他还让他们彼此欠下说不清的人情债,譬如犹太人纳旦抚养基督徒留下的孤儿,虽然基督徒欠着他妻子、儿子共八条人命,譬如基督教圣殿骑士从烈火中救出犹太人的女儿,譬如苏丹萨拉丁饶了基督教圣殿骑士一命,也由此救了犹太人的养女一命。有趣的是,为软化基督徒对犹太人的态度,莱辛还扔出了人情王牌,提醒人们注意耶稣基督与犹太人的种族—血缘关系。所以他让一位基督教僧侣噙着泪水对纳旦说："难道整个的基督教不是建立在犹太教的基础上吗？每当我看到我们的基督徒忘记我们的主本身也是犹太人时，我会非常生气，甚至气得落泪。"（第四幕第七场）

莱辛猛打人情牌，当然有其良苦用心。这一方面是为了制造象征和寓意，另一方面也的确想用人类最原始、最天然、最朴素的情感来软化宗教立场，冲破宗教壁垒。作为中国人，看到莱辛遵循这种思路还不免感到几分亲切。但遗憾的是，莱辛的想法在现实中行不通，而且它本身存在逻辑漏洞。他错看了对手，忽视了基督教的理想性、超脱性、普世性。基督教的关照对象是邻人、路人、陌生人、天下人，它关心的是人们是否接受和遵循其信仰和教义，它关心的是理想和原则。为了原则，它可以超脱，可以超越乡情、友情乃至亲情、爱情；为了原则，它可以拿出六亲不认的豪迈，也能保持不食人间烟火的纯洁。可以说，基督教对地方主义、民族主义、种族主义有天然免疫力。从某种意义上讲，一切"人性的、太人性的"都是它超越和克服的对象。基督教不会因为基督是犹太出身，就对拒绝基督教信仰的犹太人网开一面，它也不因为某个人在种族、血统、地缘方面异于或者远离基督教的创始人，而将其拒之于教堂门外。基督徒是最纯洁、最高尚、最彻底的国际主义者；他们也有纯洁而高尚的相对平等观，他们坚持上帝面前人人平等，虽然他们毫不隐晦这是教内平等——不信上帝就甭谈平等。所以，莱辛式的人情世故和人情贿赂在基督教这里不仅完全行不通，而且反倒有庸俗、狭隘之嫌。

《智者纳旦》留下的第二个问题和悬念，就是它那旨在遏制宗教傲慢、促进宗教宽容的人性-宗教属性对立论，能否得到基督教的认可。很明显，莱辛遵循这样一个逻辑：要宽容，就必须放弃英特纳雄耐尔；要放弃英特纳雄耐尔，就必须淡化优选意识或者先进性意识；要淡化优选意识或者先进性意识，就必须承认自己首先是人。这个逻辑本身是成立的。尽管如此，莱辛还是陷入自说自话的难堪。原因很简单，用人性制约宗教属性，这是一种在市民阶级崛起之后、在进入启蒙和世俗化时代才产生的思想。这种思想常常被冠名为市民阶级或者资产阶级人道主义，并常常得到喝彩。可是，如果站在一神教的立场看，这种想法看似高明，实则糊涂，而且有机械和浅薄之嫌。一神教不仅不承认自己与人性对立，他们还会表明自己具有辩证思维，说世上没有抽象的、赤裸裸的人性，说自己追求并且代表着理想人性和高级人性。鉴于莱辛式的人性观与启蒙运动结伴而行，一神教还会提醒说，他们的事业才是最原始、最持久、最彻底的启蒙事业，因为他们在坚持不懈地启迪人类，他们在坚持不懈地帮助人类完成从低头觅食到仰望星空的动作变换过程，让人类学会超凡脱俗。正因如此，对于莱辛所控诉的宗教傲慢或者"虔诚的疯狂"，他们完全可以充耳不闻或者一笑置之，因为莱辛不懂"横看成岭侧成峰"的道理，也忽略了最基本的宗教心理和宗教逻辑。宗教傲慢不是对先进性的信念又是什么？"虔诚的疯狂"不是救世情怀、不是邻人之爱又是什么？我之所以传教，之所以要发展你，一是因为我比你先进，比你站得高看得远；二是因为我不忍看着你落后、看着你近视却又无所为，我得拉你、帮你、拔高你。而且，我帮了你还会帮别人，原则上我是见一个帮一个，这就是平等原则，博爱原则……一神教的博爱逻辑决定了它的终极目标，必然是英特纳雄耐尔，所以，英特纳雄耐尔是基督教和伊斯兰教永远的国歌；放弃英特纳雄耐尔的一神教反倒有过于自私（不愿有福同享）或者过于傲慢（我的教义你不懂也不配）的嫌疑。当然，追求博爱、追求英特纳雄耐尔的一神教也面临着一个巨大而实际的难题：英特纳雄耐尔只能有一个而一神教不止一个，而如果英特纳雄耐尔发生碰撞，后果总是很严重。因为英特纳雄耐尔，基督徒和穆斯林过去有厮杀，现在有摩擦，未来也难处；犹太人则因为以非暴力不合作的方式，抗拒基督教的英特纳雄耐尔而受尽苦难。也许一神教懂得以史为鉴、与时俱进，也许他们会调整自身的英特纳雄耐尔政策，但是他们不可能放弃英特纳雄耐尔的梦想。放弃英特纳雄耐尔，就等于放弃优选意识和先进意识，就等于放弃自我，否定自我，消解自我。所以说，莱辛的人性论不会得到承认，他的宽容理想也不可能实现。

《智者纳旦》留下的第三个问题和悬念，就是莱辛所提倡、所追求的宽容具有多大的限度，就是他的宽容理想是否具有英特纳雄耐尔特征，就是宽容理想的光芒是否能够照射到三大宗教之外。这是一个很严肃、很重大，而且能够造成紧张和焦虑的问题。这个在西方世界无人发现也无人谈及的问题，很容易被中国读者发现，因为如果我们不是一神论者，如果我们是无神论乃至多神论，我们就是当事人，还可能成为受害者。换句话说，我们不知道莱辛是否把我们这些没有皈依一神教的中国人视为宽容对象。对此我们感到深深的遗憾，我们甚至可以对《智者纳旦》的作者表示一点儿意见，因为不论他多么宽容或者多么高调地提倡宽容，他终究缺乏全球眼光和全球意识。他的眼中只有犹太人，基督徒，穆斯林，他的思考对象是三个一神教和它们所面临的问题，他的宗教地图上只有欧洲和毗邻欧洲的近东。他没考虑世界上的其他人群和其他地区。他没想到，如果绘制一张宗教版世界地图，我们的地球就应该划分为三个不同的信仰世界，即一神论者世界，多神论者世界，无神论者世界；我们的地球也可以划分为信奉一神论的北方和信奉无神论和多神论的南方。而从神学角度看，一神论当然是第一世界，无神论和多神论当然属于第三世界。由于莱辛忽略了多神论和无神论者的存在，他的宽容观给人留下了巨大畅想空间。譬如，莱辛是否只想解决一神教的"内部矛盾"？三大宗教实现了平等、和解、宽容，是否就意味着世界大同、宽容和谐？又如，莱辛是否考虑过一神教跟多神教和无神论之间是什么关系？"有经者"和"无经者"之间是否存在敌我矛盾？中国人信奉的儒释道在基督教眼里是什么形象、什么地位？我们提出这样的问题，并非空穴来风，并非简单的逻辑推论。因为就是在把中国的文化和政治制度理想化的启蒙时代，也出过这样一件事情：

莱布尼茨的学生、著名哲学家克里斯蒂安·沃尔夫跟他的老师一样热爱和尊重中国文化。他对儒家思想产生了浓厚兴趣。他在深入研究在华耶稣会传教士的发表物的基础上,得出中国人在政治和道路实践方面优于欧洲人的结论。1721年,沃尔夫在作为哈勒大学副校长的离职演说中阐述了这一观点。他由此闯下大祸。他不仅失去在哈勒大学的教授席位,而且被勒令在一周之内离开普鲁士。在原教旨主义看来,无教徒是不可能成为基督徒的榜样的(与沃尔夫看法类似的耶稣会传教士也接二连三地被罗马教廷剥夺传教资格)。沃尔夫是典型的宗教傲慢的牺牲品。不知莱辛是否听说过此事,也不知道他听说之后又会做何评论。说到这里,笔者想起自己两年前对着德国听众说的两句话:"像《智者纳旦》这样一部对德国乃至欧洲思想史具有划时代意义的文学作品,中国作家写不出来。写出来了也是多此一举。因为中华帝国没必要宣传宗教宽容。我们不会出于纯粹的宗教原因迫害佛教徒、道教徒或是其他教徒;我们没有、我们也不可能发动十字军东征,或者十字军西征、北征、南征。"现在看来,当时似乎还可以补充一句:即便中国作家写出《智者纳旦》,它也一定会探讨一神教教徒跟无神论者或多神教教徒如何平等相待、如何和平相处的问题。

结　语

《智者纳旦》是一部使人忧虑、使人沮丧的正典。这部写于二百多年前,旨在促进宗教平等、宗教宽容、宗教和解的伟大著作,使我们意识到我们的世界依然不平等、不宽容、不太平,我们甚至觉得宽容理想在今天比在莱辛的时代更加遥远,更加虚幻。今天的世界是一个四分五裂、矛盾重重的世界:这里有世俗与世俗的对抗,因为赤裸裸的物质欲望引发了各种国际性和地区性的对抗和冲突。这里有神圣与神圣的对抗,几大宗教被形形色色、大大小小的"内部"矛盾和"外部"矛盾所困扰,其中最为烦恼的自然是人多势众、声势浩大的天主教,罗马教宗不仅惦记和牵挂着遍布几大洋几大洲的众多异教徒和无教徒,不仅惦记和牵挂着东正教、犹太教和伊斯兰教这类信仰近亲,而且近在眼前却仿佛远在天边的新教徒也是其心头之痛,天主教的英特纳雄耐尔依然任重,依然道远。我们的世界还延续着神圣与世俗的对抗,一方面是启蒙所开启的世俗化浪潮在全球化背景下来势变得越来越迅猛,势不可挡;另一方面,神圣的力量却完全不为所动。他们不仅在各自的发源地牢牢地控制着自己的地盘,有的还在坚定不移地、有条不紊地输出自己的理想和信仰。从这个意义上讲,亨廷顿的《文明的冲突》给我们描绘了一幅现实主义的世界图景,美国前总统小布什在"9·11"之后脱口而出"十字军东征"这一重要细节,则可以收录为《文明的冲突》的再版脚注。

但如果换个角度思考,我们就会发现,对于中国读者而言,《智者纳旦》也是一部长智慧、长信心的作品。我们生活在一个以西方、以欧洲为中心的世界,所以我们习惯了侧耳倾听来自西方的声音。至少在过去的二三十年里，西方老是传来一种声音，听到这种声音，我们的耳畔常常会响起嘹亮的《马赛曲》，我们的眼前会浮现出 1789 年的旗帜，所以，每当听到这种声音我们都会带着谦虚和内疚低头反思。读罢《智者纳旦》，我们惊奇地发现，西方世界并非自以为站在启蒙精神制高点的西方政界和西方媒体所想象的那么简单、那么和谐，西方世界岂止一种声音！那是一个众声喧哗的矛盾世界！里面有启蒙的声音也有反启蒙的声音，有天主教的声音也有新教的声音。启蒙精神并不具有许多人所想象的那种独尊地位，启蒙思想家也没有受到普遍的赞赏和尊重。譬如在德国，默克尔总理热衷于价值外交——这当然是普世价值或者说启蒙价值，但是她所领导的执政党名为"基督教民主联盟"，就是说，基督教信仰已经标在党旗上面。又如，德国的启蒙谈了两百多年，宽容也谈了两百多年，但是启蒙和宽容有时也难以化为社会实践，就连在慕尼黑和科隆这类天主教重镇的市中心竖立一尊路德或者莱辛的立像，都像是天方夜谭，虽然依中立的无神论者之见，这类享誉世界的文化巨人在任何地方都应享有一席之地。但现实就是现实，不承认不行。很明显，在启蒙问题上，德国人自己有些事情都还没摆平，启蒙在德意志大地也是一项未竟的事业。

Ⅲ 博登湖畔的大师

——记马丁·瓦尔泽

爱情面前人人平等

——读马丁·瓦尔泽的《恋爱中的男人》

2008年3月7日,马丁·瓦尔泽根据歌德的一段人所共知的黄昏恋——不朽的《马林巴德哀歌》就是从这未果的爱情绽放出来的文学花朵——创作的小说《恋爱中的男人》开始在德国各大书店公开发行。这是一本闪亮登场的新书,第一版印数就达到十万册。随着该书的热销,罗沃尔特出版社很快又加印六万册。这本小说不仅让本来就喜欢瓦尔泽的读者和评论家欣喜若狂,不仅让中立的评论家和读者发出赞叹(有一阵子瓦尔泽几乎天天都要收一堆热情洋溢的读者来信),就连此前与瓦尔泽势不两立、与他处于热战或者冷战状态的机构和个人也跟他握手言欢。德国的头号大报《法兰克福汇报》曾在2002年给瓦尔泽扣上一顶反犹高帽,从而掀起一场波涛汹涌的"批瓦"和"倒瓦"浪潮。现在该报却同意在《恋爱中的男人》正式出版之前进行连载。2月27日,《恋爱中的男人》出版前的首场朗诵会在魏玛王宫举行。瓦尔泽朗诵的选段迷倒了现场听众,其中包括专程前来侧耳聆听的前联邦总统科勒。这是一本尚未正式出版就好评如潮的小说。尽管让圈内人先睹为快的"赠阅本"上注明"3月7日首发",同时还提醒"请不要在首发日之前发表书评",还是有按捺不住的评论家提前公开发出了赞美之声。首发之后,该书也很快在畅销书排行榜上名列前茅。

即便在遥远而陌生的中国,虽然《恋爱中的男人》的中译本尚未出版,但是这部小说也在特殊的个体和特殊的群体中间引起了异乎寻常的反响。笔者有幸得到一册"赠阅本",在阅读过程中获得了莫大的享受,所以逢人就谈自己全新的阅读体验:"碰上一本好的小说,你就很难做到正襟危坐、专心致志,因为你时不时地要哈哈大笑,要放下书和笔,好腾出手来拍巴掌,你还要时不时地站起身来,在房间里来回踱步,甚至翻开抽屉找速效救心丸——艺术享受也很危险。"2008年春暖花开之时,笔者又把这本小说带进了北京大学德语系的课堂,给学生们朗读选段,结果获得了空前的、也许还绝后的教学辉煌:听说当天的课堂如何生动、如何有趣、如何热闹之后,逃课的学生为自己当天的逃课行为后悔不已。后来又有学生如痴如醉地通读了德文版,读完之后还找出一首跟《马林巴德哀歌》相映成趣的唐诗,我们姑且称之为由乌尔莉克撰写的迷你型《马林巴德哀歌》。诗词如下:"君生我未生,我生君已老。君恨我生迟,我恨君生早……"(有关该诗的出处和涵义说法不一。这里只引了开头四句。)

这种种迹象表明,《恋爱中的男人》是瓦尔泽的巅峰之作,是一部天生的杰作,是一本值得点评、值得议论的好书。

《恋爱中的男人》诞生于 2007 年。在德国，这是一个文学热闹年：马丁·瓦尔泽和君特·格拉斯同时迎来八十华诞。对于这二人的地位和影响，一位俏皮的德国作家评论家做了如下概括："没有文学君主的德国就像没有冲突的中东。马丁·瓦尔泽是我们当今的文学君主。有一阵他不在位，在位的是君特·格拉斯，格拉斯登基之前瓦尔泽在位，瓦尔泽登基之前又是格拉斯在位。"在德国，"文学君主"这一称号是为歌德发明的，也是为歌德专用的。说到"文学君主"，人们总是想起歌德，犹如说起"百兽之王"的时候人们眼前会浮现出雄狮的形象。毫无疑问，"文学君主"这一称号很容易让人精神跑偏。但是瓦尔泽的精神没有跑偏。智慧如他，既没有忐忑不安，也没有飘飘欲仙。他采取的是以柔克刚、大事化小的策略。对于"文学君主"说和轮流执政说，他的回答是："有些作家如果有幸活到八十岁，他们就会进入我和格拉斯这样的角色。有些事情需要你活到八十岁。到时候一切都会送上门来。"瓦尔泽这番话当然是为了声东击西，调虎离山，他想把自己的真实面目隐藏在他释放的烟幕弹的后面。众所周知，"文学君主"的称号吃老本吃不出来，熬岁数也熬不出来。要做"文学君主"，就必须有超人的勤奋、超人的天才、超人的活力。瓦尔泽满足了这几项高要求。若与格拉斯相比，他还略胜一筹。他是德国文坛首屈一指的常青树，不倒翁。按照欧洲人的说法，他是越老越醇、越老越贵的文坛红酒；如果采用中国人尤其是四川人的比喻，他就是越老越红、越老越辣的文坛辣椒。

2007 年也是八旬老翁瓦尔泽大放异彩、锦上添花的一年。这一年他有两件事情可圈可点，可载入史册。一是他在德国权威政治学杂志《西塞罗》颁布的五百名德国知识分子年度影响力排行榜上名列第二，紧跟在教皇本笃十六世后面。如果鉴于教皇具有国际性和超凡性而将他视为国际人士，瓦尔泽实际上是德国知识分子中间的呼风唤雨第一人。瓦尔泽在 2007 年的另一惊人事迹，是写了这本关于"文学君主"的爱情小说。这部小说取材于一段真实的、令人唏嘘不已的爱情故事：七十三岁的歌德在疗养胜地马林巴德爱上十九岁的姑娘乌尔莉克·封·莱韦措。歌德求婚未果，悲痛欲绝，写下流芳百世的《马林巴德哀歌》。瓦尔泽这一文学壮举令人期待，因为既然是作为——套用柏拉图的术语——"摹本"的"文学君主"描写作为"理念"的"文学君主"，这故事一定很精彩，一定很好看。但是人们也有理由为他捏把汗，因为他现在必须面对、必须翻越至少三座令人压抑的也容易令人气馁的大山。这第一座大山就是歌德本人。歌德是超级伟人。歌德不仅横看成岭侧成峰，不仅具有超级伟人的复杂性和多面性，而且具有超级伟人的神圣性和不可冒犯性——有无数形形色色、手持利剑的圣殿卫士在守护着歌德的神像，不容许任何人进行任何扭曲和诋毁。写歌德小说，很容易跨越虔诚到小气和狭隘的歌德研究者们所认定的诗与真的界限，很容易招致多如牛毛的歌德研究者吹毛求疵。一言蔽之，写歌德小说属于费力不讨好。也正因如此，尽管歌德研究者多如牛毛，尽管歌德研究文献和歌德传记汗牛充

栋,描写歌德的小说却极其罕见。埃米尔·路德维希的鸿篇巨
制《歌德》充其量算作文学化的歌德传。唯一一部歌德小说,是
托马斯·曼的《绿蒂在魏玛》。横亘在瓦尔泽面前的第二座大
山,正是托马斯·曼。这是公认的 20 世纪的"文学君主"。应
该说,托马斯·曼既是令人生畏的榜样,因为《绿蒂在魏玛》是
不朽之作,同时也是令人生畏的前车之鉴,因为托马斯·曼也
曾动过把"歌德在马林巴德"的故事写成中篇小说的念头,但最
终却出于某种考虑而放弃这一计划,在保留"晚节不保"这一母
题的前提下,转为创作《死于威尼斯》,用具有娈童情结的古斯
塔夫·阿申巴赫取代了迷恋少女的老年歌德。《死于威尼斯》
也早已成为中篇经典。横亘在瓦尔泽创作道路上第三座大山,
是一些要他收敛、要他断念的女作家和女性批评家。她们因为
瓦尔泽在《爱的履历》《爱的瞬间》和《恐惧之花》等小说里面议
论和描写老少之恋而义愤填膺。著名的女作家兼电视节目主
持人,2007 年还在《西塞罗》排行榜上位居第八的埃尔克·海登
赖希就骂瓦尔泽"老来骚",说瓦尔泽的作品属于"叫人恶心的
老男人文学"。但是,胸有成竹、艺高胆大的瓦尔泽不仅漠视这
些高山险隘,而且擅长把阻力变动力,所以《恋爱中的男人》写
得异常的顺,写得异常的快。他在 6 月 29 日动笔,8 月 29 日就
完成了初稿。然后他踏着歌德的足迹去了魏玛,去了让老年歌
德梦牵魂绕的波希米亚(今捷克境内)。完成这趟感受或者叫
体验之旅后,他对手稿做了一点点修改。一部几乎人见人爱的
歌德小说便由此诞生。

　　瓦尔泽凭借其鬼斧神工的艺术，带着《恋爱中的男人》轻轻松松地跨越了上述的三座大山。他首先塑造了一个令人赞叹的歌德形象。除了少数冥顽不化、把小说和圣徒传记混为一谈的歌德研究大佬，读者普遍觉得瓦尔泽笔下的歌德真实、可爱、感人，也不再觉得这位文学君王和奥林匹斯山神"老不自重"或者"晚节不保"。其次，他让那些曾经对他怒目而视或者转身不理的女性批评家转变了观念，转变了态度，迫使她们加入了赞美者的行列。埃尔克·海登赖希称《恋爱中的男人》"属于瓦尔泽的上佳作品"，女作家兼爱情研究专家菲丽西塔斯·封·洛文贝格则说这是瓦尔泽"最温柔、最无情，也最有和解姿态的小说"。最后，《恋爱中的男人》表明，瓦尔泽虽然无法撼动托马斯·曼这位文学巨人的地位——他曾经是"倒曼运动"的急先锋，但是他可以跟托马斯·曼分庭抗礼，可以跟托马斯·曼继续唱反调，唱对台。《恋爱中的男人》使 21 世纪的德国文学君主和 20 世纪的德国文学君主之间出现了几重有趣的对照。首先，《绿蒂在魏玛》所展现的歌德，是一个高踞和游走于艺术山巅的半神，他不仅不食人间烟火，而且成为"公众之不幸"，《绿蒂在魏玛》也因此成为一首控诉艺术需要"活人献祭"的不朽哀歌。《恋爱中的男人》中的歌德则被请下了神坛，请下了奥林匹斯山，他和普通人一样为爱情所累，为爱情所苦，这本小说也因此成为一曲爱情绝唱。其次，慢速礼赞是托马斯·曼作品中的一个主导动机，写作慢手和写作困难户常常成为写作大家和写作天才的伪装形象。"作家就是那种下笔比其他所有人都更艰难的人"就是来自其中篇小说《特利斯坦》的一句妙语。稍后，托马斯·曼又在其袖珍型席勒小说《沉重的时刻》中断言："只有粗制滥造和浅尝辄止的文人才文思泉涌。"瓦尔泽写《恋爱中的男人》，却是一气呵成、一蹴而就。这部随着文思泉涌而产生的小说，却成为一部令人叹为观止的艺术杰作。更有意思的是，托马斯·曼的《托尼奥·克吕格尔》犹如一则美学宣言，它以伤感而坚定的口吻宣告了一个创作美学原理："风格、形式和表达方面的才能，首先就要求对人情采取冷漠和挑剔的态度，甚至需要某种程度上的人情贫乏和人情空虚。健康而强烈的感情，素来就没有什么审美能力。"但瓦尔泽偏不信邪，他偏偏要带着"健康而强烈的感情"写作。瓦尔泽写《恋爱中的男人》的时候，不但没有达到感情零度，反倒处于情感沸腾和情感地震状态。他的情感投入之大、之深，实属罕见，实属空前，以至他搁笔之后好长时间都无法平息，无法冷却。他在 2007 年 12 月 19 日给《恋爱中的男人》的中译者的邮件中还写道："写这本书的时候我非常激动。前所未有地激动。现在我有这种感觉，也许是因为我还感觉到余震。我仍然很难去想别的事情。也许等我来到中国的时候（2008 年 10 月），这股劲儿才会过去。"很显然，艺术天性和艺术气质的差异决定了瓦尔泽在诸多问题上无法与托马斯·曼苟同。

爱情属于人类最重要的生存体验，爱情自然是最常见的文学素材。小说中的爱情描写如此常见，如此滥见，以致"爱情小说"这一说法都有啰唆乃至冗词之嫌。不言而喻,要在比比皆是的爱情小说中间脱颖而出,就必须刻画一种深刻的、能够引起广泛共鸣的爱情体验。《恋爱中的男人》之所以脱颖而出,首先是因为它表达了一种一呼百应的爱情观:爱就是痛苦。虽然瓦尔泽自称这是他的"偏见"(他说过:"我有这么一个偏见,爱就是痛苦。"),但他却道出了一个颠扑不破、放之四海而皆准的真理。尤其让笔者感到惊喜的是,瓦尔泽深刻的悲观主义爱情观跟一位以深刻和悲观著称的哲学家的看法遥相呼应、相映成趣。这位哲学家就是叔本华。

谁是叔本华?笔者是叔本华的崇拜者,所以要从这个也许让人觉得过于天真烂漫的问题说起。德国当代哲学家汉斯·约阿希姆·施特里希在其《世界哲学简史》中写道,叔本华"让哲学看到潜藏在意识表面底下的黑暗深渊。文学家们知道这深渊,或者有所察觉。在西方学术中,是叔本华为研究无意识的哲学和心理学的出现铺平了道路"。托马斯·曼把叔本华称为"现代心理学之父",同时指出尼采是联结叔本华思想和弗洛伊德理论的桥梁。叔本华在思想史上享有这样的地位,则是因为他的如下发现:"意志是第一性的,最原始的;认识只是后来附加的,是作为意志现象的工具而隶属于意志现象的。"通常被视为唯心主义者的叔本华,其实是一个最粗暴、最无情、最残酷的唯物主义者,一个可以跟达尔文、马克思、弗洛伊德比肩而立的超级思想叛逆。他宣布的意志第一性原理充满了革命性、颠覆性、毁灭性。因为:如果理智只是欲望的奴仆,如果人不是想要自己所认识的，而只是认识自己想要的，人还有什么自由、理性、尊严可言？古典的理想主义人类形象岂不化为泡影？这"万物的灵长"不就成为了嘲笑和怜悯的对象？

　　叔本华对爱情做哲学思考的时候也照样粗暴，照样无情，照样残酷。他首先是把爱情从虚无缥缈的理想天空拉回实实在在的性欲泥潭，所以他所阐述的是"性爱"而非"爱情"的形而上学。他的《性爱的形而上学》一面把爱情恶魔化、戏剧化，一面又把爱情祛魅化、幻灭化，读起来就像是一部起伏跌宕、引人入胜的哲理小说——谁让他是德国出产的第一个既会思考又会表达的哲学家！这篇奇文的主要内容可以概括如下：爱情本来很简单。爱情就是男欢女爱，就是一个汉斯或者说男的配一个格雷特或者说女的。但是，这简简单单的爱情常常因为汉斯的偏执和死心眼变得复杂，变得不可思议。世上本有千千万万个格雷特，这汉斯却认定自己只跟某一个格雷特天造地设，认定如果得不到这个格雷特，他的人生就会黯然失色，甚至失去意义，所以汉斯对格雷特朝思暮想，所以格雷特的亲疏远近决定他的喜怒哀乐。汉斯的固执源于大自然的安排或者哄骗。大自然只关心人类种族的健康繁衍。要达到这一目的，它只能给愚蠢而自私的个体植入一种幻觉，一个妄念，让对种族有益的事情显得对他个人有益，让他觉得自己占有了这个格雷特就能飘飘欲仙，让他因为这一想象而变得理想、高尚、诗意，让他产生为爱情上刀山下火海的勇气，让他做出种种反常和超常之举。而如果汉斯的愿望无法实现，如果他的格雷特被情敌夺走,他会感到一种无边的痛苦,他可能会在痛苦之中发疯发狂,导致他杀死情人或者情敌或者情人加情敌或者与二人同归于尽。所以,思念和妒忌是最常见和最可怕的爱情疾病。爱情的吊诡还体现在这样一个事实:没有得到满足的爱意味着痛苦和煎熬,得到满足的性爱往往又导致失望、困惑、幻灭。爱神的形象充分说明了爱情的本质:弓箭代表危险,眼罩代表盲目,翅膀代表无常和幻灭。爱情就是病,堕入爱情的人就是病人、傻人、上当受骗之人,既可笑又可悲……

我们不知道爱情的动力是否真的源于大自然的优生意志,也不清楚叔本华所说的"种族精神"和"种族灵感"在多大程度上触及大自然的奥秘,但是有一点可以肯定:叔本华对爱情的重要性和绝对性、盲目性和悲剧性进行了最为系统而深入的阐述,迄今为止还很难见着能够与《性爱的形而上学》媲美的爱情学说。也正因如此,当笔者发现《恋爱中的男人》和《性爱的形而上学》有着异曲同工之妙的时候,的确又惊又喜,仿佛发现了新大陆。激动之中,赶紧致信瓦尔泽,问他是否喜欢阅读叔本华。瓦尔泽回信说:"我读叔本华老犯困。读尼采从来不困!"这一回答有些出乎我的预料,因为我知道瓦尔泽崇拜叔本华的著名门徒尼采,而且我以为瓦尔泽跟托马斯·曼一样,把叔本华、尼采、瓦格纳视为在德意志精神星空熠熠生辉的"三颗永不分离的星宿"。但是回头一想,又觉得瓦尔泽与叔本华之间不存在思想渊源也没什么不好。不读叔本华又产生与叔本华相似或者相同的想法,这才叫英雄所见略同。

　　和叔本华说的汉斯一样，瓦尔泽笔下的歌德也是一个死心眼，他认定自己跟十九岁的乌尔莉克相配。他的理由也很充足。一方面是这位姑娘给他的情感生活带来前所未有的震撼，迫使他重新审视自我。过去，他的儿子奥古斯特说他是洛可可的时候，他总是一笑置之。现在，乌尔莉克把一种前所未有的严肃和沉重带入他的生活，让他动了情，动了真格，让他觉得"过去的一切都像是洛可可"。一个轻飘飘的歌德便由此变成一个沉重的贝多芬。现在他终于明白爱情不同于世界上的任何事物："一切事物都是相对的，只有爱情例外。"另一方面，他为自己的感觉找到了哲学支撑，因为柏拉图说过："每个人都是独一无二，但只是对一个人而言。"歌德相信只有他体会到乌尔莉克的独一无二，所以乌尔莉克就是他的独一无二，乌尔莉克应该属于他，应该成为他的妻子，所以尽管他和乌尔莉克的年龄差别达五十五岁，尽管他吃早餐的时候做过如下一道心算题："如果七十四岁的他娶了十九岁的她，她就会成为他三十四岁的儿子奥古斯特的继母，成为他二十七岁的儿媳奥蒂莉的婆婆。"他还是通过魏玛公爵郑重其事地向乌尔莉克求婚。

　　对乌尔莉克的爱让歌德完全失去了平衡，让他一会儿天上，一会儿地下。乌尔莉克在他身边或者他觉得自己跟乌尔莉克亲密无间的时候，他就无比的快乐、光明、友善，他就天不怕地不怕。"拥有爱者，刀枪不入"，这是他的经验之谈。如果拥有乌尔莉克，他会"缔造世界和平"，会"让世人脱离苦海"，这是他的肺腑之言。跟乌尔莉克愉快地告别之后，他甚至很乐意跟最提防、最反对他跟乌尔莉克相好的儿媳奥蒂莉写信,而且是写这样一封信:"虽然乌尔莉克不能在信中出现,但是在这封字字句句都显示出他的强大的信里面,乌尔莉克的身影就晃动在字里行间。"在乌尔莉克跟前,他有时会兴奋过度,甚至有些吃不消。"走吧,"有一次他对她说,"您在我跟前的每一秒钟都是……都是一场……革命。我害怕。"在乌尔莉克的目光注视下,他有时真不知道如何举止,如何表现。有一天他跟乌尔莉克告别,因为想到乌尔莉克也许在他身后观看,本来步伐稳健的他却感觉脚下有些发飘,所以他必须每走一步都要刻意强调自己的步伐是多么的稳健,所以不免显得可笑。后来他发现乌尔莉克并没有站在原地目送他,但是这一发现又让他感到失望和遗憾。反之,当情敌出现并且占了上风的时候,他眼里的乌尔莉克会马上变脸,他马上就觉得这世界悲惨而且阴暗。目睹德·罗尔和乌尔莉克在舞场上大出风头之后,他就在痛苦中浮想联翩。他不仅觉得乌尔莉克来到世上就是为了两个目的:一是做德·罗尔太太,二是让他歌德获得单相思的体验。他还自信发现了世上一切悲剧的起源和罪魁祸首:爬上海拔二千二百四十四米的西奈山的摩西气喘吁吁,结果没听见真正的第一戒——"你不可以爱"。歌德为此感叹说:"如果摩西从西奈山带回这第一戒,除了悲剧,人类不会有任何欠缺。爱情是一切悲剧的起源。本来人类可以轻轻松松过上没有爱情的生活!人类的繁衍从来不需要爱情。"

恋爱中人都需要自己爱恋的人摸得着,看得见。这也许就是爱情的物质性和实在性的体现。如果一方不在身边也不在眼前,另一方就要想,就要念,就会寝食不安,如坐针毡。"相依相伴,宛若天堂;形单影只,如堕地狱。"这就是歌德的感受。在马林巴德,他跟乌尔莉克几乎可以天天见面,这里应该算是他的天堂。可即便在马林巴德,他也经常站在宾馆房间的窗前遥望对面,因为乌尔莉克住在对面的宾馆。如果没有乌尔莉克,他做事无法专心,听人说话也只能心不在焉。化装舞会后,他因为两天没有见到乌尔莉克,他的精神几乎陷于瘫痪,他"一个钟头要从写字台边跳起来五次,跑到窗前,希望乌尔莉克马上出现在对面的露台……"如果说马林巴德因为有乌尔莉克相依相伴而成为天堂,让他形单影只的魏玛自然就是他的地狱。尽管魏玛有他的家,有他的儿子儿媳孙子,但是魏玛没有乌尔莉克,魏玛也最敌视乌尔莉克,所以他害怕魏玛,仇恨魏玛,所以他巴不得不回魏玛,即便回去也要推迟,也要绕道,即便回去也是"人在心不在"。回到魏玛之后,他对乌尔莉克朝思暮想,和马林巴德一样,窗子边上依然是他待得最多的地方,因为他天天盼着不时往返于莱比锡和斯特拉斯堡之间的乌尔莉克绕道来魏玛换车,然后从位于魏玛邮政所的驿站走几步路到他所在的弗劳恩普兰街,然后——他在给乌尔莉克的信中写道——"往我的窗户上面扔几个小石子儿,我本来就清醒地坐在这里专门等待这些小石子儿,所以我会立刻走到窗前,看见你站在楼下,我转眼就跑到楼下,到你跟前,跟你拥抱、亲吻,领着你上来,永远待在这里……"但是歌德的愿望一次也没有实现。为了支撑其苦恋,歌德可谓使出了浑身解数,调动了全部的精神力量,他甚至"练就了一种功夫,能够把她的不在场作为她的在场形式来思考,来体验。他让这种思维方式摆脱了一切有可能让他觉得荒谬的因素。她时时刻刻都作为缺席者在场。其结果就是现在的每一秒钟都遭到削弱。他在回来后的几个星期里所做的或者所参与的一切事情,可以说都是假装做的,假装参与的。他在做事情或者参与做事情的时候总是意识到乌尔莉克不在这儿,意识到其实她必须在这儿,意识到只有她在这儿,他做的事情和他参与做的事情才成为它们只是貌似的事情。这全是替代品,其目的在于让你注意它们的替代对象:乌尔莉克。准确地说,这是消极的在场"。

如果爱情是一种病,嫉妒就是爱情病最常见、最明显、最烦人的症状。历史上的歌德追求乌尔莉克时并未遭遇竞争对手,瓦尔泽虚构的歌德却因为年轻而英俊、富有而又风度翩翩的珠宝商德·罗尔的出现而醋意大发,妒火中烧。在马林巴德的时候,他就因为目睹德·罗尔在马林巴德和乌尔莉克翩翩起舞而黯然神伤,而悄然退场。他回到自己的房间,一面去想象德·罗尔如何夺去乌尔莉克的贞操,一面怨天尤人,承认自己盲目、瞎眼,同时也责怪摩西没听见第一戒。他非常痛苦,痛苦之中他不再把用笔杆子来解决痛苦的塔索,而是把用枪杆子来解决痛苦的维特当作崇拜对象。回到魏玛后,他天天翘盼乌尔莉克的人,翘盼乌尔莉克的信。但是 10 月 24 日从斯特拉斯堡寄来的一封信却让他乱了方寸——乌尔莉克透露德·罗尔将在 10

月 31 日到达斯特拉斯堡。这封信他没有读完就"从他手中滑落",他真希望自己只把这封信读了一半,更希望这封信就写了这一半,也就是乌尔莉克赞美《马林巴德哀歌》的前半段。信纸躺在地上,他却"不得不来回走。他必须再次加快速度,以便自己忙于吸气。他这样疾步来回的时候,他也知道他的心为什么要撞击胸腔,为什么冲到嗓子眼儿上。他的心,一头被囚的动物。他,一个看守。他应该用什么样的时钟来计量从今天到 10月 31 日的每一秒"。他把 10 月 31 日视为其"大限",由于这一天恰好是他儿媳奥蒂莉的生日,他还怀疑这是命运的嘲弄,是"编剧艺术"。到了这一天,他故意把日程安排得满满当当,以便分散精力,转移思想。但这无济于事。绝望之中,他不得不对他的情敌进行一番接近泼妇骂街水平的诅咒:"他要没这么健康就好了!他为什么如此健康!他为什么没有胆结石和肾结石,为什么不痛得在地上打滚,痛得他嗷嗷直叫。……不管什么部位,一定让他感受千刀万剐的疼痛,一定让他连哭带喊在地上打滚,迫使邻居们关上门窗再捂上隔音的毯子,迫使他们因为再也无法忍受他的哭喊而搬走。让他一个人留在世上哭喊。让他和他的哭喊孤零零地留在世上。"可是这番诅咒非但没有减轻他的痛苦,反倒让他意识到自己处境之悲惨:"他现在也感觉自己在哭喊,但他无法释放自己的哭喊,因为他的痛苦并非来自胆结石和肾结石,而是来自心灵。心灵可是一个器官。它制造痛苦。它只会制造痛苦。"他跟自己就这样玩了一天声东击西,玩了一天调虎离山。然而,等他晚上坐到书桌面前时,他最最担心的事情依然以一种令人痛苦的清晰浮现在他眼前:"他们上了床,他们一左一右,一上一下,一高一低,他们相互重叠,相互缠绕,你中有我,我中有你,没错,他们已经我中有你、你中有我,而且欲死欲仙……"

恋爱中的歌德不仅没有君主的威风,没有伟人的气度,而且在为人处世、在待人接物方面也变得不太正常。为了乌尔莉克,他可以抛弃原则,可以做交易,还可以行贿。对于瓦尔泽笔下的歌德,乌尔莉克的母亲是其爱情道路上的最大障碍,所以必然成为他的讨好对象。既然她很懂得利用歌德的地位和声望,既然她有把自己的关系户引见给歌德的习惯,不问政治而且常常拒人于千里之外的歌德也只好跟她配合。她一会儿要求歌德去听瓦伦斯基伯爵讲述波兰人民遭受的可怕苦难,一会儿让歌德去接见希望全世界都支持希腊人民反抗土耳其占领军的英国贵族青年。为了乌尔莉克,歌德一次也没拒绝过。事实上,不管什么人什么事,只要牵涉到乌尔莉克,歌德都很有可能进行特殊处理。譬如,为了尽快让乌尔莉克得到《马林巴德哀歌》,他不惜用令人瞠目结舌的金钱数额贿赂自己的仆人施塔德尔曼,同时明确告诉施塔德尔曼这是行贿,施塔德尔曼必须动脑筋,想办法。又如,施塔德尔曼在魏玛偷偷拿歌德的头发去卖钱,在波希米亚又故伎重演,歌德本该对他进行惩罚乃至解雇。但是由于他干净利落地销毁了有可能勾起歌德对波希米亚的痛苦回忆的一切物品,由于他圆满完成了赋予他的使命,歌德不仅把他过去的劣迹一笔勾销,而且允许他今后可以随时随地做头发生意……如果联想到歌德和施塔德尔曼为化装舞会——那是歌德的爱情巅峰体验——做准备时如何进行亲密而默契的配合,如果联想到伤心的歌德如何伏在一米八七的施塔德尔曼的胸前哭泣,联想到他在小说结尾如何给施塔德尔曼安排侦察任务,我们就可以说,只要是涉及乌尔莉克,横亘在歌德和施塔德尔曼之间那道不可逾越的社会鸿沟就会化为乌有,他们的主仆关系就会演变为伙伴关系、同盟关系、哥们儿关系。

最后需要指出的是,恋爱中的歌德也是一个受骗者,而且受到双重欺骗。一方面是他的爱蒙蔽了他的双眼,让他看不清楚莱韦措母女对他的态度。波希米亚相别之后近三个月里,人在魏玛的歌德几乎天天都在翘首盼望,盼乌尔莉克的人,盼乌尔莉克的信。经常往返于斯特拉斯堡和德累斯顿之间的乌尔莉克途经魏玛可谓顺理成章,但是她从未出现在歌德眼前,歌德只好假设总有十万火急的事情妨碍她在魏玛停留。他对乌尔莉克的信也是望眼欲穿:"自从他有一次接到乌尔莉克的一封信以后,他每天都在等乌尔莉克的信。"他给她的信倒是一封接一封。当他终于陷入绝望并着手铲除对波希米亚的回忆时,她们又意外地给他来了一封信,说是要请他去德累斯顿与她们一家共度元旦。犹如久旱逢甘霖的歌德自然欣喜若狂,开始对德累斯顿之行盼星星盼月亮。然而,就在启程前三天,他在魏玛撞见悄无声息在此换乘马车的莱韦措母女。他蒙了:她们竟然过门而不入,既不来看他也不跟他打招呼,把"行踪无不相告"的临别誓言忘得一干二净。歌德明白了。莱韦措夫人请他去德累斯顿，是要拿他当"战利品"去舞会上展示，他无非是莱韦措夫人在社交界炫耀的资本。于是，歌德的爱情故事就以歌德的幻灭和觉醒告终。另一方面，歌德的幻灭和觉醒也可能是一种假象，他感觉自己豁然开朗，感觉自己幡然醒悟的时候也可能还在上当受骗。在魏玛撞见莱韦措母女之后，他变得一身轻松，变得海阔天空，感觉自己比摩西强，因为他在听见并且听懂了第一戒——"你不可爱"，因为他对乌尔莉克的爱就此了断，就此烟消云散。这天夜里他也睡得特别的杳、特别的熟。然而，当他醒来的时候，却鬼使神差地出现这样一个场面："他手里握着那玩意儿，硬邦邦的。他知道自己梦见了谁。Ｓｗｓｗ（都到了这种地步）。"叔本华说，人的大脑和生殖器是上下两极，但是"下极"不等于"下级"，"上极"不等于"上级"，前者常常跟后者捉迷藏，开玩笑。歌德在意识层面告别了乌尔莉克，但是当他进入梦乡以后，他的下意识世界才对他敞开，他的"下极"才毫不含糊地发表意见。歌德不知道自己是一个"多极世界"，不知道自己有可能被自己所欺骗，不知道感情这东西常常剪不断理还乱，不知道自己在意识深处对乌尔莉克藕断丝连。《恋爱中的男人》这一结尾可谓妙笔生花，让人联想到卡夫卡，联想到《乡村医生》中女佣的一语双关："我们不知道自家里都储藏些什么东西。"如是观之，这个颇有争议的小说结尾其实充满了思想张力，我们不妨称之为弗洛伊德或者叔本华式的强收尾。

　　叔本华通过意志第一性原理揭示了整个世界的盲目、无助、可悲，但他同时指出人类中有极少数人例外。在他们这里，认识不再充当意志的乖顺的奴仆，认识能力不再是"照亮生活道路的提灯"，而是"普照世界的太阳"。这些能够获得客观认识的反常之人就是天才，就是哲学家或者艺术家。这样，《作为意志和表象的世界》便出现一道小小的逻辑裂缝，留下一点点思想悬念。同样地，阅读《恋爱中的男人》，我们也要查看书中是否存在这样的裂缝和悬念。这本小说通过一个可笑又可悲、从思想到语言到行动都出现反常的歌德形象揭示了爱情面前人人平等这一永恒真理，让读者清楚地看到，爱情面前没有伟人和超人，只有普通人，赤裸裸的人，可怜之人。与此同时，小说又让读者看到另外一个事实：歌德是文人，文人非常人，他们遭遇痛苦的时候多半要奋笔疾书，多半要用写作来诉说和摆脱痛苦。简言之，文学创作的心理治疗功能被呈现在读者眼前。熟悉文学史的读者还知道，歌德就是最为经典的文学治疗实例。青年歌德通过创作《青年维特的痛苦》，也就是《少年维特的烦恼》(Die Leiden des jungen Werthers 已约定俗成译为"少年维特的烦恼"，但属于错译，因为 Leiden 不是"烦恼"而是"痛苦"，jung 不是"少年"而是"青年"。这已成为德语界的共识)，摆脱了巨大的痛苦，他用维特的死换来了自己的生。歌德不仅年轻时候如此，他人到中年、人到耄耋之年也依然如此。他借助一次又一次的写作，冲出了一个又一个的情感漩涡。他摆脱马林巴德的恋情给他带来的痛苦，靠的也是著名的《马林巴德哀歌》。鹅毛笔之于歌德，犹如救命稻草之于落水者。

瓦尔泽比谁都更清楚这个事实，比谁都更明白这个道理，所以《恋爱中的男人》里面出现了痛苦与写作的较量和博弈。这场博弈不仅决定着歌德本人有多少痛苦抵抗力或者说免疫力，而且关系到爱情面前是否有人更加平等这一原则性问题。当歌德跟落水狗一样掉进情感的漩涡之后，他的鹅毛笔就变成了他的救生圈，帮助他在漩涡中扑腾、自救。歌德初次遭遇德·罗尔之后便自惭形秽、自怨自艾，他本能地抓起笔杆儿写作。痛别乌尔莉克之后，他一气呵成地完成了被他称为"心灵的邮政快件"的《爱情痛苦二重唱》，他由此战胜了绝望，迫使绝望"承认自己用语言表达出来之后比其粗糙的自然状态更美"。这首诗歌也让他看到了生机，尝到了甜头，同时也让他知道没有写作的日子多么可怕："如果他一天看不见乌尔莉克，如果这强加给他的痛苦又没有变成诗歌，他就一天也熬不过。"与乌尔莉克最终告别之后，他日子难熬，心头难过，他必须想方设法"让乌尔莉克更少缺席，或者让她不再缺席"，所以他不顾路途颠簸，在马车上就开始写作，使他的《马林巴德哀歌》不折不扣地成为"马车上诞生的世界文学"。梦见乌尔莉克一边跟他接吻，一边偷瞥德·罗尔的场面之后，他又痛苦又害怕。为了防止这噩梦重演，他也只好求助于写作，因为"只要在写作，他就处于受保护状态"，因为"写作的时候他不属于这个世界，他生活在自己的世界里面"。对于歌德，写作就是城堡，就是避风港。但是，瓦尔泽的歌德发现写作具有两面相。写作可以从保护写作者的城堡变为折磨人的刑讯室，因为写作有可能加剧写作者的痛苦。首次遭遇德·罗尔之后，歌德被迫提笔写作，在写作过程中他却有了新的体验，他不得不重新评判塔索的名言："别人有苦说不出，我却神赐天赋，能够说出自己的痛苦。这是什么好处：你必须做到能够一枪打死自己。必须说出自己如何痛苦，这是遭受酷刑。"另一方面，写完《马林巴德哀歌》之后，歌德又发现自己无法在写作这座避风港做长久停留，发现写作不可能给人持久和彻底的安慰。原因很简单："已经完成的写作没有用。正在进行的写作才有用。"

瓦尔泽一方面描写恋爱中的歌德如何"跟狗一样遭罪"，以此彰显爱情面前人人平等这一永恒真理；另一方面，为了打破或者至少动摇歌德"通过写作克服一切"的神话，他又淋漓尽致地揭示了写作治疗作用的短暂性和暂时性，把写作的功效还原到鸦片或者止痛片。瓦尔泽这一破一立，不是源于他的认识新发现，而是源于他独特的生命意识，源于他反唯美主义立场。瓦尔泽很难认同把艺术当目的、把生活当手段、为艺术牺牲情感和人格尊严的唯美主义世界观和生活观。他有一颗艺术魂，但是他还有一颗英雄魂。（笔者认为瓦尔泽的命运由三魂铸成：艺术魂、英雄魂、民族魂。参见拙文《越老越红的辣椒运：马丁·瓦尔泽》。）

伟大的文学总是有两种交相辉映乃至水乳交融的品质，也就是深刻的认识加上艺术的表现。《恋爱中的男人》也是思想性和艺术性平分秋色。这部小说之所以能够栩栩如生刻画恋爱中的歌德所经历的天堂地狱和爱恨情仇,之所以能够充分展现源于爱欲的人性光辉和人性阴暗,之所以能够深刻而生动地揭示爱情和人性的本质,都是因为它的艺术,也就是它的语言。这是一种非常优美的语言,一种因为密度过大而几乎令评论者感到绝望的优美语言。面对着这样一部字字珠玑的小说,如果仅仅让读者管中窥豹,你会忐忑不安,你会觉得这样既对不起读者,也对不起作者,因为你担心审美也讲究量变到质变,但是你又无法满篇摘录;你想描述小说的语言美,但是你很快会发现最好的描述就是复述,否则你就是一个蹩脚的翻译;你会发现,面对这样的语言,最好此时无声胜有声,最好把它直接呈现在读者眼前。对于评论者而言,《恋爱中的男人》的语言既是智力挑战,也是语言考验,但身为评论者,我们必须应战,必须接受考验。所以,笔者斗胆对小说的语言发表三点感想和体会。

首先要说的是,这部小说的语言具有音乐美,而且是叔本华所说的音乐美。我们知道,叔本华把音乐奉为艺术之王,赋予音乐至高无上的表现力。他认为,音乐表现的不是现象即"理念或者说意志客体化各阶段的写照",而是本质即"意志自身的写照"。譬如,音乐所表现的快乐就不是个别人或者特定的快乐,而是快乐本身。瓦尔泽的语言就像叔本华所理解的音乐。因为不管它描写什么,它都能够给你造成一种错觉,仿佛要描写这种事物就非采用这种形式不可,至少你会觉得这是它最佳的表现形式,虽然这种事物的表现形式实际上成千上万,虽然它的表现形式可以成千上万。我们可以看看谁能超越瓦尔泽对回忆的痛苦和无奈的描写："回忆就像刺刀，一次又一次地刺杀一个手无寸铁的人。"其次，这部小说的语言交织着诗意、反讽和哲学的光芒，它再次证明作家是天之骄子，是上帝的宠儿，证明文学家在语言表达方面具有两栖优势，证明他们的语言优于诸子百家。正如托马斯·曼在《死于威尼斯》中所说，"作家的福气"就在于"思想能变成情感，情感能变成思想"，在于作家们既有"沸腾的思想"，也有"精确的情感"。我们看看歌德如何反思自己的盲目和单相思就能明白这个道理："没影的事。没影的事。没影的事。第一年就败局已定。这丁点有等于无，又化为无，这丁点有作为无的时间越长，就变得越重要，就变成最重要和最最重要，直到它充实你的心灵、主宰你的头脑，让你飘飘欲仙，把你抛向九天，终究只是为了让你摔得更惨。"最后必须指出，瓦尔泽是一位粉饰乾坤的语言大师，他的语言充满奇思妙想，所以能够点石成金，能够化腐朽为神奇。即便是"丑学"或者自然主义文学所津津乐道的事物，即便是咳嗽和出汗这类比较倒人胃口的生理现象，一旦到了瓦尔泽笔下，也能写出诗意，写出美。譬如，小说这样描写歌德因为害相思病而浑身冒汗："不知什么时候开始冒汗，腋下冒汗，胸口冒汗，很快地，他周身是水源，然后你就成为一片辽阔的原野，这里有千万个奔涌的泉眼，有条条流淌的小溪。你的身体在哭泣，你心里想。"就这样，语言大师瓦尔泽一不留神便创造了形式战胜材料的奇迹！

阅读《恋爱中的男人》，犹如经历一场语言狂欢。正是因为这层出不穷、高潮迭起的语言狂欢，这部小说才散发出思想和智慧的光芒，才充满了情感震撼力和情感杀伤力，才成为爱的真谛，爱的绝唱。

语言万岁！

碎片之美

——读马丁·瓦尔泽的《童贞女之子》

对于德国小说，人们常常敬而远之。令人敬佩的，是其深刻的思想，是其哲学品质；令人疏远的，是其缺失的可读性。因此，人们普遍感觉"好看"的德国小说难得一见，偶尔撞见一本，还不敢相信。本人就在一次对话活动中目睹一位作家朋友告诉其德国同行：您这本小说我很喜欢，因为它"很不德国"。其实我也觉得那本书"很不德国"，但我是站在相反的立场——我嫌它不够德国味儿。每次碰到这种对话，我都暗暗为德国文学喊冤。难道德国文学非让读者在享受思想与享受故事之间做两难选择不可？非也。实际上，兼有故事和思想、让文学和文化合二为一的德国小说并不罕见。译林出版社推出的马丁·瓦尔泽长篇小说《童贞女之子》就是一例。

《童贞女之子》这一标题源于大名安东·珀西·施卢根、小名玻西的主人公的身世传说，因为他母亲说当初无需男人就怀上了他。他不仅相信母亲说的话，并且拿到不同场合说。与此同时,他和三个有父亲影子的男人又结下不解之缘。小说所主要讲述的,就是母亲、儿子以及三个影子父亲的故事。这多半都是奇人奇事。

故事从舍布林根州立精神病院讲起。舍布林根的德文是Scherblingen,含有"碎片之地"的意思。如果从精神病院看舍布林根,这里的确是一地碎片:历史的碎片,理想的碎片,爱情的碎片,艺术的碎片。这座现代医院的前身是修道院,我们可以说它是在历史或者宗教的废墟瓦砾中诞生的。这座医院的病人几乎个个来自碎片人生,他们都是失败者,都是输家。他们输在了情场、职场、家庭、事业等等。

舍布林根州立精神病院院长奥古斯丁·法因莱茵教授就是一大输家。他是作为病人来到医院的。本来做五官科医生的他,非常意外地被自己的一个贵族出身的病人抢走了自己深爱的、可以视为其未婚妻的女友。他受不了这打击,所以进了精神病院。他在这里获得新生,从病人变成主治医生乃至院长。但随后来了个布鲁德霍费博士。这个年富力强、思想现代、明摆要成为其终结者的现代医学博士使他回归压抑和郁闷。一方面,布鲁德霍费博士是他的心爱的女人的丈夫,因为堪称水中健将的夏娃·马利亚在封·维戈尔芬伯爵意外丧命后嫁给了比她小十八岁的水上爱好者布鲁德霍费博士;另一方面,布鲁德霍费博士对法因莱茵教授孜孜以求的事情充满敌意和轻蔑。教授在做什么? 一是大力推广替代疗法或者叫自然疗法,如草药疗法、劳动疗法、睡袋疗法、沉默疗法、诵经疗法,等等。舍布林根的病人由此百花齐放、各显神通。把药物治疗奉为圭臬的布鲁德霍费博士把这一切斥为"开历史倒车",讥讽教授"想把舍布林根变成一座普莱蒙特莱修道院"。至于教授的业余嗜好,布鲁德霍费博士更是嗤之以鼻,因为他在研究信仰问题,在研究圣髑敬拜对现代人的意义。布鲁德霍费博士调侃教授与欧洲启蒙运动擦肩而过,把他的所作所为称为不可外扬的丑闻。最后,为了验证"信仰就是攀登并不存在的山峰"这一信念,教授偷偷拿走了修道院教堂的镇宅之宝——基督的几滴血。事发之后他被免职,被视为病人。随后,他接受瑞士朋友莫杰斯特·米勒-索西玛的邀请,前往莱茵瑙修道院疗养。其间他每逢周六就去莱茵河畔的一个桥头扮演一动不动的银装肃立者,而且总是面朝对岸的维戈尔芬城堡!最后,他作为肃立者死于街头流氓的恶作剧。他的朋友莫杰斯特则因急病发作死在他的前面。

莫杰斯特是一位具有传奇色彩的企业家。父亲是图尔办公机械公司的创始人,母亲是来自俄罗斯的钢琴家。他自小酷爱音乐,但他必须继承父业,只好忍痛割爱。后来他不仅成为一名非常成功的企业家,而且热心公益事业。作为瑞士国民院议员,他积极推动俄—欧一体化,甚至跟戈尔巴乔夫交上了朋友,所以俄罗斯在1996年加入欧洲理事会这一历史事件让他欣喜若狂。莫杰斯特也是一位促进艺术事业的慈善家,他身后留下两项令人感动的未竟事业:一是成立用他母亲的名字命名的"索菲亚未完成者学院",这是一所旨在让"因为命运阻挠而未能学习音乐"的抱憾者前来补憾的音乐学院；二是启动对怀才不遇的作家们施以援手的奥布洛莫夫计划。奥布洛莫夫是碎纸机品牌，是图尔公司的拳头产品。奥布洛莫夫计划对作家们做出两点承诺：第一，这些无人阅读的稿件在送进碎纸机之前将得到逐字逐句的阅读；第二，从碎纸机出来的稿件将存入一个骨灰盒，上面标明作者的姓名、作品的标题，还有奥布洛莫夫化的日期。

需要补充的是，奥古斯丁和莫杰斯特都是玻西眼里的父亲形象。前者是他的良师益友，不仅给他传授各种知识，而且教他拉丁文和管风琴。他们的关系充满温情和默契，还做了认义父义子的准备，连公证文件都已做好（后来玻西的母亲因为奥古斯丁没有幸福人生而阻止玻西去公证处）。后者让玻西第一时间就产生认父冲动。他觉得莫杰斯特比奥古斯丁更适合做他的父亲，因为莫杰斯特有成功而幸福的人生，还有和他一样的圆滚滚的身材。所以，莫杰斯特的死令他悲痛欲绝，发誓"再也不认谁做父亲了"。

被安置在舍布林根精神病院法医精神病科的埃瓦尔德·凯因茨，可以视为玻西的第三位父亲。与前面两位义父不同，埃瓦尔德给人留下很大的遐想空间，人们不得不产生他是否是玻西生父的疑问。之所以如此，是因为玻西的母亲芬妮在偶遇的一场群众聚会上为慷慨陈词的埃瓦尔德端过一会儿麦克风，事后对其朝思暮想，还给这位不知人在何方的男人写了一大堆没有寄出的信。这些书信日后成为她让儿子学习读书识字的材料。埃瓦尔德进驻法医精神病科之后，玻西频繁探访，或是实践沉默疗法，或是讲述从母亲的书信读来的故事，玻西初次进入埃瓦尔德房间的一幕便是小说的开篇。这个埃瓦尔德其实也来自破碎的人生。他幼年就遭到母亲的未遂谋杀和遗弃，只能在孤儿院里长大，其间还有两次未遂自杀。长大之后他积极投身左派运动，参与反越战活动，还去民主德国考察，随后因此失去教师职位，只好去特殊学校代课。后来因为口吃而被迫改行，做摩托车教练。后来他爱上为他治疗口吃的语言矫正医生埃尔萨并与之成婚，不久又爱上心理医生西尔维娅，开始了一段给他带来烦恼、痛苦和绝望的恋情。他为此纵火自杀，未遂，被移送精神病院。最后他在这里成功地进行了第四次自杀。

玻西的母亲也是一个奇人。芬妮出身农家，自幼跟着笃信天主教的父亲四处朝圣，还把父亲的遗言"你有指路者"铭记在心。长大后在裁缝铺子做学徒。后来因为听收音机而迷上文学语言，随后又因为一则征婚广告的语言而迷上一个男人。但不料此人是同性恋、酒鬼、死不改悔的纳粹，有家暴倾向，还狂热地崇拜文学怪才阿诺·施密特。在左派运动风起云涌的年代，芬妮的思想也偏左，崇拜如"流星"一般在她眼前划过的埃瓦尔德·凯因茨，甚至公开表示对红色旅骨干分子的同情，她所在的公司为此毫不犹豫地将她开除，尽管她已怀有身孕。生下玻西后，她开始对家族历史进行研究，因为她要为儿子争取贵族称号，希望儿子成为安东·珀西·封·施卢根。她坚持不懈地做相关考据和研究,住进老人院后也没有间断。

小说中最最神奇的人物,自然是标题人物。玻西生于1977年,是一个普普通通的医院护理员。但是,在这个平凡的护理员身上却有诸多不凡的迹象。他永远保持乐观、开朗、淡定,见谁都说"你"而不会说"您",声称这是学习拉丁文的结果;他听妈妈的话,相信自己的诞生与男人无关,相信自己的人生之路有看不见的指路者;他也相信神赐灵感,走到哪儿都发表即兴演说;他是胖子身材,走在路上却如履祥云、脚下生风,母亲叫他"无翅天使";他头脑单纯,心地善良,但也善解人意,不时有惊人之语,所以很有人缘,还很有影响力,被疗养院病人视为心腹、救星、权威,所以他们听他的话,向他递状纸,还把自己的心曲和计划透露给他。很明显,玻西是高贵的单纯,是一个高级白痴或者说"神圣的傻瓜",是血统纯正的童贞女之子。而作为童贞女之子,他只有一个前任、一个同类,那是耶稣·基督。有作为救世者来到苦难人间的耶稣·基督做对照,我们可以更加清楚地看出玻西的"英雄本色":舍布林根是碎片之乡,天降大任于斯人,这里需要他做护理员;他是普天下皆兄弟姊妹,岂能落入俗套,区分什么您和你;他的结局也是童贞女之子的结局:信仰爱、宣传爱、实践爱的玻西,最后被一个把"恨你的邻人"奉为纲领的摩托车俱乐部的成员枪杀。昔日的救世主需要一个十字架,今天的救世主需要的一颗子弹。

　　《童贞女之子》到底在讲什么？从上面的故事梗概可以看出，这是一部视野开阔、内容庞杂的小说，所以很耐看，可以横看竖看正看斜看。有两个看点尤其值得我们注意。

　　一是社会-历史信息。就是说，我们可以把《童贞女之子》当作社会小说和历史小说来阅读。譬如，通过舍布林根精神病院的历史和法因莱茵的历史研究，可以管窥一段近代欧洲的教会史和革命史，可以了解诸多涉及天主教的习俗和传说；通过芬妮和埃瓦尔德的故事，我们可以从细处观察上世纪六七十年代的联邦德国社会，当时的主流社会对左翼思想和同性恋的态度令今天的读者大开眼界；米勒-索西玛如此亲俄，如此喜欢戈尔巴乔夫，这是为什么？瓦老回答说：因为戈尔巴乔夫支持两德统一。瓦老用心良苦！当我们看到一位反美作家说今天的美国总统的脑子是如此的简单，以至德国人都不必再为霍亨索伦王朝感到难堪的时候，我们不妨看看昔日的霍亨索伦王朝是怎么回事，再想想这美国总统指的是谁。

　　《童贞女之子》的另一看点，是其宗教和哲学内容。这是一部五彩斑斓、栩栩如生的哲理小说。五年前，在小说刚刚问世的时候，评论界可谓一片大呼小叫。疑问者有之，惊叹者有之，但前者多于后者。刊登在几大报纸的书评标题就很说明问题：《瓦尔泽，你要干什么！》《瓦尔泽告别了启蒙》《拜托，到天堂的路怎么走？》《你们制造冷漠好了，我制造温暖》，等等。这也难怪。因为这部小说不仅高调提出了终极问题和大是大非问题，如信仰，如启蒙，如知识和信仰的关系，而且让读者明显感受作者的某种倾向和态度。玻西大有来头,甚至是天外来客,这点大家一眼就看出来了,所以马上就有人叫他"博登湖畔的耶稣";舍布林根州立精神病院是一个思想竞技场,大家也都看在眼里。启蒙摧毁宗教,现代医院取代修道院,自然科学战胜神秘主义,凡此种种,均属历史的必然。可是,奥古斯丁·法因莱茵教授不想屈服于这类必然。他的精神偶像和先师不是启蒙思想家,而是昔日的教会君主,以及作为启蒙批判者的尼采。当然,他也景仰自己的姓名保护神,所以每到罗马总要去圣奥古斯丁教堂朝拜。他还受圣奥古斯丁名句的启发,为自己确立了一条违背时代主旋律的信条:我信故我在。我信仰,所以我存在。他还感叹自己生不逢时,不可能像他的先祖优西比乌·法因莱茵那样做修道院院长,也不再可能做唱诗班的领唱。因此,他必须和布鲁德霍费博士对着干,他必须捍卫自己的信仰和尊严。最后,教授失败了,但他虽败犹荣,而且并不孤单。站在他这一边的,有玻西,还有住院作家英诺森。玻西陶醉于教堂音乐即管风琴音乐,熟读《圣经》和宗教神秘主义者的诗篇,甚至把海因里希·苏索、雅各布·波墨、伊曼努尔·斯威登堡等人的文字用作治疗精神病人的手段。而且,他是舍布林根沉默疗法的实践者。至于英诺森,他不仅把教授视为让世人摆脱"知识奴役"的解放者,而且讥讽布鲁德霍费们在挥舞"化学大棒"。这一绝妙说法可谓泄露了天机:"化学大棒"是"道德大棒"的接力棒,而"道德大棒"是瓦尔泽 1998 年在法兰克福保罗教堂演讲的核心概念。换言之,瓦尔泽也站在教授一边。

"98演说"因为反对"道德大棒"而造成严重后果,《童贞女之子》反对"化学大棒",人们是否要为瓦尔泽捏一把汗? 大可不必。这是一部小说,况且明白什么是启蒙的人也并不多。

《童贞女之子》的最大看点是其语言。上述的法-布之争就写得精彩无比,将瓦尔泽的艺术魅力发挥得淋漓尽致。尤其令人叫绝的是,这场较量中的赢家和输家都写得那么别具一格,那么栩栩如生。

我们先看看输家。作为失败者,法因莱茵教授至少有三幅肖像:一是安东·布鲁克纳,二是歌利亚,三是舌唇图或者叫三唇图。布鲁克纳可谓教授的自画像:在医院的元旦化装舞会上,扮演瓦格纳的布鲁德霍费博士出尽风头,教授却是灰头土脸,所以他恨不得"跳起来大喊一声:我姓布鲁克纳,名安东!还有一个天然适合做剪纸图案的驼背";年轻的大卫一手持利剑,一手拎着比他年长许多的歌利亚的头,这是教授为自己和对手构想的又一画面;教授常常以舌代唇,所以有三片嘴唇,他自己的解释非常简单:"四十年前我可能也有一片上唇一片下唇。下唇没了。我一辈子都在紧咬下唇。舌头代替了被咬坏的下唇。"

赢家布鲁德霍费博士的形象同样妙趣横生、耐人寻味。请看下面这一段:

　　每年他都和爱娃-马利亚一起沿着这一带的土耳其海

147

岸来来回回地玩帆船，却不知道他的帆船经过的都是什么地方。每到一个港口都来明信片致以问候。他的问候。他在这里的信使是：布莱特博士和露琪亚·迈耶-霍尔希。明信片贴在黑色布告栏上，大家都能读到布鲁德霍费博士在费特希耶港与其男女伙伴如何一边喝泰尔梅索斯的葡萄酒，一边品尝刚刚从费特希耶湾里捕捞起来的鱼。每天都从另外一个港口和另外一个海湾寄来明信片。港口总是熙熙攘攘的东方世界，海湾总是梦幻仙境。而且不见游客踪影。写信讲述这一切的游客不是游客。

在此，布鲁德霍费博士的无知（这一地区充满《圣经》典故）与纯朴（写东西不过脑子）可谓跃然纸上。此外，布鲁德霍费博士不会意识到自己根本不适合扮演瓦格纳，因为他身高一米九，而且他不知道布鲁克纳是谁。同样地，大卫持剑图放到他眼前，他也看不出上面说的是谁和谁。布鲁德霍费博士追求健康和体育，同时代表科学、理性和进步，但其他事物与他无关，所以他纯朴得可爱。换言之，读者可以一边同情法因莱茵教授，一边欣赏布鲁德霍费博士。

如是观之，《童贞女之子》耐读耐看，既要归功于瓦尔泽的艺术中立和超脱，也要归功于他的皮格马利翁式的情感。

近看语言大师

——博登湖畔朝圣记

　　我自视为幸运译者。作为马丁·瓦尔泽的译者我尤感幸运。在我看来，做幸运译者至少需要满足如下条件：第一，翻译的作品是自己看得懂、看着乐、还能看出门道的作品；第二，能够在翻译过程中长见识、学思考、练写作；第三，翻译的作家会生活、会做人，也懂得善待和平等对待译者；第四点最为重要：作家本人让你一见如故、相见恨晚。

　　我几年前就翻译了瓦尔泽的《批评家之死》，而且翻得高兴，翻得顺手，翻完之后似乎还感觉到一点健脑益智或者说精神保健效果。目前正在译他今年（2008年）3月刚刚出版的《恋爱中的男人》。这本小说把老年歌德追求豆蔻少女的真实故事加工成为一曲爱情绝唱。2月底，瓦尔泽在魏玛首次朗诵小说选段，迷倒包括德国前总统在内的高雅听众。我也为之倾倒。我在屋里一边读一边拍案叫绝，有时干脆站起身，在来回踱步中体会这审美愉悦。见到瓦尔泽本人以后，我发现他不仅厚待"影子制造者"——他的歌德小说中的一位女诗人把译文比作

149

原文的"影子",而且属于那种走出作品也不乏智慧和诗意的作家。这点也有必要加以强调。因为有些作家在作品中光辉而温暖,诗意而智慧,回到生活就面无血色,干瘪乏味,他们的作品犹如吸血蝙蝠一般,把他们的血气和灵气全部消耗、吸干。这类作家一般适于远看。但是瓦尔泽既可远看,也可近看。

我在 2002 年开始翻译《批评家之死》,有幸见到他本人已是 2008 年夏天。掐指一算,迟到了好几年,所以有些懊悔。但是我没有让懊悔成为负担,因为我相信冥冥之中自有天意,相信老天安排我现在跟大师见面自然有其道理。别的不说,进入 2007、2008 年之交,我和大师的邮件来往也渐入佳境,而且是因为我的名字渐入佳境。开通我和瓦尔泽的通信联络热线的迪特·博希迈耶——他是海德堡大学德文系教授兼慕尼黑巴伐利亚艺术科学院主席——告诉我,瓦尔泽喜欢 Liaoyu 这个名字,理由是"没有讨厌的辅音"(Kein böser Konsonant)。见到大师如此正话反说,我恨不得五体投地。其实瓦尔泽和许多德国人一样,习惯了他们辅音较多的母语,念着 Liaoyu 实在有些费劲。但瓦尔泽却如此高雅、如此巧妙地表达了自己的发音器官感到的不适。我按捺不住兴奋,赶紧致信大师,感谢他对我"辅音成分偏低的名字所表现的宽容"。我同时告诉他,我这个元音过于密集的名字充满了革命豪情,Liaoyu 在中文里的意思是 Weltbrandstifter:宇宙纵火犯。随后,大师用电邮的 P. S.(附言)做了应答:您也许听说布比斯先生在 1998 年秋称我为"精神纵火犯",我还没有达到宇宙纵火犯的水平。

这个我当然听说过。1998 年 10 月 11 日,在法兰克福保罗教堂举行的德国书业和平奖授奖仪式上,获奖者马丁·瓦尔泽在答谢致辞中对"奥斯威辛年年讲月月讲天天讲",对奥斯维辛"大棒化"表示了不满。该讲话掀起轩然大波,德国犹太人协会主席伊格纳茨·布比斯指责他"精神纵火"。我在一篇文章中谈论瓦尔泽如何做"政治浪尖人物"和"政治风云人物"的时候还引述过布比斯的话。有意思的是,最近我这篇文章译成了德文,"政治浪尖人物"和"政治风云人物"则按照德文习惯分别译为 Ein Reiter auf politischen Wellen 和 Ein Erzeuger politischer Gewitter。如果译回中文,又成了"政治浪尖骑士"和"政治雷阵雨制造者"。换句话说,"政治浪尖骑士"和"政治雷阵雨制造者"是"政治浪尖人物"和"政治风云人物"的出口转内销形式。上述的宇宙纵火犯也是"星星之火可以燎宇"的出口转内销形式。作为译者和语言爱好者,我从这番语言交换中间得到一个很大的启发,想到一个可以上升到语言战略层面的问题:出口转内销是否是丰富我们民族语言词汇的一条快捷而稳妥的渠道?

7 月初,我到德国法尔茨州的埃登科本参加博世基金会举办的翻译研讨班。当时恰逢瓦尔泽和博希迈耶教授在海德堡大学联袂发表演讲,我应邀前往海德堡,见到了一见如故的大师。由于瓦尔泽在演讲会和随后的宴会上不断被崇拜者所包围,而且我和他都只在海德堡待一个晚上,所以我们约好二次见面。我可以到柏林来看您(他知道我随后要去柏林待一段时间），您也可以来我家，我那里可以随时下博登湖游泳，随您便……大师如是说。8 月初，我在柏林事情太多，想节约点时间，就写邮件问大师能否到柏林走一走。大师却回答说不行，因为他正陶醉于去年秋天开始写作的一本小说。接着大师又悄悄告诉我：如果我现在出远门，我感觉我的小说会非常生气。你千万别走，它对我说。但如果燎宇教授来，它会很高兴。既然我们这位众人仰慕的大师依然保持其艺术赤子之心，依然义无反顾地做艺术的忠实奴仆，我还有什么好选择的？我只能做奴仆的奴仆。于是我马上向大师宣布我将做博登湖朝圣之旅，同时恭请大师问问他的小说什么时候欢迎我去。大师回答说：随时欢迎。我告诉大师，8 月 8 日我要跟爱国同胞一起在中国大使馆看奥运开幕式，9 号才可以过去。

2008 年 8 月 9 日早晨，我带着忐忑不安的心情前往位于柏林城南的滕佩尔霍夫机场，我将从那里飞往博登湖边的小城腓特烈港。我忐忑不安，是因为对这朝圣之旅能否成行没有绝对把握。我怕又遇到名字写错的事情。若干年前我在国内登机遭遇过麻烦，原因是给我订票的人黄王不分，机票上赫然写着"王燎宇"。这一回我的担心来自 Liaoyu：大师给予我高规格礼遇，他通过旅行社给我订购了机票。可是，大师近来一直称我"燎宇先生"，我不知道他是故意为之还是没闹清楚（我在姓名书写方面一向坚持民族立场，从不写 Liaoyu Huang，所以老有德国人叫我"燎宇先生"）。我没有见到旅行社声称已经寄来的行程单，又不好意思去问大师搞没搞清楚我姓什么名什么，所以只好听天由命,去机场柜台见分晓。我竟然顺利过关! 是大师书写正确,还是办登机手续的德籍古巴人糊涂,或者是古巴人太友好(他看见我的中华人民共和国护照和我佩戴的奥运徽章就跟我亲切攀谈起来)? 我很想知道事情的真相,但是我也不想没事找事。

我登上从未坐过的涡轮螺旋桨飞机,不到一个钟头就到达腓特烈港机场。下了飞机之后,我带着好奇疾步走出机场大厅,我想看看老先生站在什么地方等我——他在电邮中只是说:我在腓特烈港恭候。一出大厅我就左顾右盼,看人、看车、看驶来和驶去的汽车。没见人影。我只好换着方向翘首盼望。眼看一个钟头过去了,我不得不坐到候机厅外的冷饮桌前,打开笔记本电脑找博希迈耶的电话,跟他要瓦尔泽的电话号码(为了维护大师的神秘性,我一直没跟他要号码)。博希迈耶给了我号码,同时告诉我瓦尔泽办事很稳妥,估计今天遇到什么麻烦。我赶紧拨电话,同时仿佛听见大厅里的广播好像在喊Liaoyu。我本能地一回头,望见稳步走来的大师。他是准时到达机场的,但有若干事情不凑巧:一是我的飞机提前几分钟到达;二是小小的腓特烈港机场候机大厅有两道相距不到三十米的门,老先生兴冲冲地进一道门,我则兴冲冲地出另外一道门。但最要命的是,我和老先生都很执着,都很单一。我站在门口不断左顾右盼,但是没回头往大厅里看,老先生则两眼聚焦到达出口,没想到扭头往外看……一个钟头过去之后,我们才同时幡然醒悟,然后才带着欣喜和一脸的无辜迎向对方。瓦尔泽说,在小小的腓特烈港机场也能出这样的事情,只能说今天日子反常。

我们坐上了老先生驾驶的蓝色大奔。这是一辆奔驰300 DT Elegance(国内汽车界称之为尊贵型),柴油发动机,但是带涡轮增压。汽车缓缓驶出停车场,刚一拐上笔直的乡间公路,老先生便果断给油,汽车随之产生强烈的推背感。这一脚油既证明了奔驰的高贵血统,又显示出八旬老翁瓦尔泽的男人本色。驾驶者瓦尔泽看重马力、速度、操控感,所以他在告别大众、菲亚特、雷诺、雪铁龙这几款普及车型之后便选择了奔驰,但是他也曾因此蒙受不白之冤。想当初,他那几个少不更事的女儿受"左倾"社会思潮的影响,认为奔驰车是为脑满肠肥、俗不可耐的资产者准备的,爸爸的奔驰让她们难堪,她们也拒绝坐爸爸的奔驰去上学。如今他的四个女儿全都成了作家和演员,她们也习惯了奔驰,理解了爸爸。女儿对其奔驰尚有如此反应,更何况外人。好在批评家们很难撞见瓦尔泽驾驶奔驰,因为他开上奔驰之后就不再驾车上外地出席活动,否则他的大奔有可能被阐释为他思想上右倾、生活上日益资产阶级化的又一铁证。但如果批评家们坐到瓦尔泽的奔驰车里看一看,意见也许就会减半。别的不说,瓦尔泽的奔驰绝不像资本家的奔驰那么光光鲜鲜,一尘不染。在他的车内,树叶、泥土、花草随处可见——这是他的四足朋友布鲁诺的功劳。

我们沿着博登湖北岸开了半个多钟头,终于到达努斯多夫或者叫"胡桃树村",到了瓦尔泽的家。这真是一片人间仙境。

大师的三层楼别墅坐北向南。北靠一条僻静的小马路，私家车库与马路之间还有近十米的隔离带或者叫缓冲带。因为有竹林和各类灌木的隔断和包围，两侧的邻居不用说见其人，就是闻其声也比较困难。南面正对着博登湖。坐在房前的花园露台，近可欣赏花园和连接花园和博登湖的草坪斜坡，远可瞭望阿尔卑斯山。瓦尔泽家的一花一草一木都用博登湖水浇灌，博登湖也成为他们的天然私家游泳池。天热的时候瓦尔泽天天下水。他不想做超人，从未产生横渡博登湖的念头。进入深水区之后他总是顺着岸边游，岸上的景物和建筑物是他的天然运动坐标。瓦尔泽在一楼和三楼都有工作室，无论从一楼还是三楼瞭望，都是青山绿水，都是远景观和大视野，都是国际视野：朝前看是瑞士，向左看是奥地利，向右眺望再加一丁点想象就是法国。博登湖风景秀丽，风和日丽，不像是被冬天、雾天、阴天困扰的德国领土，也不是特别适合构想和倾听的"冬天的童话"。博登湖是标准的秀美型山水，被誉为"小地中海"。也正因如此，瓦尔泽的作家朋友、时任柏林艺术科学院副主席的乌维·约翰逊曾奉劝他搬迁柏林。约翰逊和许多艺术苦行僧一样，认为舒适安逸的环境不利于作家的写作，认为对感官和生命不愉快、不友好的崇高型或曰壮美型自然环境才是灵感的源泉。但是瓦尔泽习惯了南国风光和情调，很难欣赏柏林或者说普鲁士地区的粗犷景观和粗暴的大陆性气候，所以他没有采纳朋友的意见。另一方面，他又不像许多德国人尤其是知识分子那样对永远阳光灿烂、永远映照着文艺复兴和启蒙光芒的意大利一往情深。他去瑞士山区比去意大利海滩的回数要多，他在格劳宾登也搭建了一个舒舒服服的乡间小屋。他在他生于斯长于斯的阿雷曼-施瓦本地区如鱼得水，这个地区也出产了他最欣赏的两位作家：一个是施瓦本诗人荷尔德林，另一个是瑞士作家罗伯特·瓦尔泽（他自述把罗伯特·瓦尔泽的《雅各布·封·贡腾》读过不下二十遍）。他自己的作品似乎也牢牢植根于德意志大地，透出德意志森林的深邃和神秘。

瓦尔泽也离不开森林。仙居在博登湖岸边的瓦尔泽，并不满足房前屋后的花草树木，也不满足于眺望绿水青山，他还需要森林体验。对于他，森林意味着健康、娱乐、灵感，所以每天中午都要驱车五六公里，去一片被称为"貌似榉树林"的丛林里跑步、散步、遛狗。一同前往的还有他夫人或者女儿以及狗儿布鲁诺，一条来自博登湖对岸的阿彭策尔纯种狗。布鲁诺也小有名气，因为它跟主人一道上过杂志，在刚刚出版的一本题为《长着四条腿的缪斯：作家和他们的狗》的书中，它和它的主人还率先登场。它的主人开篇第一句话就是：根据我和狗打交道的经验，我认为，我们从动物身上学到的东西可能跟动物从我们这里学到的东西一样多。对于瓦尔泽，中午跑步可谓雷打不动。这一铁律不会因为客人出现而改变。所以我在瓦尔泽家做客三天，也自然充当了三天瓦尔泽跑步随行人员。每天十二点半左右，大师就带领我们往车库里走。从车库往外倒车的时候由女儿约翰娜负责扭头瞭望指挥，路边的灌木有点妨碍老先生的视线。车跑起来之后，大师就给我讲解风土人情，有时也会扯得比较远。譬如，说到著名的比尔瑙修道院教堂时，我问大师是不是教徒。他说自己是天主教徒，但马上又补充道：我和伯尔（海因里希·伯尔，德国作家，1972年诺贝尔文学奖得主）都是天主教徒，但是我们之间有一个根本的区别。他退出了教会，但仍然天天上教堂，我没有退出教会，但是我从来不去教堂……到达寂静的森林以后，我们自动停止交谈，不约而同地开始在沉默中疾行，慢跑。布鲁诺领路，一边跑一边用它的狗鼻子探寻五彩缤纷的嗅觉世界。我和大师并列前行，他小跑，我竞走。我本非竞走爱好者，我是一个已陷入运动依赖的业余长跑运动员，草场和森林则被我视为最高运动境界。但我现在是瓦尔泽的随从人员，我就必须跟大师步调一致。瓦尔泽跑得大汗淋漓，满脸通红，但是他跑得很专业，呼吸和动作都很专业（德国的森林偶尔有鸟声，但是没有铺天盖地的知了大合唱，所以跑步者的呼吸声和脚步声都清晰可闻）。他也非常专注，一看就是那种全身心地投入跑步的人。但是物极必反，专心致志之时往往也是神游八极之时。去年秋天，专心跑步的瓦尔泽就对横在路中的一根粗大的树枝视而不见，结果他扑通在地，摔得额头和鼻子鲜血长流。但是他没有让自己的血白白流淌。回家之后，他马上把这一经历写进了正在创作中的歌德小说。他怎么摔，歌德就怎么摔，他怎么受伤，歌德就怎么受伤。

对于我，三天林中跑步下来，最神奇的体验莫过于跟一只狍子打了照面。事情发生在第一天。蓝色奔驰刚在林边空地停下，瓦尔泽就发现前方有情况，吩咐约翰娜控制好布鲁诺。

仔细一看,是一只狍子站在百米开外的林中大道中央朝我们这边眺望。狍子和我们对视片刻,然后消失在林中。这一带的森林里有不少狍子活动,但是跟它们打照面的机会却极为罕见。联想到几个小时前在腓特烈港机场遭遇的不寻常,瓦尔泽再次感叹"今天日子反常"。我对神秘主义天生具有免疫力。现在我的免疫系统却因为狍子的出现而崩溃。我不仅真心实意地附和老先生的日子反常论,而且自信看出冥冥之中的天意,认定狍子的出现与我的到来密切相关。我甚至觉得狍子就是我。我产生这一幻觉,是因为读《恋爱中的男人》读得有些走火入魔。小说里面有一个文学小青年在朝拜大文豪歌德之后欣喜若狂,把自己比作狍子,把歌德喻为恭候狍子的巨蟒。在我的脑子里面,狍子对巨蟒便成为经典的、挥之不去的名人朝拜画面……好在我的免疫系统没有陷入永久瘫痪。第三天,也就是我走的那天,当我跟瓦尔泽一家子在一家餐馆共进午餐时,我特地点了狍子肉,同时大声说出自己的点菜理由:"巨蟒在我身边"——瓦尔泽坐在我的左手边。众人哈哈大笑。林中的狍子给我的博登湖之行带来了神秘和诗意,这神秘和诗意又随着这饭桌上的笑声烟消云散。

瓦尔泽不是苦行僧。尽管或者说恰恰因为他是艺术之奴,艺术创作在他生活中享有至高无上的地位,所以他不想亏待自己,所以他要坚持锻炼,所以他要保证自己生活好,保证自己有好房住,有好车开,而且吃好喝好。瓦尔泽的生活哲学其实很有代表性,有相当数量的作家、艺术家都是这种逻辑。最早明确阐述这种苦修与奢侈的辩证法的艺术家似乎是瓦格纳。瓦格纳遵循这样的逻辑：我"只是作为'艺术家'活着"，我"整个的人都化作了'艺术家'"，所以我"不能睡谷草，也不能去劣质烧酒中找享受；你既然要呕心沥血地创造一个虚构的艺术世界，你就必须养尊处优"。托马斯·曼也对这种生活哲学进行了发扬光大。三十年前，瓦尔泽对这种逻辑进行了猛烈批判。后来，随着他本人逐渐成为德意志联邦共和国的一大文学旗手，他的态度发生了转变。他现在有条件、有资本信奉这种补偿论或者叫平衡论。瓦尔泽家的客人当然也是这一转变的受益者。在他家做客，吃饭就是莫大的享受——足吃足喝，好吃好喝。最令人赏心悦目的是瓦尔泽古风犹存的主人风范。如果在家里吃饭，不下厨房也不摆桌子的瓦尔泽，必定在众人落座之后庄严起身，按照主菜配菜的顺序给众人分餐，而且坚持客人优先：客人得第一份，客人得双份，客人得独一份；喝咖啡吃蛋糕的时候他也总往客人盘子里多夹一块。原以为这种待客风格只可能出现在民风淳朴的偏远乡村或者是新文化运动之前的孔夫子的国度，现在我真开了眼界。去餐馆就餐，他依然是好客的主人，依然是一家之长。满桌的人都是他招待和关怀的对象。他那几个业已跻身成功人士行列的女儿女婿也心甘情愿地接受他的招待和关怀。对于我这个客人，他尊重我的口味和我的选择，但也忍不住按照"己所不欲勿施于人"这一颠扑不破的伦理法则给客人推荐和解释风味菜。譬如在我确定主菜之后，他向我隆重推荐一种名为 Bubenspitz 的小面点。我没吃过,也没听说过,但既然大师推荐,我就试一试。端上来以后,瓦尔泽满脸微笑,问:像不像十二岁男孩的翘翘?我这才恍然大悟:Buben 不就是男孩吗?Spitz 不就是尖尖吗?搞文学的人对语言如此不敏感,真应该往地缝儿里钻。

我在瓦尔泽家做客这三天很愉快、很享受,也很有成就感。每天吃过早饭和午饭,我就跟在肩挎陈年真皮书包(里面装有在一楼工作室取的材料)的大师后头,穿回廊爬楼梯(他们家的建筑结构比较独特),去他那高瞻远瞩、高屋建瓴的三楼工作室举行"工作会谈"。我们谈了许多"正事",取得许多成果。但我最大的收获,是瓦尔泽接受了北大和歌德学院的联合邀请,答应在 10 月中下旬来华访问。他已经开始认认真真为他的首次中国之行做准备。他的中国之行是我们盼望已久的访问,因为德国当代文学大家就剩下他没有来过中国。伯尔来过,格拉斯来过,赖希-拉尼茨基也来过。这几位在 20 世纪 70 年代末就访问过中国。由于那是一个百废待兴的年代,当时包括德语文学界在内的中国文学界跟几位来访者的交流极其有限,其结果就是来也匆匆,去也匆匆,中国没给他们留下什么印象。瓦尔泽的晚到也许是老天的安排。这个时间对他好,对我们也好。他是道地的艺术家,是性情中人。他不去没人知道其作品的国家,他也忍受不了满目的贫穷。他答应来中国,表明他知道或者预感到我们有足够的经济和文学成就供他检阅,表明他对陌生的中国已经产生好感。得知我即将回国,大师在邮件中添了一句:Guten Flug ins Immer-noch- Reich-der Mitte(平安飞抵依然位于世界中央的帝国）。读到这话，我真想匍匐在地，叩谢大师。对于我，还有什么比这更珍贵、更简练、更有情感乃至政治分量的临别吉言？"一路平安"（Guten Flug）谁都会说，把中国（China）变为"中央之国"（Das Reich-der Mitte）的拆字游戏许多人都会玩。但谁能像瓦尔泽这样画龙点睛地添上一个"依然"（Immer-noch）？只要心里装着大师这句话，我们就可以笑对充斥德国媒体那些不过脑子的反华言论。评判一句话的分量，不仅要看说什么和怎么说，还要看谁来说。瓦尔泽是谁？这个问题的答案最好去德国的政治-文化权威杂志《西塞罗》里面找：在 2007 年《西塞罗》德国知识分子影响力排行榜上面，瓦尔泽位居第二，仅仅排在教皇本笃十六世之后。

结束博登湖朝圣之旅以后，我致信瓦尔泽，对他和他的家人给予我的高规格、高热情接待表示感谢。他的回答言简意赅。当时正值北京奥运进行得如火如荼之际，深谙人性的瓦尔泽知道中国人最渴望什么，所以他写了一句我下意识里最想听的话："您在我们这里赢得了客人表现金牌！"（Sie haben die Gast-Goldmedaille gewonnen bei uns!）邮件的第二句也是最后一句话则是："我期待着我的北京之行。"这话令人振奋，同时又不让人感到轻松，因为我们面对着接待大师的艰巨任务。为了便于准备，我问大师有何特殊愿望和要求，大师回答说：不管您安排什么，我都当礼物接受。我接着又问：夫人呢？他的回答更简单："她与我愿望同步。"（wunschsynchron）大师的话不仅让人一身轻松，而且使人产生提前颁发"客人表现金牌"的冲动。

Ⅳ 历史、政治与天才

——骚动的 20 世纪

各取所需、人见人爱

——读欧根·鲁格的《光芒渐逝的年代》

　　1979 年，曾撰文称阿尔弗雷德·德布林为"我的老师"的君特·格拉斯，设立了旨在提携文学新人的"阿尔弗雷德·德布林奖"。该奖针对未发表作品，两年颁发一次。2009 年，欧根·鲁格进入了决赛阶段——朗诵比赛。据说，当鲁格朗诵他创作中的长篇小说《光芒渐逝的年代》的时候，叼着烟斗的格拉斯因为听入了神，烟斗熄灭也浑然不觉。最后，鲁格获得 2009 年德布林奖。2011 年 9 月 1 日，小说由著名的罗沃尔特出版社正式出版。三周后该小说获得德国电视二台专门颁发给新人新作的"面面观"文学奖（得名于电视台的一个栏目）。同年 10 月，《光芒渐逝的年代》获得德国书业协会颁发的"德国图书奖"桂冠。创立于 2005 年的"德国图书奖"，在德国的影响力已接近龚古尔文学奖在法国和布克奖在英国的影响力。

　　《光芒渐逝的年代》是一部家庭小说。它讲述了发生在民主德国的一个四代之家的故事。全书一共二十章，各章标题均为年代数字，但由于小说没有完全按编年顺序叙述，其标题的年份只有十一个,全部选自 1952 至 2001 年间(小说的故事时间跨度则将近一个世纪)。"1989 年 10 月 1 日"和"2001 年"分别出现了六次和五次。

先对这个家庭做个简要介绍。首先这个家庭的组合有些不同寻常。曾祖父威廉·波维莱特和曾祖母夏绿蒂·乌姆尼策属于再婚。夏绿蒂带来的孩子就是俩人的孩子,所以威廉其实是这个大家庭里的继父、继祖父、继曾祖父。夏绿蒂的儿子库尔特娶的又是俄罗斯媳妇,后来还把岳母从乌拉尔山区接到波茨坦一起生活。其次,这个家庭的成员多半有不同寻常的经历。威廉是钳工出身,参加革命后做过共产国际的谍报员,流亡墨西哥期间先做私人保镖,后来与夏绿蒂一道为《民主邮报》工作,1952 年与夏绿蒂回到民主德国,先后担任政法学院的后勤处处长、社区书记。夏绿蒂回国后担任政法研究院的语言文学所所长。年轻的库尔特在与弟弟维尔纳流亡苏联期间因为在给弟弟的信中质疑"苏德和约"的明智与正当被判劳教十年(受到牵连的弟弟还死在那里),释放之后被流放乌拉尔山区,认识了他后来的妻子伊琳娜。伊琳娜参加过苏联红军的担架队,有过枪林弹雨的体验。库尔特回国后成为历史学家。库尔特和伊琳娜的儿子亚历山大生在苏联,长在民主德国。亚历山大先是早婚早育,然后又抛弃妻儿,频繁更换女友,最终逃往西德。亚历山大的儿子马尔库斯跟着母亲长大,跟大家庭若即若离,他的继父克劳斯·格雷韦是前东德牧师出身的联邦议员。再者,这是一个不太平静也不太和谐的家庭。夫妻关系伴随着猜疑和外遇，婆媳关系微妙而紧张，父子关系充满矛盾、冲突、怨恨。一家子在政治上更是四分五裂，可以大致分为极左派（威廉）、左派（夏绿蒂和库尔特）、中间派（伊琳娜）、右派（亚历山大）以及虚无派（马尔库斯）。

《光芒渐逝的年代》不仅有好看的故事，而且有高明的写法。这一方面体现在打破了线性叙事，因为它在打破线性叙事的同时也打破了全知视角，增添了叙事的紧张性和真实性。"1989 年 10 月 1 日"之所以用不连贯的六个章节来叙述，是因为采用了六个人物视角来讲述同一天发生的事情。这一天是威廉的九十大寿。另一方面，小说的叙事又有点民主集中制的意味，力图将散点透视与中央视角融为一体。题为"2001 年"的五章只有一个人物视角，即亚历山大的视角。而且"2001 年"既是小说的第一章，也是最后一章。亚历山大就是中央视角。亚历山大就是鲁格本人。

既然是家庭小说，《光芒渐逝的年代》很快就得到这一体裁在德国所能获得的最高质量标签——《布登勃洛克一家》。它被称为"反映民主德国历史的《布登勃洛克一家》"。但这更像是一个歪打正着的质量标签，它有空洞或者有口无心之嫌。站在西德人的角度，其实很难看出鲁格小说哪点像《布登勃洛克一家》。西德人没有革命家庭的概念，所以无法想象一个革命家庭如何没落，如何走下坡路。有趣的是，鲁格本人似乎也不太清楚这两部小说应该如何做比较。笔者在一次对谈中问他如何看两部小说的可比性，他的脸上浮现出谦虚而尴尬的微笑，嘴上的回答却是非常自信也非常自然：您知道，从那时到现在，小说已经历了一百年的发展……他是为自己不再按编年史顺序叙事，也不再使用全知视角而自豪。德文维基词条倒是对可比性问题进行了认真思考，得出的结论是：《光芒渐逝的年代》讲述的不是"一个家庭的没落"，而是"一个家庭的瓦解"的，因为这里从未有过"完好无损的家庭结构"。此言谬矣！维基词条区分"没落"与"瓦解"，着实有些无聊。它对"没落"一词存有心理障碍，大概是担心由此可能把共产主义理想英雄化、悲剧化。事实上，托马斯·曼写的资产阶级贵族家庭的没落（布家是贵族化的市民或者说资产阶级家庭）与鲁格写的无产阶级干部家庭的没落有异曲同工之妙。布家的没落，体现在越来越偏离市民阶级或曰资产阶级理想，体现在社会地位和身体素质的逐渐下降。乌家也出现类似现象：威廉健康、高寿而且永远阳刚；他是受人尊敬的老干部，胸前挂满各种奖章、勋章；他对共产主义事业有着坚如磐石的信仰，不为柏林墙倒塌前夕的各种乱象和败象所迷惑，在他看来，夏绿蒂这一家跟断送社会主义事业的"晓夫和乔夫"（赫鲁晓夫和戈尔巴乔夫）是一丘之貉，都是"失败主义者"（上过战场的俄裔儿媳妇例外）。夏绿蒂同样高寿，同样健康，而且始终保持干部气质干部派头。虽然她结交过怀疑共产主义事业的朋友，虽然她的两个儿子在苏联遭受政治迫害，她的信仰却并未因此发生动摇。库尔特是一个有共产主义信仰的历史学家。他亲身经历和亲眼看见的政治迫害使他对革命信仰产生过一点怀疑，但是他努力看国家光明和进步的一面,所以他稳住了阵脚,柏林墙倒塌之后他也照样旗帜鲜明地反对资本主义。库尔特也有健康的体魄,而且年近六十岁依然拈花惹草。但他不如威廉。后者嫌他太文弱,挖苦他"应该庆幸自己进了劳改营!作为半个瞎子,他要上了前线肯定丢命"。他进入老年痴呆的年龄也明显早于威廉。库尔特的儿子亚历山大已是不折不扣的"不肖子孙"。他不肯入党,厌恶部队生活,对革命理想不屑一顾,但无一技之长,他的外表已颓废到西德街头青年的水平,最终还叛逃西德,去戏剧圈里鬼混。值得注意的是,亚历山大的身体素质不如父亲。父亲切除四分之三个胃之后照样胃口良好,他被诊断出癌症后却因体质弱而无法动手术。第四代的马尔库斯自小跟着母亲生活,然后在懵懂岁月就遇上两德统一,所以红色理想对他犹如天方夜谭。当曾祖父去他们学校讲革命历史的时候,他只觉得可笑,曾祖父的九十大寿因为有老干部老同志聚集一堂而被他说成"恐龙聚会"。马尔库斯还满嘴脏话,还喜欢泡酒吧逛夜店,偶尔还跟着吸毒。他的职业前途注定为蓝领。这个马尔库斯既不相信东方,也不相信西方。在继父面前也玩世不恭,还时刻准备用"基本法所保障的信仰自由"来捍卫自己不信宗教的自由。总之,就刻画没落而言,《布登勃洛克一家》与《光芒渐逝的年代》完全可以形成艺术对偶。

好的家庭小说,必然要借助家事写出国事乃至天下事,所以自然具有时代小说和历史小说的品质。《布登勃洛克一家》常常因为从一个家族的兴衰写出一个时代的兴衰而受到赞誉;

《光芒渐逝的年代》好评如潮,是因为人们普遍认为它令人信服地书写了民主德国和 20 世纪乌托邦的消亡,激活了人们的历史记忆。现代乌托邦实践给人留下的一个深刻记忆,便是政治的严肃性和严酷性。在《光芒渐逝的年代》里,政治是乌家的命运和深刻体验。乌家兄弟因为一封质疑《苏德友好条约》的私人信件就招来牢狱之灾和灭顶之灾;夏绿蒂在从墨西哥返回东德的途中一直忧心忡忡,因为她在临行前听说捷共总书记斯兰斯基及其他十人因为"犹太复国阴谋"被判处死刑,而提携她的教育部国务秘书德累茨基是一个有亲犹倾向的犹太人(斯基和茨基是常见的犹太人姓名的尾音);东德的史学研究充满禁区,库尔特的一位同事因为写信向西德同行透露"统一战线政策"(德国在魏玛共和国后期推行的政策,客观上帮了纳粹大忙)是东德的党史研究禁区而被开除党籍,撤销职务。库尔特的现实原型就是鲁格的父亲。心有余悸的父亲希望儿子远离政治、远离意识形态,所以让儿子学数学,尽管儿子对数学不感兴趣。乌托邦时代留下的另外一个深刻记忆,就是短缺经济。这一现实在《光芒渐逝的年代》也得到反映:库尔特所在的科学院缺办公用房,印刷厂则普遍缺纸张;牛奶只能凭票供应,还传说有售货员因为不按规矩行事而遭到逮捕;负责做圣诞大餐的伊莉娜,每年都要为做菜的配料烦恼。此外,餐馆出奇的少,在首都柏林也不例外。库尔特和亚历山大在餐馆门口排队等候听到的一则民间政治笑话就很好地概括了东德的物质生活状况,"问:社会主义有哪四个主要敌人?答:春,夏,秋,冬"。东德人的第三个深刻的集体记忆，是柏林墙倒塌之后的复杂心情。众所周知，两德统一之后，东德人获得出国自由，物质生活也迅速提升，伊琳娜做圣诞大餐时不再为配料操心。但是西德人的傲慢与偏见也很快让东德人感觉别扭和郁闷。西德官方把原东德地区称为"新联邦州"，对于这一表述所流露的区别和歧视意味似乎毫无察觉。对此连伊琳娜也大惑不解："人们仿佛刚刚发现这些'新'州，就像哥伦布刚刚发现美洲。"此外，由于认识和处境有别，东德人对两德统一的认可度各不相同，家庭内部常常为此出现分歧和争吵。在 1995 年的圣诞节，乌家还为此爆发一场父子大战，父亲认为西德在对东德进行"清算"和"甩卖"，认定资本主义是万恶之源："资本主义残害生命！资本主义毒化一切！资本主义吞噬地球……"儿子却认为"民主德国已经破产，它把自己给甩卖了"。最后，一个喊"去他妈的社会主义"，一个喊"去他妈的资本主义"……

《光芒渐逝的年代》所勾勒的民主德国，从哪方面看都不值得留恋。但是由于这部小说描写的是一个与苏联有着千丝万缕关系的家庭，并且在叙事中广泛使用人物视角，透过俄国人的眼光，再对比苏联，民主德国似乎又有可取之处。在苏联，还有不少农村人吃井水，住木屋，甚至"把每一座石头房子都当成教堂"；在苏联，合作化、现代化、无神论都搞得极端而且过火，他们为了"进步"而拆毁教堂，修建电站，谁家有三头以上的牛就剥夺谁家的财产；在苏联，稍有不慎就会变成反革命，引来牢狱之灾，所以伊琳娜不相信有关不凭票买卖牛奶就要被逮捕的

传言,她的理由很简单:"这又不是苏联。"比之苏联,民主德国
的确显得开明、温和、富足。在来自俄罗斯的农村老太太娜杰
日塔·伊万诺夫娜眼里,"德国的一切都规规矩矩,连森林也很
规矩"。不过,比下有余只是视角多元化带来的一个思想花絮,
而非小说的思想红线。《光芒渐逝的年代》对民主德国社会的
批判和否定是认真而彻底的。它刻画的是一个充满政治高压
和经济匮乏的社会,一个生活黯淡而无趣的社会,一个没有"阳
光灿烂的日子"的社会。由于生活在这样一个社会,乌家的喜
庆日子(小说近一半的篇幅在描写生日聚会和圣诞聚会)也充
满猜疑焦虑、争吵、钩心斗角。最后,老革命威廉的寿宴餐台垮
了,柏林墙也倒了,东德没了,乌家也散了。国破家亡的辩证法
由此得到完美体现。

应该说,《光芒渐逝的年代》所勾勒的历史画卷非常符合西
德人或者西方人的期待视域和政治正确原则。出现在小说第
二章的政治最强音更是令许多西方人欣喜若狂:"共产主义就
像古代阿兹特克人的信仰:它要喝血。"①然而,这部小说不是为
西方人写的,更不是为了讨好西方读者。尽管鲁格通过投奔西
德的大胆举动表明了自己的政治态度,写小说的时候他却无意
充当西方意识形态的传声筒。他的小说并未止于对东德社会
和社会主义乌托邦进行揭露和控诉,而是显示出一种可贵的艺

---

① 试举两例:第一,2011 年 6 月 28 日《法兰克福汇报》的专栏评论就把这句
话粗体印刷到"报眼儿"里面;第二,在一部有关鲁格的专题片里面,这句话被剪辑
成为朗诵会的结束语,产生了掷地有声、掌声雷动的效果。

术品质：公正。奉行艺术公正的作品，整体上不会归顺任何意识形态，虽然它可以跟多个意识形态眉来眼去。如果仔细阅读《光芒渐逝的年代》，我们可以发现，这里面也有诸多不归顺西方主流意识形态甚至违反其政治正确原则的地方。老革命老党员威廉的形象就是一个鲜明的例子。鲁格应该很清楚威廉在西方期待视域中是什么形象。游历墨西哥的瑞士女孩卡迪和克劳斯·格雷韦就是西方期待视域的代表：前者听说亚历山大的祖父祖母是共产党时，竟然"噘起嘴巴来了个无声的哦，就像是不小心闯进一个有人的卫生间"；后者不认识也不了解威廉，但"说起威廉就像在说一个罪犯"。耐人寻味的是，克劳斯·格雷韦的观点得到维基词条的呼应。维基词条把威廉视为"斯大林主义的化身"（在西方主流话语里面，斯大林跟希特勒一样罪大恶极）。

威廉是罪犯、坏人或者令人生厌吗？如果我们忠于文本，答案一定是否定的。诚然，威廉有不少人性的弱点，有其滑稽之处。譬如，他性格固执，思想教条乃至僵化，不无道理地被库尔特和马尔库斯称为"顽固的老白痴"和"恐龙"；又如，他的生活绝对政治挂帅，政治就是他的生命，政治上的小挫折也能导致他性欲锐减；还有，他非常的虚荣，喜欢把自己说成开国元勋式的人物，还吹嘘自己曾经和李卜克内西肩并肩（其实后者跟他初次见面就叫他先把鼻涕擦干净）；他还爱慕女色，到了耄耋之年还跟女仆不清不楚；等等。另一方面，如果看"主流"，如果看看威廉的信仰和为人，我们会觉得他不失可敬与可爱。威廉的可敬可爱至少体现在如下几个方面。第一，他对资本主义的认识也与他经常思考印第安人的遭遇有关。他告诉小亚历山大，印第安人处于"被剥夺财产、被剥削、被压迫"的地位，资本主义是元凶。第二，他是坚定的无神论者，所以每次过圣诞节他都很不自在，总要选择背对着圣诞树的地方坐，因为他意识到圣诞节是"宗教节日"，而宗教又是阶级敌人拿来"麻痹工人阶级的头脑"的东西。第三，他懂得为尊者讳，努力维护社会主义老大哥的形象，他反复教导小孙儿，苏联没有剥削和压迫。听小孙儿讲苏联有人还在吃井水之后，他马上提醒说：从前莫斯科人都吃井水，等你长大之后苏联再也没有人吃井水，到时共产主义也实现了……这位共产主义者跟 18 世纪的启蒙思想家一脉相承，对科学和进步怀有绝对的信仰（但是他的小孙儿觉得没有水井的世界不可爱）。第四，钳工出身的他，尽管已经有了老干部的荣耀和身份，而且"看着像部长，说话也像部长"，但他依然保持了工人阶级的纯朴，他的吃相依然粗放，他对工农依然充满深厚情感，对于谦卑的俄罗斯亲家娜杰日塔·伊万诺夫娜，他比谁都亲切、随和、大度。但最最重要的是，威廉没有做过一件坏事或者龌龊的事情。如果用我们熟悉的话语对威廉做历史评价，我们可以说威廉至少是二八开。

小说对夏绿蒂和库尔特同样倾注了大量的同情和理解。这母子俩对政治的残酷性深有体会，内心深处也对党产生过一丝怀疑。但他们最终还是坚定了信仰，站稳了立场。小说的人性化描写使他们的政治选择显得自然而然，易于理解。对于夏

绿蒂,党的恩情比天大比海深。她出身在一个重男轻女的贫苦
家庭,从小受母亲虐待。后来是曾经被她想象成土匪的共产党
发现了她的才能,对她进行了培养,使她最终成为一个有文化
有知识的领导干部而不是命中注定的家政服务员。对于库尔
特,资本主义就是强盗逻辑,就是蛮不讲理,因为他的学术生涯
和学术成果遭到资本主义的无情而且无理的否定。对于东德
的知识分子而言,库尔特的命运非常具有代表性。因为在两德
统一后,东德的社会科学遭受了灭顶之灾。研究人员靠边站,
研究成果被视为共产党意识形态的产物,被彻底忽略。库尔特
的研究硕果累累,他的成果"摆上书架几乎可以跟列宁全集媲
美",可以"排成一米"。这排成一米的成果不仅凝聚了他三十
年的辛勤劳动和酸甜苦辣,同时也让家人做出了不少牺牲。现
在它们全部要变成废纸。父亲的遭遇让不苟同父亲世界观的
亚历山大也愤愤不平。

《光芒渐逝的年代》用大尺度的宽容、用饱蘸同情和理解的
笔触来刻画西方主流很不喜欢的共产党干部和有共产主义信
仰的知识分子,这多少有些令人困惑。但种种迹象表明,这并
非偶然。鲁格提笔写作的时候,柏林墙已经倒塌近二十年。可
是他的小说既不直接描写墙倒这一历史性事件,也不议论他已
生活其中二十年的西德社会的好歹。他的沉默让那些期待他
谈谈弃暗投明的感受的西德读者颇感意外,但是他们不会想到
他可能有难言之隐。鲁格说过,父亲去世之后他才获得写作的
自由和动力。他对父亲的兴趣、感情和敬意不可能不渗透到作

品的字里行间。尤其值得关注的是,小说第一章写的是被诊断出癌症的亚历山大在前往墨西哥之前回家探望已患老年痴呆的库尔特。亚历山大以惊人的耐心和细致伺候父亲的吃喝拉撒,场面温馨感人。叛逆者亚历山大不仅跟父亲取得和解,而且要去祖父祖母生活的第二故乡墨西哥做寻根之旅。

这无疑是一个巨大的精神转折。这一转折反映出亚历山大或者说鲁格陷入理智和情感的分裂。鲁格的理智告诉他,东德的社会制度有问题,东德的没落事出必然而且不值得留恋(他在北京接受采访时还再次表示很高兴东德不存在了);他的情感则告诉他,把东德的人、东德的生活及东德的社会制度一同否定的西方思维是不公平的,是错误的。他没有论证制度、生活、人这三者之间是什么关系,但是他无法接受两德统一后西德人有意无意地把东德人降为二等公民的倾向。也许因为存在上述分裂,鲁格本人谈及相关问题时常常语焉不详甚至自我矛盾。他说自己不怀念东德但是很怀念东德人("我的家乡并不是德国,我的家乡是我的朋友")的时候,听者十有八九要为这种甄别绞尽脑汁;他说《光芒渐逝的年代》旨在证明"东德的生活亦是一种生活,一种值得生活的生活"的时候,听众多半要面面相觑,因为小说文本却没有提供任何证据。人们不得不怀疑这是迷途知返的鲁格的一种补救性说法。最耐人寻味的是,《光芒渐逝的年代》是一部让人难以回避政治的小说,但鲁格却不太乐意人们对其小说做政治阐释。他既不承认自己有清算东德历史的意思,也没觉得自己有多少批判立场,他甚至认为他的书名也"被隐喻化"①。他只希望人们把他的小说当作艺术品欣赏。鲁格左躲右闪，不知是东德时期给他留下的政治疲劳，还是西方的政治正确原则给他造成了太大的压力。

鲁格的矛盾和纠结在小说中化为一种创造性的混沌，所以他塑造的人物形象是饱满的，是"圆"的，具有见仁见智、各取所需的效果。看见库尔特的形象，鲁格的东德长辈有的夸他对得起父亲，有的骂他丑化父亲。威廉的形象，右派看了高兴，因为他们看到一幅漫画，看见一个思想简单、头脑僵化而且老态龙钟的共产党干部；左派看了也能接受，因为这位有些小毛病和人性弱点的革命老同志总体上是一个英雄和汉子形象。尽管理论上讲左派也可能盯着右派叫好的东西看，右派也可能盯着左派欣赏的东西看，但这种情况在鲁格的小说这里没有出现。它在众声喧哗并且比较挑剔的西德评论界赢得一片喝彩。由此我们可以推断，西德评论界要么出现了阅读盲区，要么是睁只眼闭只眼。倘若是后者，那就是唯美主义在作怪。但不论原因是什么，《光芒渐逝的年代》终归是一部各取所需、人见人爱的小说。

《光芒渐逝的年代》使名不见经传的鲁格一夜之间成为德国文坛新秀，奖项接踵而至。但是鲁格没有获得非他莫属的文

---

① 小说的标题源于朴素的娜杰日塔·伊万诺夫娜在秋收季节对冬天即将来临、日照越来越短、光线越来越弱发出的感叹。娜杰日塔·伊万诺夫娜用的是单数，标题用的复数。有鉴于此，笔者问鲁格这书名译为"光芒渐逝"是否过于隐喻化？可不可以译成"光线渐弱"或者"日照渐短"？他回答说：这话本来没有政治涵义，但如果别人做隐喻化理解我也没办法。

学奖——特奥多·冯塔纳奖。19 世纪德国诗意现实主义大师特奥多·冯塔纳发表第一部长篇的时候已经五十九岁,冯塔纳是大器晚成的同义词。《光芒渐逝的年代》出版的时候鲁格五十七岁。遗憾的是,1913 年就已设立的特奥多·冯塔纳奖没有奖励文学大龄青年的意思。

历史可以这么写

——读弗洛里安·伊利斯的《1913：世纪之夏》

　　2012 年 10 月 25 日，德国著名的费舍尔出版社推出《1913：世纪之夏》（以下简称《1913》），作者是资深文艺撰稿人弗洛里安·伊利斯。该书上市不到两个月就荣登堪称德国读书指南的《明镜周刊》畅销书排行榜榜首。随后又一直排行前五名。据德国《焦点》杂志统计，该书销量已过百万大关。日前该书的中译本由南京译林出版社推出，我们想借此机会对该书进行介绍和评论。

　　《1913》是一部按时间顺序编纂而成的年度新闻和故事集锦，由国际年度大事和欧美文化名人的年度轶事组成。前者与后者的篇幅约为三七开。就是说，《1913》首先是一部名人八卦。这里的确群星荟萃，令人目不暇接。20 世纪初的欧洲尤其是德奥文化名人在此几乎悉数登场。这里有诗人和剧作家，如里尔克、戈特弗里德·贝恩、斯特凡·格奥尔格、格奥尔格·特拉克尔、豪普特曼、胡戈·封·霍夫曼斯塔尔、阿图尔·施尼茨勒、弗兰茨·韦费尔，等等；有文学评论大腕儿卡尔·克劳斯和阿尔弗雷德·克尔;有以卡夫卡、曼氏兄弟、穆齐尔、德布林、黑塞为代表的"德语现代经典小说家"(赫尔曼·布洛赫例外);有文学青年布莱希特和恩斯特·云格尔;还有非德奥文学名家如普鲁斯特、邓南遮、弗吉尼亚·伍尔芙、劳伦斯。这里还有学者,如弗洛伊德和荣格,如奥斯瓦尔德·斯宾格勒和卡尔·施密特,如维特根斯坦和爱因斯坦,还有音乐家如阿诺尔德·勋伯格和伊戈尔·斯特拉文斯基,还有建筑大师瓦尔特·格罗皮乌斯。阵容最庞大的是造型艺术家,20世纪初欧洲知名的画家、雕刻家的名字几乎一个不少。为了保持公平,为了节约体力和版面,我们省略其出场名单。

《1913》所讲述的名人故事,多半涉及其情事、艳事。在此,我们可以看到卡夫卡如何给菲丽丝·鲍尔写一封又一封热得发烫却又神经分分的情书和求婚书;卡尔·施密特如何堕入情网,被来历不明的慕尼黑舞女所蒙骗;热恋阿尔玛·马勒的柯克西卡(又译:科柯施卡)如何被爱情之火温暖,又如何受嫉妒之火炙烤;有鲜明德意志种族特征的贝恩和有明显的东方特色的犹太女诗人拉斯克-许勒如何"像一列德国快车和一列东方快车相向疾驰,撞得彼此血肉模糊、七扭八歪";里尔克如何通过书信赢得女粉丝、女施主、女情人,又如何通过书信与她们进行周旋,与她们保持距离;等等。必须指出的是,这些文化名人和风流才子中间还穿插着三个堪称奥林匹克级的交际花和坏女人。她们是:露·安德烈亚斯-莎乐美、埃尔泽·拉斯克-许勒、阿尔玛·马勒-韦费尔。这是三个聪明、美丽而且风骚到可以说奥林匹克水准的女人。一个早已步入中年,折腾力度不如从前,但由于她的"吊袜带上挂着一长串精神巨人的首级",所以她的一举一动依然受到读者的高度关注;第二个两次离婚,并且"与柏林的波希米亚圈的所有核心人物都传出绯闻";第三个不仅先后嫁给音乐大师马勒、建筑大师格罗皮乌斯、文学大师韦费尔,而且横跨几个领域找情人、闹绯闻(她的传奇人生使她日后的自传《我的一生》成为联邦德国三大畅销传记之一)。与这些轰轰烈烈、悱恻缠绵的异性恋情相映成趣的,是几个悄无声息、委婉含蓄的同性恋故事。其当事人都是令人肃然起敬的文人雅士,如诗圣格奥尔格,如小说大师托马斯·曼,如哲学大师维特根斯坦。

作为一部文化名人的年度情感生活掠影,《1913》所捕捉和记录的不单是同性恋和异性恋,也不单是健康、活泼的情感。这里还有活泼过头和不太寻常的情感,有濒临死亡或者业已死亡的情感,这里还有对情感和婚姻的畏惧、抗拒或者顺从,所以我们看到黑塞、施尼茨勒跟妻子搞冷战,爱因斯坦和特拉克尔分别爱上自己的表妹和自己的亲妹妹,荣格通过构建稳定而和谐的三角关系来对抗婚姻的单调乏味,非婚生子的德布林严词声明"婚姻不是性欲专卖店",女雕刻家凯特·柯勒惠支看出婚姻成为爱情坟墓有其必然——"总是同一个人,已经熟知他的每一个细节,不能再刺激疲惫的感官。为了重获旺盛的食欲,必须得到完全不同的食物",规行矩步的穆齐尔每次跟妻子房事之后都要在日记里标注字母 C(Coitus,性交),等等。我们还看到斯宾格勒如何担心女人在他面前脱得精光，看到古斯塔夫·克里姆特面对裸模作画的时候如何随时准备把自己脱得精光，我们还听说他死后有十四个女人带着孩子来认生身父亲，等等。

《1913》也搜集了不少其他类型的名人轶事，其中一些还不乏思想透明性和启发性，有助于加深和丰富我们对人性和作品的认识，使我们看到文化超人平凡乃至世俗的一面，有的还迫使我们重新考察思想和艺术作品的起源。譬如，因为对 20 世纪产生了深刻影响而与马克思和尼采并称德意志三大思想伟人的弗洛伊德，在《1913》就表现出太过人性的一面：一是他正在为专业圈内的人际关系烦恼，因为荣格从他的学生变为他的挑战者，即将举行的江湖大会即第四届国际精神分析大会上他和荣格还将面对面（后来江湖大会的组织者非常知趣地对二人采取了隔离措施）；二是他在金钱问题上太过计较，因为马勒死之后他特地致信其遗产执行人，催要马勒拖欠的心理咨询费——这笔费用来自他和马勒的一次共同散步。同样有趣的是，弗洛伊德在本年度还遭到堪称其精神胞弟的施尼茨勒的绝妙调侃：当一个富家子弟因为被自家宠养的矮脚马咬伤阴茎被送到施尼茨勒诊所时，施尼茨勒大夫却向来人提出如下建议："病人立刻送急诊医院，矮脚马最好请弗洛伊德教授来诊断。"又如，斯宾格勒的巨著《西方的没落》让西方人受到震撼，使东方人受到鼓舞（一个德文名叫斯宾格勒、中文名叫史迪曼的德国汉学家就承认日本人因为其姓氏而对他刮目相看），但从斯宾格勒在1913年的表现看,他对西方世界的基本判断似乎在很大程度上与他个人的孤僻、悲观以及他对泰坦尼克号沉没的过度象征化解读有关。再如,《臣仆》是公认的一部揭露德意志民族劣根性的伟大小说,可是,如果知道亨利希·曼写这本小说的原始冲动来自他目睹威廉二世骑马路过菩提树下大街时产生的轰动效应,人们有可能怀疑亨利希·曼小题大做,因为明星大人物出现在任何地方任何时候都会产生轰动效应,他的弟弟托马斯就很欣赏前呼后拥、夹道欢迎的场面(有其作品和生平为证)。再譬如,柏林的批评大腕儿阿尔弗雷德·克尔对托马斯·曼其人其作大加挞伐,根本原因在于慕尼黑的名门闺秀卡佳·普林斯海姆嫁给了托马斯·曼而不是他。维也纳的批评霸主卡尔·克劳斯对韦费尔的诗歌从赞赏变为抨击,不是因为韦费尔的诗歌时好时坏,而是因为韦费尔讲卡尔·克劳斯的情人西多妮的坏话偶然传到他的耳朵里。目睹二者所为,读者不得不暗暗追问他们的文学批评里面有几成文学几成恩怨。

　　《1913》讲述的两则音乐家轶事同样耐人寻味,同样使人长吁短叹。路易斯·阿姆斯特朗如果不是因为少不更事、调皮捣蛋犯了错误,在1913年元旦被送进少管所,他就没有机会接触和练习小号,就不会成为爵士乐大师。现代音乐大师勋伯格对数字13怀有的恐惧也令人诧异。这位生于1874年9月13日的作曲家,一生都畏惧13。在他这里,13不能成为节拍数,不能成为页码,他的作品标题不能由十三个字母构成[所以才有了总是令人疑心出现打印错误的 Moses und Aron(《摩西与亚伦》)],他发明著名的十二音体系似乎并非偶然。特别诡异的是,他最怕自己死在某个月的第 13 天,每到 13 号都如履薄冰如临深渊,但他最终还是未能躲过鬼门关——他死于 1951 年 7 月 13 日。根据另外一部八卦集锦的描述,勋伯格的死充满戏剧性和神秘性,无法判断它属于偶然还是必然。据说在那个夜晚,勋伯格抓着妻子的手坐在客厅沙发上惴惴不安地看着挂钟过了零点才如释重负,才一人走向卧室,进入卧室之后他却见到恐怖一幕:这里的挂钟还没到零点!

《1913》的中文版副标题是"世纪之夏的浪荡子们"。这表明,中文译者把握了该书的主旋律,看出该书讲的主要就是世纪初欧洲艺术圈和文人圈里那些事儿。"浪荡子们"这几个字添加得非常传神、巧妙、贴切。由此,我们会愉快地联想到法国小说家穆尔热的小说《波希米亚人的生活场景》,尤其是普契尼据此改编的歌剧《波希米亚人》或者《艺术家生涯》或者《艺术浪荡子》(我们似乎还搞不定 La Bohème 的翻译,所以几种说法都可以)。但是我们不敢肯定中文版的副标题是否符合弗洛里安·伊利斯的心意。原因在于,尽管伊利斯是一位学艺术史出身的畅销书作家,尽管他深知他的德国读者对这些文化名人如何熟悉、如何好奇、深知他们如何喜欢高级花边,但他显然不想把他的书定格在欧洲文艺圈,更不希望人们把他的书视为文艺界八卦大全。他有更高的追求、更多的心思、更好的算盘。这表现在如下几个方面。

首先,《1913》有绘制历史全景图的雄心壮志。我们看到,书中所提及、所讲述的历史人物来自不同的国家，不同的社会阶层和社会领域，书中所涉及的历史事件又杂又多，涉及经济、政治、军事、文化、外交、社会万象。如纽约的伍尔沃斯大厦竣工和阿尔迪超市在埃森诞生（阿尔迪家族至今还是德国的首富），如美联储的建立和瓦尔特·拉特瑙建立欧盟的设想，如奥匈帝国的间谍丑闻和卢浮宫的《蒙娜丽莎》失窃案，如巴尔干战争和德法两国的摩擦，如埃及和中美洲的考古发现，如人工毒品亚甲二氧甲基苯丙胺合成，如查尔斯·法布里的臭氧层实验取得重大突破，如罗斯福在美国参议院发表反对砍伐美国森林的演说，如路德维希·克拉格斯发表有关现代化将危及德意志森林和德意志精神的演说，如福特公司首次采用流水线并生产了 264972 辆汽车。书中甚至提到中国在 2 月 6 日进入牛年并引用一句中国古语"牛爱新鲜草，胜过金食槽"，书中还提到 7 月 10 日美国加州死亡谷创纪录的高温和德国的当日气温。《1913》既搞新闻串串烧，又搞日记串串烧，轮番从飞鸟视角和锁眼儿视角看世界，由此描绘了一幅异常开阔、异常丰富而庞杂的年度历史图景。这样的图景，传记中没有，"专史"中没有，"通史"中也没有。《1913》无疑填补了一个市场空白。

其次，《1913》体现出作者的某种历史意识。该书试图让读者感受历史距离，看出时代和观念的变迁，看出我们与 1913 年之间的确相隔一百年，所以它记录了一些令人恍如隔世的事情。想当初，探戈被视为有伤风化的娱乐，所以德国皇帝禁止现役军官跳探戈舞；想当初，问世不久的电影给社会带来始料未及的麻烦,所以天主教会还在福尔达召开主教会议讨论如何防止电影对青少年进行精神污染;想当初,德国也发生过走投无路者报复社会的惨案,先有一个失业教师枪杀五人重伤二十三人,后来又有一个男人杀害了包括其妻儿在内的十七人,重伤八人——在丰衣足食、共同富裕的联邦德国此类事件不再可能发生;想当初,奥皇弗兰茨·约瑟夫可以身着便装、只身一人去度假胜地而不用担心有人会将他认出来;想当初,德皇威廉二世带队狩猎,在九十分钟内收获五百头野生动物,他一人就射杀了十头鹿和十头野猪而且提议立碑纪念他的精准枪法。毫无疑问,那是一个笃信树木伐不尽、动物杀不绝的时代。

最后,《1913》有政治抱负,并且非常巧妙地搞了一点政治投机。它的标题就很投机。这一玄机中国读者一般看不出来,欧洲读者则多半心领神会。对于欧洲人尤其是德国人,1913 是一个惹眼的、能瞬间激活历史记忆的数字。看到 1913,他们会联想到紧随其后的 1914,会不由自主地去 1913 寻找 1914 的预兆。毕竟,1914 年才是 20 世纪最最重要的一年:1914 年爆发了第一次世界大战,一战的炮火点燃了俄国的十月革命,开启了社会主义的历史;一战的炮火同时导致了德意志第二帝国的灭亡,为德意志第三帝国的兴起埋下伏笔,德意志第三帝国又发动了第二次世界大战,二战则奠定了今天的国际政治和国际秩序,决定了俄国、美国、中国、德国和日本的政治制度和外交关系。而且,1914 年爆发的第一次世界大战还有如下划时代意义:它是人类的第一场工业化、机械化、毒气化战争,创下人数逾千万的屠杀记录；它从根本上动摇了欧洲在近代以来的世界主宰地位，使非欧洲和非西欧大国如俄国、美国、日本迅速崛起；它使意识形态再度成为国际冲突乃至战争的根源：以共产主义意识形态为立国之本的苏俄自诞生之日起就成为仇视对象，后来的苏德战争及东、西方冷战和局部热战都使人联想起久违的宗教战争或曰"唯心主义战争"（引号表示我们出言谨慎），如中世纪的十字军东征，如欧洲17世纪的三十年战争，第一次世界大战和欧洲列强的殖民战争都是缘于争霸和利益纷争，全都带有"唯物"特征。所以说，1914年才是19世纪和20世纪的分界线、才是近代历史与现代历史的分水岭。1914年远比1900年重要。

弗洛里安·伊利斯了解西方社会的主流话语，了解欧洲读者尤其是德国读者的期待视域，知道他们多半眼里看着1913心里想着1914，所以他非常巧妙地利用了1914的历史-政治内涵，并因此大获成功。他不仅通过"世纪之夏"这一副标题来渲染燠热、焦躁、紧张的时代氛围（该书的英文译者看出其良苦用心，所以将副标题改为 *The Year Before the Storm*：风暴来临的前一年），而且在开篇就让政治风云人物出场，就打起了政治牌。1913年1月，斯大林和希特勒这两个严重影响20世纪历史进程的历史人物出现在维也纳，据说这俩在美泉宫皇宫花园散步时还打过照面并且互致脱帽礼；2月，克罗地亚青年约瑟普·布罗兹·铁托也现身维也纳。伊利斯生怕读者不解风情，所以赶紧夹叙夹议，提醒读者这三个人是"20世纪两个最大的暴君和最糟糕的一个独裁者"。伊利斯对半虚构的美泉宫双雄会场面所做的评论尤其值得关注："这个走极端的时代,这个短暂而可怕的 20 世纪,于 1913 年 1 月的一个下午在维也纳开始。"看到这句话,中文读者多半似懂非懂、莫名其妙。我们有必要对它做二次翻译处理。这里说 20 世纪走极端,是指斯大林主义和纳粹主义,说 20 世纪可怕,是指斯大林主义和纳粹主义给本国和世界都造成巨大的危害,说 20 世纪短暂,是因为把 1914 年和 1989 年分别定义为 20 世纪的元年和末年。当然,这个 20 世纪短命说不是伊利斯的原创,而是他从教科书、从联邦德国的政治-历史教育展览的序言中摘来的。他是在背书,在借花献佛。

既然有上述的政治抱负或者政治投机心理,《1913》就不能不来点政治叙事,不能不讲讲几位世纪风云人物的年度活动与花边。所以,我们看到地下革命家斯大林从克拉科夫偷偷来到维也纳,然后偷偷回到俄罗斯,然后在圣彼得堡被捕,然后被遣送西伯利亚;所以,我们看到斯大林如何跟列宁、跟托洛茨基互动,看到列宁致信高尔基谈论奥地利和俄国之间的一场战争与西欧革命的关系,我们还得知布哈林和托洛茨基在维也纳与斯大林见过面,得知布哈林和托洛茨基日后都会吃斯大林的子弹。我们还听见希特勒发表愤青言论,听见他抱怨维也纳的捷克人怎么比布拉格多,维也纳的犹太人怎么比耶路撒冷多,维也纳的克罗地亚人比萨格勒布多。但除此之外,这几个 20 世纪风云人物在 1913 年就没有什么惊天动地或者崭露峥嵘的言行,我们也看不到刀光剑影,嗅不到血雨腥风。我们所能看到的,是一些无关利害、无伤大雅的八卦和花边:列宁调侃斯大林是"格鲁吉亚帅哥";斯大林在维也纳专心写他的《马克思主义与民族问题》;无论在维也纳还是慕尼黑,街头画家希特勒都过着规矩、简朴、接近苦行僧的生活(可惜书中没有明确交代希特勒是素食者);风流倜傥的克罗地亚青年铁托在维也纳一边做试车员,一边做贵妇人的小情人;等等。

　　对政治叙事和宏大叙事怀有期待的读者会觉得《1913》虚张声势、虎头蛇尾。这一方面要归咎于作者在宣告短暂而可怕的 20 世纪随着斯大林和希特勒在维也纳的出现拉开序幕之后并没有拿足够的材料来飨食读者。这些政治名人的故事和花边太少、太单薄,而且几乎全都集中在 1913 年的头两个月。如果和书中出现的文化名人相比,他们的确有些相形见绌。卡夫卡、柯克西卡、里尔克、本恩等人的故事生动、饱满,并且贯穿整个《1913》。按理说,革命家、军事家、阴谋家的生活素材通常要比艺术家和学者丰富而精彩。这是为什么? 是因为几位政治人物的年度生活本身就单调贫乏,还是因为作者敷衍了事或者力不从心? 或者他有其他考虑? 另一方面,既然是"风暴来临的前一年",这个 1913 年就应该布满"世界风云"乃至"战争风云",就应该山雨欲来风满楼。但是在阅读《1913》的时候,我们很少见到这种场面,也几乎没有感觉到这种氛围。除了希特勒、布尔什维克和铁托的轶事和行踪,除了有关第二次巴尔干战争在 7 月 3 日打响以及奥匈帝国、德意志帝国和法国的年度军费开支分别占其国内生产总值的百分之二、百分之三点九、百分之四点八的简短新闻,没有别的事情使人联想到 1914 年就要到来。我们看不到帝国主义列强如何争霸,如何较量,如何磨刀霍霍,看不到各国的社会矛盾如何尖锐,民众如何焦虑不满,即便在艺术家和知识分子中间也见不着卡珊德拉和社会地震仪——本来我们可以有这种期待。《1913》里所描写的作家、学者、艺术家,根本就不像生活在 1914 年的前一年,不像生活在"灾难的前夜"。他们似乎个个都沉湎于自己的思想世界和情感世界,都囿于小我和自己的小天地。对于逐渐逼近的 1914 年,既没有清醒而理性的观察和预测,也没有来自直觉和本能的紧张和恐惧。这是为什么?是因为作者没有做事后孔明、没有做——用一个西式专业表达——面向过去的预言家的能力和意识,还是因为他信奉偶因论,不认为一战的爆发有其必然?或者他本来就想制造反差效果,就想揭示这些文化精英在灾难前夜的真实状态,就想把他们大难临头却浑然不觉的滑稽形象呈现给读者看?

如果我们拿通常对历史叙事和历史全景图的期待来衡量《1913》,我们还会产生其他疑惑。我们可以问:为什么不多写点大国博弈如德意志帝国与英法俄的较量?为什么不写写工人运动和共产国际?为什么不说说威廉帝国的政治家、军事家、企业家在干什么?这些人物和事件跟 1914 年之间难道不是有更多的关联?交代西班牙人海梅·拉蒙·麦卡德·德尔里奥·埃尔南德斯出生在 1913 年 2 月、威利·勃兰特出生在

1913 年 12 月，这可以理解，因为前者奉斯大林之命刺杀了托洛茨基，后者通过其华沙之跪树立了一个忏悔民族的高大形象，可是，交代贝特霍尔德·拜兹、罗伯特·连布克、汉斯·费尔宾格生于 1913 年 9 月的依据是什么？他们是谁？还有，为什么只谈毕希纳的百年诞辰纪念活动而不谈瓦格纳的百年诞辰纪念活动，虽然后者更为隆重？还有，1913 年的科学发明那么多，为什么单单提及亚甲二氧甲基苯丙胺的合成？为什么要通报卓别林拍处女作《谋生》每周可以拿一百五十美元的酬劳？为什么要说明"每天一苹果，医生远离我"这句保健格言产生于何时何地？它是如此的重要？其实，这十万个为什么都源于一个核心的问题：作者的选材依据是什么？他是否选择了具有"代表性"的历史事件？是否勾勒出"完整"的历史画面？不过，这既是一个合情合理的问题，也是一个吹毛求疵甚至不得要领的问题。因为，谁能通晓一年之内发生的天下事？谁能在五花八门、成千上万的历史事件中区分主次、区分偶然与必然？谁能看出它们彼此的关联，看出它们与过去和未来的关联？从这个意义上讲，弗洛里安·伊利斯也许做了一件最为聪明的事情，即承认历史是不解的迷思和谜团，承认历史图景必须私有化。有了这一认识，他自然海阔天空，自然免于问责。他既可以理直气壮地从其个人视角勾勒 1913 年历史全景图，也可以勾勒非个性化的、具有散点透视特征的历史全景图，把自己信手拈来的或是琢磨不透的历史材料统统摆在读者面前，让高明的读者去寻找微言大义、寻找历史事件的横向和纵向关联。理论上，包括 1913 年在内的任何一个历史年份都存在无数的可能和无数的发现。一本冠名为 1913 的史书，我们可以随便写。怎么写怎么合理，怎么写怎么好看，怎么写怎么轻松，怎么写怎么成功。

眼见《1913》大获成功，我们心里也可能蠢蠢欲动，自问写一本中国版的《1913》效果如何。蓦然回首，我们已错失良机。我们的 1913 年，本来有的可写。这里既有震撼人心的历史事件，也有耐人寻味的小故事小花边。在我们的 1913 年，宋教仁遇害了，孙中山跑了，袁世凯赢了，辛亥革命失败了。与此同时，毛泽东来了——他以优异成绩考入湖南省立第四师范学校，袁世凯在北平南苑开办中国第一所航空学院，严珊珊成为中国第一个电影女演员，等等。凡此种种，给我们留下不少思考和想象的空间。

错过了中国版的《1913》，我们也许可以祈盼中国版的《1914》《1918》或者《1919》。但必须指出的是，写这么一部故事类历史年鉴，也不是想象的那么简单。这不仅需要广阔的视野、翔实的资料、辛勤的付出，不仅需要叙事意识、叙事本领以及轻松幽默、深入浅出的语言。更为重要的是，作者要擅于脚踏两只船，要一面向读者传达某种历史观、政治观、人生观乃至学术观，一面玩留白艺术和字里行间，让读者去思考、去揣摩、去构建。同时，敏感的作家和学者还必须克服"影响的焦虑"——谁让他弗洛里安·伊利斯做了撰写故事类历史年鉴的第一人！

《1913》，我们的心结，我们心愿。

独在异乡为异客

——读德国"文学教皇"的自传

　　德国文学批评家马塞尔·赖希-拉尼茨基撰写的回忆录《我的一生》，被视为联邦德国历史上最成功的自传之一。该书于1999年8月15日出版，七周之后销量就达二十万册，跃居德语国家非文学类畅销书榜首。在随后几年里也一直畅销。截至2003年底，《我的一生》各种版本累计销售超过一百万，有至少十七个国家购买了版权。这本自传如此走红，自然有赖于名人效应和媒体炒作等外在因素。赖希-拉尼茨基毕竟是德语国家几乎家喻户晓的"文学教皇"，德国最有影响力的日报《法兰克福汇报》又提前连载了《我的一生》，还刊登了多篇出自名家之手的热情洋溢的评论。但这主要原因还得去书中寻找。众所周知，赖希-拉尼茨基不仅是当今德国文坛无可争议的批评霸主，是一个有着空前影响力的批评家，他还有着传奇的人生经历和稀有的人生体验：他出生在波兰；父亲是波兰犹太人，母亲是德国犹太人；他在波兰上小学在柏林念中学；1938年被遣送回波兰；1943年他成功逃出华沙的犹太人隔离区，也因此躲过了特雷布林卡的毒气室；随后他被波兰百姓藏匿两年，被苏军解放之后便参军入党，二战之后成为红色阵营派驻西方的谍报人员，后来又被外交部解雇，被共产党开除；1958年利用出国之机投奔联邦德国，然后在德国评论界异军突起，最终成为一个让作家叹息"他评故我在"的批评家（《论马塞尔·赖希-拉尼茨基：文章和评论》），一个让出租司机蓦然回首的大明星①……赖希-拉尼茨基写自传，当然具有先天优势。他的历史，既是德国犹太人的一部受难史，一部逃难史，一部心灵史，也有助于人们了解一点当代德语文学野史。

历时五年写作而成的《我的一生》，讲述了赖希-拉尼茨基七十多年的人生旅程，但是对青少年时代的回忆却占了全书一半的篇幅。这不足为怪。赖希-拉尼茨基撰写这部回忆录，首要目的便是记录自己在纳粹恐怖时期的经历。他在《我的一生》的"致谢"部分说到他的妻子、儿子还有别的一些人早就希望他把早年的经历书写下来，他自己则因为"往事不堪回首"，因为"担心写不好"而一推再推，直到1993年才改变了主意。赖希-拉尼茨基这番话颇有声东击西的意味，因为他签订的出版合同是在1994年12月初，而且从他日后接受的多次采访也可以推断他是在1994年改变的主意。这一年至少有两件事情对他很有刺激：一是他在3月间和赫尔穆特·卡拉赛克夫妇看

---

① 为赖希-拉尼茨基立传的托马斯·安茨写道："赖希-拉尼茨基没有一次不是刚上出租就被司机认出来，没有一次不是上街走出十步便有路人上前搭话。"这话未免有些夸张，但不乏真实的内核。

完《辛德勒的名单》的首映式后共进晚餐,席间聊起他在华沙犹太人隔离区的经历,深受触动的卡拉赛克敦促他尽快动笔,他自己也感到一丝写作冲动。后来,他在为 11 月份在慕尼黑剧场举行的一个以"谈谈自己的国家"为题的演讲活动做准备时惊喜地发现,叙述那段历史对他来说并不困难。他在 1994 年经受的第二个刺激,是身为记者的蒂尔曼·延斯在 5 月 29 日的《世界文化之窗》电视节目中披露了他一直守口如瓶的间谍经历。这件事不仅令他尴尬万分,一种辩解的欲望也在他心头油然而生。

赖希-拉尼茨基有着惊人的记忆力。他没有写日记的习惯,《我的一生》的材料,多半源于他和妻子的大脑储存。但是,他在回忆华沙犹太隔离区的经历时却格外谨慎,格外用心。为了使他的个人经历与历史大背景相吻合、相辉映,他参阅了大量史料,并且四方请教。这中间包括几位波兰史学家,以及位于慕尼黑、华沙、耶路撒冷的历史研究所。他对这段历史的回忆也的确构成了《我的一生》中最为精彩的篇章。相关章节不仅写得真实细腻,而且显示出使人刮目相看的高超叙事技巧。他用平淡、冷静而又略带讥讽的口气描绘自己和犹太同胞的非人经历,他既不悲愤,也不伤感,无论评价德国人还是犹太人,他的字里行间总是流露出对人性的洞察和理解。对于德国兵在华沙街头肆意凌辱东欧犹太人的暴行,他从审美和心理学的角度进行阐释:他们终于见到以前只能在施特赖谢尔主办的《冲锋队员报》上见到的犹太人形象——头顶圆帽,身着大袍,满脸大黑胡子(高度同化的德国犹太人当然不是这种形象);党卫军军官在下达灭绝华沙犹太人的时候还在欣赏——戈贝尔不让一般人知道这一秘密——淌着犹太血液的约翰·施特劳斯创作的华尔兹,这一章就叫《伴随着维也纳华尔兹舞曲的死亡判决》;大难临头的犹太人有的犯糊涂,对德国人和国际舆论抱有不切实际的幻想,有的好死不如赖活,竟然背着乐器登上开往特雷布林卡的闷罐车,希望有机会替热爱音乐的德国刽子手演奏音乐,以便拖延进毒气室的时间,有的则是脸皮太薄,吃了德国人一记耳光就去上吊。赖希-拉尼茨基的个人遭遇同样使人长吁短叹:他去安慰一个因为父亲自缢哭得死去活来的犹太姑娘,结果这姑娘由此成为他的终身伴侣;为了不让招惹杀身之祸的黑色犹太胡须浮出脸面,他在恐怖年代养成了每天刮两遍胡子的习惯,时隔半个多世纪,他依然天天带着一张光光生生的脸出现在人们的眼前;当他的父母跟着队伍走向死亡列车的时候,站在一旁的他无所作为,也无话可说,两位赴死的老人得到的临终关怀,便是负责维持上车秩序的犹太民兵头头念及和马塞尔的一面之交而塞给他们一块面包;等等。

《我的一生》确实让人耳目一新。人们惊奇地发现,这位充满雄辩激情、张嘴就 fortissimo(最强音)的批评家,居然也会 pianissimo(弱音),居然也懂得此时无声胜有声。赖希-拉尼茨基的新风貌得到人们的普遍关注和赞赏。就连平日讥讽他只会"抢铁锤,砸铁砧"的人也承认他的自传写得好。赖希-拉尼茨基这一转变,说怪也不怪。自传不同于文学评论,要求叙事和叙事技巧。赖希-拉尼茨基恰恰能够满足这一要求。一是因为他在批评实践中基本上采用传记-心理研究方法，讲故事既是他批评活动的组成部分，也是他的拿手好戏。尽管他从不写诗歌小说剧本，他也从不承认自己是"两栖类"评论家，但明眼人看得出他是"误入"批评行当，看得出他不承认这点是出于自保策略（谁想让人看成身残志不残的文学残疾呢）。再者，赖希-拉尼茨基是资深文学评论家，有最起码的文学素养，深知出了卡夫卡之后，叙事高手全都懂得用平淡的口吻来描写恐怖事物，懂得用这种反差来制造惊心动魄的弦外之音。叙而不议，摈弃道德高论，这已成为犹太作家描写大屠杀经历时屡试不爽的制胜法宝。2002年诺贝尔文学奖得主凯尔泰斯·伊姆莱的获奖作品《命运无常》就是一个经典实例。小说结尾的一个细节也意味深长：当一位充满同情心又充满道德激情的记者问刚刚从纳粹集中营出来的主人公，可不可以把集中营想象成地狱时，主人公回答说："别人爱怎么想就怎么想，反正我只能想象集中营，因为我对它有一定的了解，地狱什么样我却一无所知。"而《我的一生》在回忆纳粹恐怖年代时常常采用这一叙事套路，它也因此打动了读者。

《我的一生》开篇就提出"我是谁"的问题。这个问题犹如一根思想红线贯穿全书，但始终没有答案。赖希-拉尼茨基自称没有祖国。他不把自己的出生地波兰视为故乡，不想和犹太血肉同胞认同，他身为德意志联邦共和国公民，并在该国如鱼得水、大放异彩，但他摆脱不了"独在异乡为异客"的感觉。然而,对赖希-拉尼茨基稍有了解的人都知道,这番玄论起源于一个沉重的问题:德国犹太人对德国的单相思①。众所周知,德国犹太人在文化领域做出了奇迹般的贡献。赖希-拉尼茨基早在三十年前就总结说:"弗兰茨·卡夫卡奠定了现代文学的基础。阿尔伯特·爱因斯坦奠定了现代物理学的基础。古斯塔夫·马勒和阿诺尔德·勋伯格奠定了现代音乐的基础。卡尔·马克思和西格蒙德·弗洛伊德则分别奠定了现代社会学和现代心理学的基础。"鲜为人知的是,德国犹太人不仅奉献出聪明才智,自从在 19 世纪初陆续获得解放以来,他们还带着满腔爱国热情去拥抱生于斯、长于斯的德意志祖国,与此同时,他们忘记了巴勒斯坦,也疏远了古老犹太文化。他们对德国和德国文化的火热情感也没有因为一股接一股的反犹暗流或者浪潮而冷却。从流亡巴黎的海涅和伯尔讷——前者因为思念德意志故乡而泪眼潸潸、夜不能寐,②后者因为"天使不说德语"而失去对天堂的向往,又因为"狱卒讲德语"而向往德意志监狱——到奔赴一战前线的众多犹太青年(1916 年,为了证明德国犹太人不愿为德意志祖国扛枪打仗的传闻,德国政府搞了一次所谓的"犹太人人口普查",结果表明,犹太人志愿参军和为国捐躯的

---

①　这里所说的德国犹太人,是指纳粹上台之前生活在德国和奥地利的犹太人。之所以笼统称之为德国犹太人,一是为了行文方便,二是因为在德意志第二帝国出现之前德、奥本来就是一家,而且在此后约六十年里,德、奥在文化方面基本上没分家。

②　海涅在《静夜思》(1843)中写道:"夜里我想起德意志,/ 我就不能安眠,/ 我的热泪滚滚流出,/ 我再也不能闭眼。"

比例都远远高于平均水平)，再到活跃于魏玛共和国和奥地利共和国的犹太人知识分子，德国犹太人奋力打造、讴歌、捍卫德语文化的辉煌。然而，德意志第三帝国的出现，不仅中断了一桩堪称完美的文化姻缘，而且使酷爱德语文化的德国犹太人遭受了空前的迫害与嘲弄。文化圣地魏玛与布亨瓦尔德集中营毗邻——这是德国犹太人做梦也想不到的。令人诧异的是，许多德、奥犹太人并不因为有过布亨瓦尔德、奥斯威辛，或者特雷布林卡而疏远魏玛。二战结束后，对德国文化痴心不改的犹太人依然返回德意志大地终老。这中间包括断言"奥斯威辛之后不再有诗"的阿多诺和呼吁犹太同胞不要产生"反日耳曼倾向"的阿诺尔德·茨威格(值得一提的是，崇拜歌德和莫扎特的茨威格特意给儿子取名沃尔夫冈)。他们这种死不改悔的亲德立场非但没有在多数德国人心中造成冲击和震动，反倒引来远在巴勒斯坦的犹太同胞的蔑视：以色列总统魏茨曼公开表示不理解奥斯威辛之后的德国怎么还能吸引犹太人；著名史学家，曾任以色列文化部长、外交部长及副总理等职的阿巴·埃班在其权威的《犹太史》中一再讽刺和谴责效忠德意志祖国、崇拜德意志文化的德国犹太人。

　　德国犹太人与德国文化的关系一直是赖希-拉尼茨基思考的问题。他在不同的场合，从不同的角度——如德国犹太人的苦恋，犹太自卑情结及其尴尬处境——阐述过这个问题。况且他是有感而发，因为他把自己归属到这个群体。《我的一生》自然不能回避这个问题：赖希-拉尼茨基的母亲生长在德、波边境，她的感情天平却完全倒向德国一边，每逢生日她都想到与她同日出生的歌德；马塞尔九岁的时候就带着一脸的虔诚奔赴被称为"文化之国"的德国，到那以后便一头扎进文学和音乐；当纳粹政权磨刀霍霍的时候，他却其乐陶陶地出入柏林的剧院和音乐厅，依然和被排斥在雅利安社会之外的犹太童子军高唱德国浪漫歌曲漫游德意志大地；1938 年，他拿到了中学毕业文凭，但是被柏林大学拒之门外，随后又被当作波兰公民——纳粹政权使他加入德国国籍的申请变为废纸——遣送到华沙，后来又准备让他葬身特雷布林卡；二十年后，当他在波兰成为政治异己，当排犹氛围迫使波兰犹太人纷纷移民古老而新兴的犹太家园以色列或是犹太人独领风骚的美利坚合众国时，他却做出了叛逃西德的选择；1979 年他在北京某外汇商店与梅纽因邂逅，来华演奏贝多芬和勃拉姆斯音乐的梅纽因，得知赖希-拉尼茨基此行是为了向中国人介绍歌德和托马斯·曼后，来了一句非常高明的自嘲："谁让我们是犹太人呢！"流淌着犹太血液的赖希-拉尼茨基，毫不掩饰对犹太传统文化的陌生和不解。他抱怨犹太教只重经书诗文，犹太人专注于"码字"，对于建筑、对于造型艺术和音乐艺术则不屑一顾，等等。这明显是唯美主义的论调。而他之所以不怕犹太同胞责骂他丧失起码的自尊和道德，到德国扎根，他之所以理直气壮地欣赏一位让犹太民族恨之入骨，似乎永远也不肯饶恕的德国音乐家瓦格纳（以色列从未公开举办过瓦格纳音乐会。2002 年，当著名指挥丹尼尔·巴伦博伊姆在一场音乐会上想加演《特利斯坦和伊索尔德》序曲时,剧场内甚至出现了骚乱),也是因为有唯美主义做精神支柱。赖希-拉尼茨基明言:第一,是瓦格纳而不是别的什么人创造了《特利斯坦和伊索尔德》和《纽伦堡工匠歌手》;第二,德国有他赖以生存的精神食粮——德语和德语文化。况且这所谓的精神食粮在那恐怖年代曾经转化为物质力量。他,一个在波兰长大的犹太孩子,凭借其顶刮刮的德语赢得了德国老师和德国同学的赞赏;在布满反犹阴霾的第三帝国,柏林的戏剧和富尔特文格勒指挥的柏林爱乐乐团给予他慰藉和快乐;他用他的德语和他对柏林赫塔队的知识博得德国兵的好感,进而获释;他凭借德语功夫当上华沙犹太人隔离区的首席翻译,他的侥幸逃生与这个相当于"犹奸"的职位不无关系;他在波莱克家藏匿期间,天天晚上用文学故事来报答他的救命恩人,搞出一个现代温柔版的"一千零一夜",德国文学中的侦探故事又让他混上波兰谍报机构的教员。

身为大屠杀幸存者的赖希-拉尼茨基,生活在一个曾经对犹太民族犯下滔天大罪、反犹思想屡禁不止的国家,其处境之尴尬可想而知。虽然他在德国文坛平步青云、势如破竹,虽然他是德国的"文学教皇",有着罕见的幸运和辉煌,但他感觉犹太人仍然是德国社会的局外人和边缘人,常常感觉自己因为是犹太人而受到冷落、排挤、攻击。他刚刚作为《法兰克福汇报》文学部主任走马上任,就发现该报社长不自觉地把"犹太人"当成贬义词,认为"犹太人卡夫卡"这一说法有损这位伟大作家的声誉;他批评生涯中获得的第一个荣誉来自国外——1972 年他被瑞典乌普萨拉大学授予名誉博士,他对此耿耿于怀;2002 年,马丁·瓦尔泽发表了以他为原型的长篇小说《批评家之死》,愤怒之中他把这部讽刺小说的主题概括为"打死他,这个狗东西!他是个犹太人"。有趣的是,在某些方面可以视为赖希-拉尼茨基"秘史"的《批评家之死》还提醒读者注意一个事实:不管赖希-拉尼茨基拥有多少荣誉博士和荣誉教授头衔,他仍然与德国的最高学术荣誉——科学院院士——无缘。至于赖希-拉尼茨基是否会因此想到犹太人问题,那就不得而知了。总之,在联邦德国安身立命的赖希-拉尼茨基必然要遭遇尴尬。尴尬之中,他只好效仿把《圣经》称作犹太人"随身携带的祖国"的海涅,把文学和音乐变成他的祖国。但是,赖希-拉尼茨基在向海涅靠拢时显然忽略了一个简单的历史事实:海涅时代的犹太人的确只有"随身携带的祖国",但在有了以色列国的今天,如果一个犹太人声称自己只有"随身携带的祖国",他必然有自我放逐的嫌疑。

赖希-拉尼茨基堪称德语文学中的头号批评杀手。批臭坏作家,批烂坏作品,这既是他的原则,也是他的风格。他把瓦尔特·本雅明说的一句话奉为座右铭:"能够毁掉作家的人,才能做批评家。"他还宣布"颁发死亡证书"是批评家的天职。他说到做到,因为他有一种置人于死地的犀利文风,给许许多多的德语作家留下了终身的残疾或者伤痛。他评论君特·格拉斯的《说来话长》的时候,他上一句话夸格拉斯和乌韦·约翰松会面那一段写得好,说是无人能比,下一句话却抱怨说"这本七百八十一页的书就这五页拿得出手";对于瓦尔泽的长篇小说《爱的彼岸》,他的评论是"不值得读,哪怕就一章、就一页……他驾驭不了语言,他的作品缺乏血液和力量。这是一堆不再有火星的死灰";传记作家门德尔松写托马斯·曼的前半生就写出了一千多页,赖希-拉尼茨基不仅调侃说门德尔松"跪在地上写书",他还提醒读者,门德尔松津津乐道托马斯·曼在柏林见到谁谁谁或者看了哪些演出之后,往往还要掐着手指算托马斯·曼没有碰到谁谁谁或者没有看哪些演出,所以门德尔松既是"档案管理员",又是"宫廷书记官"。赖希-拉尼茨基对作家们进行残酷斗争无情打击,这在作家方面自然要引起反弹,他们纷纷把他塑造为凶神恶煞的艺术形象:在瑞士作家弗里德里希·迪伦马特的一幅漫画中,赖希-拉尼茨基手握巨型笔杆,蹲在一堆骷髅头后面;奥地利作家彼得·汉德克的短篇小说《圣维多利亚的教训》把赖希-拉尼茨基描绘成一条大丹犬,这条看家狗因为长期生活在自己院落——叙述者称之为"隔都"(Ghetto)——而失去了温和优雅的大丹种性,蜕变为"行刑民族中的杰出一员";说话曲里拐弯的瓦尔泽跟汉特克不谋而合,他认为"其实每一个受他虐待的作家都可以对他说:赖希-拉尼茨基先生,就我俩关系而言,我是犹太人"。然而,批评杀手赖希-拉尼茨基并不只是文学圈内人熟悉的形象。仅在 20 世纪 90 年代,他就两度以电脑漫画的形象走上德语国家的头号周报《明镜周刊》的封面:头一次是"人模狗样"(他的头被天衣无缝地接到格斗犬身上)的他把一本书咬得稀烂,第二次是他"人模人样"(身着西服领带)地把《说来话长》撕成两半。在德国,类似赖希-拉尼茨基论作家和赖希-拉尼茨基与作家这类话题已接近街谈巷议的水平,这也在相当程度上决定了《我的一生》读者的"期待视阈"。赖希-拉尼茨基也没有令人感到失望。

对于作家,赖希-拉尼茨基有一个最基本的看法:他们都是那喀索斯,都是自恋狂。所以他很欣赏卢卡奇说的一句话:"对于一个作家来说,'好'批评一般都是赞扬他或者贬低其对手的批评,'坏'批评就是指责他或者支持其对手的批评。"所以他不仅不在乎作家们的反应,反倒毫不犹豫地展开"批评的批评的批评"。在《我的一生》里面,赖希-拉尼茨基式的"二次批评"依然随处可见。与往常略有不同的是,这一回他多了一些春秋笔法,多了一些此时无声胜有声,多了一些事实胜于雄辩。他用一个又一个的小故事,揭示文学界和知识界的泰斗们"人性太人性"的一面,把他们一个接一个地请下神坛。对于听得表扬却听不得批评的作家,《我的一生》做了栩栩如生的描述。赖希-拉尼茨基为弗里施的《请叫我甘滕拜因》辩护,弗里施便紧握他的双手,他对《兰胡子》表示不满,弗里施便出言不逊;听不得刺耳声音的托马斯·曼禁止出版商、秘书及家人向他转述外界对他的批评,而当赖希-拉尼茨基和汉斯·迈耶手捧鲜花去苏黎世郊外登门拜访托马斯·曼的遗孀时,身为大家闺秀的卡佳·曼竟然厉声质问迈耶为什么在其书中对托马斯·曼晚期作品做出了负面评价;与他有着多年友谊的海因里希·伯尔,因为一篇负面评论几乎与他终身断交,后来凑在他耳边骂了个

"傻×"才消了气,才找到了平衡。有趣的是,怒不可遏的作家常常让赖希-拉尼茨基产生秀才遇大兵的感觉,他闹不明白批评家的文攻怎么会招致作家"武卫":与他一同就座柏林艺术科学院主席台的罗尔夫·迪特尔·布林克曼当众宣称,他恨不得拿起一挺机枪对他进行扫射;女作家克丽斯塔·赖尼希在书中咒他不得好死——癌症,心肌梗塞,精神病,车祸。需要补充的是,2002 年又有两本关于赖希-拉尼茨基死亡——真死和假死——的小说问世:瓦尔泽的《批评家之死》和博多·基尔希霍夫的《黄色小说》。《我的一生》也没有放过文人相轻这一文坛痼疾。据赖希-拉尼茨基观察,作家对作家,要么按照"你喊我歌德,我叫你席勒"的原则相互吹捧,要么彼此看不起。有的挖苦起同行来还很有水平。1981 年诺贝尔文学奖得主埃利亚斯·卡内蒂便是经典实例。不肯写伯尔评论文章的他,一方面强调"一个人必须专心做正事",另一方面又说"我陷入了无知者的尴尬境地,因为我对伯尔的作品没有进行足够的研究。面对那七百万比我更了解伯尔的读者,我本应感到害臊";胡戈·封·霍夫曼斯塔尔诞辰一百周年时,不屈不挠的赖希-拉尼茨基再次请他赐稿,他的回答是:"一想到自己因为某某人满一百岁就去写篇东西,我就哑然失笑……更何况是写霍夫曼斯塔尔,我从来就看不上他,我倒认为人们给他的高度评价太离谱了。"不过,赖希-拉尼茨基在勾勒作家肖像时并没有忘记一个基本事实:艺术家都是天才,天才又毗邻疾病和疯狂。卡内蒂声称他的朋友往他神秘的乡间别墅拨电话都约定好拨打时间

（晚上六到七点）和拨打方式（通了之后响五声，挂上，再拨，再等响五声），否则他不接电话，赖希-拉尼茨基没有遵守他讲解的规则，结果电话响了一声他就接了；困得不想说话的阿多诺，听说要他讲讲"奥斯威辛之后不再有诗"的道理，马上就来了精神，接着便是滔滔不绝；1966年诺贝尔文学奖得主、蛰居于斯德哥尔摩工人区的犹太裔德国女诗人内莉·萨克斯告诉——这已是1965年的事情了——赖希-拉尼茨基，纳粹派到斯德哥尔摩来跟踪和迫害她的特务在瑞典警方的威慑下不敢轻举妄动，但是他们用收音机波段干扰她睡觉，瑞典警方对此无能为力；托马斯·伯恩哈德人若其文，不仅把四壁漆得黑白分明，坐在客人对面也照样是一个乐呵呵的忧郁者，一个令人不安的逗乐者；等等。

所谓传记，无非是历史加文学。一部好的传记，既要写得真，也要写得美。说《我的一生》写得好，这不仅因为它耐读，而且因为它敢于讲述作者的难言之隐。赖希-拉尼茨基毫不掩饰对父亲大卫·赖希抱有一种近乎蔑视的怜悯（与卡夫卡一家相反，赖希一家是儿子比父亲更强壮，更雄心勃勃）；他也承认自己为两桩友谊——瓦尔特·延斯和约阿希姆·费斯特——的破裂感到痛心；他也敢于描写自己的软弱和屈辱，譬如：在为费斯特的传记杰作《希特勒》举行的私人聚会上，他和妻子撞见被他称为"德国历史上最可怕的战犯之一"的阿尔伯特·斯佩尔，也目睹在场的贵宾如何众星捧月般地围着斯佩尔转，妻子惊诧得脸色发白，但他既没有愤然离去，也没有对斯佩尔怒目而视或者厉声叱责，而是一团和气或者说忍气吞声地在那里待了一个晚上；他还坦言他和生死与共几十年的妻子都有过婚外恋（《我的一生》始于给妻子和儿子的献词，终于妻子的八十岁生日）。

自传写上这些东西，的确可圈可点。当然，《我的一生》非尽善尽美。且不说传记研究者还会嫌它太"初级"，太"朴素"，因为这本书里见不着哪怕一句涉及自传写作的"元理论"。① 就连普通读者都会在书中发现空白和疑点。譬如，赖希-拉尼茨基把他和瓦尔特·延斯的友谊写得含蓄而且感人。这桩动人的友谊是怎么破裂的，他却语焉不详。他与延斯断交，其实跟小延斯挑起的间谍风波有因果关系：赖希-拉尼茨基要求延斯公开与儿子划清界限，不料遭到断然拒绝。换句话说，是敏感的间谍问题造的孽。再者，赖希-拉尼茨基对其间谍历史所做的交代也让人犯嘀咕：他说自己是因为有出色的语言和文学功底（特别是他读过许多侦探小说）被波兰情报机构相中，这个道理也许说得通；但如果他说昔日的谍报工作没有实质内容，喝喝茶读读报看看书听听音乐就能对付，如果他说自己当年在情报处做一天和尚撞一天钟，上级机构却非常的满意，读者十有八九要皱眉头。据 2002 年公开的一份波兰公安部的档案称，

---

① 身为文学批评大家的赖希-拉尼茨基，撰写自传时不做任何的"元理论"，这不免让人感到意外。有人说，这是因为赖希-拉尼茨基对"夹叙夹议"非常反感。这种说法不免牵强，因为赖希-拉尼茨基本人很欣赏那些一边写作一边议论写作——"夹叙夹议"——的作家。

当年的赖希-拉尼茨基"热衷情报工作",而且"服从命令,政治上可靠,久经考验";一位翻阅过波兰共产党和公安部档案的记者又撰文指出,事业一帆风顺的赖希-拉尼茨基之所以栽跟斗,是因为他虚荣,好卖弄其文学和音乐知识,引起同事的普遍反感。由此看来,赖希-拉尼茨基长期拒绝写自传,似乎与他这段说不清道不明的间谍生涯有关。

《我的一生》并不只是在讲述赖希-拉尼茨基的间谍经历时存在"诗"与"真"问题。这部自传最耀眼也最吸引人的思想红线——"文学是我的生命,我的生命就是文学"——就有些可疑。赖希-拉尼茨基以文学(批评)为本,以文学(批评)为生,以文学(批评)为乐,这是不争的事实。可惜他在回顾他那高度文学化,因而高度诗化的人生旅途时,偶尔也画蛇添足。他说他从中学时代就立志当批评家而不是文学家,他说他的批评风格在他有关《威廉·退尔》的课堂发言中就已初显端倪,连他的德语老师也期望这位犹太学生在巴黎成为评论家,他这是回忆往事还是马后炮? 还有,他当间谍是因为文学,他跟女人上床也需要文学,朗诵文学作品仿佛成为他和他的女人们做爱的前戏(这和伯恩哈德·施林克的《朗读者》有异曲同工之妙),他加入波兰共产党则是因为一篇诞生于 19 世纪的德语经典散文:《共产党宣言》……这种写法似乎有些夸张,有些离谱,而且——没有"真"哪有"美"——不够艺术水准。除了过分夸张,《我的一生》的另一个小小的艺术败笔,便是单调的重复。回忆激动场面的时候,他老说感觉对方眼噙泪水或者说不清楚是谁眼噙泪水——他和凯斯特纳见面时如此，与波莱克夫妇告别时如此，和恐怖分子梅因霍夫谈话时如此，向联邦德国总理勃兰特讲述自身遭遇之后依然如此；出入德国，他总要说他随身携带着一件看不见的东西：德国文学。自传作者赖希-拉尼茨基没有时刻牢记他所推崇的托尼奥·克吕格尔给世人的谆谆教诲：创作不能动情，动情就容易落俗套。但是话又说回来，他即便抒了情，落了俗套，也无可厚非。常言道，无情未必真豪杰。况且他是一个无家可归、苦苦爱恋德国文化的犹太人，说到文学，他不可能不动情。他的一席肺腑之言足以让批评者保持沉默："我的故乡不是德国，而是德国文学——抽象的故乡，没错！难道我们不是这么过来的吗？你可以不再做共产党员或者基督徒，你可以不再做波兰人或者德国人——不再做犹太人，这可办不到！我们从来没有'故乡'。正如海涅所说，《圣经》《托拉卷》就是我们随身携带的祖国。"

常常听人窃窃私语：《我的一生》是赖希-拉尼茨基最好的作品。把一部回忆录称为某个作家、某个学者最好的作品，这是否有点耐人寻味？

托马斯·曼与政治
——译介《托马斯·曼散文》

对于中国读者,托马斯·曼是欧美现代文学经典作家中的迟到者,因为他的作品翻译严重滞后。在他的虚构作品中,唯有中短篇小说全部译成了中文,但是他半数的长篇小说(他一共写了八部十一册)、他的剧本《佛罗伦萨》和长诗《孩儿之歌》还等待翻译。他的非虚构作品留下的翻译空白则是触目惊心:他有六卷本散文集,有两本写作札记、十二卷本日记以及大约两万五千封书信。译成中文的,却不及十分之一。尽管小说家的立身之本是小说,尽管《布登勃洛克一家》《死于威尼斯》《魔山》《浮士德博士》等作品足以让我们见识托马斯·曼的思想和艺术魅力,但如果不读托马斯·曼的散文(简单起见,我们将其非虚构作品统称散文),也是一个很大的遗憾。他的散文不是闲来之笔,不是无足轻重的文字点缀。它们构成了一个博大精深、五彩缤纷的精神世界,甚至在某种程度上决定了托马斯·曼的社会名望、公众形象乃至其个人命运。阅读托马斯·曼的散文,不仅有助于我们领略他的知识和智慧,加深对其小说的

理解，而且有助于我们了解他的个性、他的人生，还有他的
时代。

我们选编这个读本收录托马斯·曼各式散文十七篇，其中
包括生平回忆、文论、文化随笔、政论等。下面我们就依次对相
关内容进行简要介绍。

托马斯·曼零零星星地撰写过不少自传性文字，包括《镜
中感想》《写给波恩文学史协会的话》《作为精神生活形式的吕
贝克》《关于我自己》《我的时代》等等。他热衷于分析和谈论自
我，甚至有自恋之嫌。但是，他这么做也不无理由：他有非同寻
常的家庭背景；他堪称现代德国文学史上的"头号丑小鸭"，经
历了从后进生、留级生、肄业生、大学旁听生到大作家、大部头
作家和大学问家的巨大转变；他原本对政治不感兴趣，他的地
位和他的时代却把他推到政治浪尖；等等。通过阅读他的相关
文字，我们可以找到许多有关他的人生经历和人生感受的答
案。在此需要提醒读者的是，尽管托马斯·曼对自我的兴趣超
出常人，但他从未著书立传。这并非偶然。自传这一体裁显然
不符合他的品味，无法满足他的表达需求。如果跟卢梭一样
"坦白"或者"掏心"，他自己都会起鸡皮疙瘩；他也无法效仿歌
德写《诗与真》（该书亦可翻译为《虚虚实实》或者《真真假假》），
因为他热爱真实，喜欢畅所欲言。为此，他找到一个合理的妥
协方案，他把自己最真实、最微妙的思想和体验写进了能够让
人捉迷藏的叙事空间。所以，要了解真实而完整的托马斯·
曼，我们必须拿他的"诗"与"真"，必须拿他的虚构和非虚构文

字进行比对。

托马斯·曼的文论是比较典型的作家文论。经验性、功利性、艺术性是其显要特征。阅读《试论戏剧》，最好知道如下两点：其一，托马斯·曼天生是个小说家，他只写小说，好像也只会写小说，他唯一的诗歌和唯一的剧本至今未能进入正典；其二，迟到的德意志民族似乎在小说创作领域也照样迟到，因为即便到了19世纪末，德国小说对外依然无法跟英法俄小说媲美，对内尚未获得与诗歌、戏剧平起平坐的地位，德国小说家身上似乎依然贴着席勒给他们准备的标签："诗人的庶出兄弟。"最后是曼氏兄弟这一代作家带领德国小说走向了世界。为《比尔泽和我》的深刻和偏激感到诧异的读者应该知道，真正刺激托马斯·曼的，不是《布登勃洛克一家》若干年前在家乡吕贝克给他惹出的八卦和不满，而是一件让他只能憋闷在心的"新生事物"：已经付梓的中篇小说《瓦尔松的后代》因为家庭内部的禁忌变成了废纸（这个中篇杰作在他死后才得以公开出版发行）。《比尔泽和我》所宣誓、所论证的六亲不认的唯美立场与托马斯·曼在现实中的妥协和无奈形成了有趣的反差。最后还应提醒读者的是，托马斯·曼有高超的精神寄生能力，他擅长自我投射和自我映照，在议论其他作家作品的时候很会夫子自道。他评论歌德的文章（《歌德：市民时代之代表》）和他的歌德小说（《绿蒂在魏玛》）一样，有时让人分不清楚他是在谈论歌德还是在谈论他自己。这类文字可以给读者带来认识和享受。托马斯·曼的文论也再次印证了一个似乎颠扑不破的真理：优秀的文论要么来自作家,要么来自非文学领域的学术大家。前者的优势在于其艺术感悟力和艺术表现力,后者的优势在于有"六经注我"的资本和气魄,可以把文学视为其学术殖民地,所以,像恩格斯和弗洛伊德这样的学术大家可以把从索福克勒斯到莎士比亚再到巴尔扎克和陀思妥耶夫斯基的大作家视为研究材料供应商。也许,作家文论就是文学的"内部研究"的最高境界,"文学殖民者"的文论就是文学的"外部研究"的最高境界。

托马斯·曼的文化随笔主要涉及哲学和音乐。他论述最多的,自然是指引和陪伴他的三颗精神北斗星:叔本华、尼采、瓦格纳。这是三个彼此关联的德意志伟人:尼采是叔本华哲学的继承者和反叛者;瓦格纳自认为用歌剧表达和阐释了叔本华哲学,叔本华却对瓦格纳其人其作不屑一顾;尼采对瓦格纳的态度,经历了从朋友到敌人、从无限讴歌到无情评判的转变。叔本华和尼采对托马斯·曼的世界观、历史观、艺术观产生了深刻影响,瓦格纳对他的影响甚至直达艺术和技巧层面。他的确是托马斯·曼的跨界艺术启蒙老师,后者在他的音乐中发现了自己所需要的艺术表达技巧,把音乐技巧成功地嫁接到自己的文学植株。可以说,托马斯·曼是一个满载而归的"哲学殖民者"和"音乐殖民者",他的作品因其"殖民收获"而产生一种独特的思想和艺术魅力。包括《弗洛伊德在现代思想史上的地位》在内的诸多文字写得如此大气磅礴,一半原因在于三大师给他提供了一个可以登高望远的思想平台。当然,文学青年托马斯·曼拜哲学家和音乐家为师,显得有点"旁门左道"。相应地,托马斯·曼对三大师的评论也有"旁门左道"的意味。不过,他的"旁门左道"常常表现为一种深刻的现实感和宽广的精神视野,一般的专业评论只能望其项背。

在托马斯·曼的散文中,最有争议、最有价值的可能是他的政论。一方面,人们有理由质疑托马斯·曼政论的动机和价值。一来他是公认的唯美主义者,在他眼里,艺术之美和思想之美高于一切,政治不属于他的首要和终极关怀。二来他似乎也不懂政治,他的许多政论不太像政论,论证套路很不专业,甚至有南辕北辙之嫌。三是他有摇摆和投机之嫌,因为他的政治态度和政治立场有过几度变化:青年时代不问政治;一战期间一跃成为德国政治保守主义的一杆旗帜(长达六百页的《一个不问政治者的看法》足以使他获得这一称号);魏玛共和国成立后又为共和制摇旗呐喊;纳粹上台前夕他几乎成为反纳粹、反右翼思潮的中流砥柱,纳粹上台后他却非常惹眼地沉寂了三年,但随后又成为反法西斯的旗手和德国流亡作家领袖;冷战时代,他逐渐淡出政治江湖,回归在野立场。最令人产生疑惑的是他在演说和文章中表达的政治思想在他的小说里很难见着。如果仔细阅读他在政治正确时期创作的小说(譬如《魔山》),人们有可能得出他的政论比他的小说进步十倍的结论,甚至认为他有应景和口头表白之嫌。另一方面,托马斯·曼政论的魅力和价值也显而易见。诚然,他的政论不符合专业期待,因为他太喜欢跨界,喜欢纵横捭阖。但是,跨界言说是托马斯·曼散文的共同特征。在他笔下,文化-艺术问题与历史-政治问题一向水乳交融,他的散文本来就难以分门别类。再者,尽管他不乏世故与审慎,但他有一颗非常纯粹的作家魂、艺术魂,一旦涉及文化和自我,他必然要身不由己地讲实话讲真话,他的论述也会因此大放异彩。譬如,批判希特勒,他就从希特勒最惹眼的生平事实入手,顺理成章地谈起艺术家问题,最后不会有谁觉得这位已经成为反法西斯精神领袖的知名作家和希特勒称兄道弟如何不寻常、不自然、不道德(《希特勒老兄》)。又如,追溯德国法西斯的起源,他从民族文化和民族心理切入,旁征博引,高屋建瓴,不仅得出德国历史悲剧必然论,而且得出德国文化善恶同源论,以大无畏的精神把自身与纳粹德国、把纳粹德国与最宝贵的德意志文化遗产——宗教改革、浪漫主义、音乐、形而上学——捆绑在一起。对于善如何转变为恶这一关键问题,他的解释非常大胆也非常油滑:他要么避实就虚地悲叹"魔鬼的伎俩",要么在第二虚拟式的掩护下直抒胸臆:"如果听起来不像是令人作呕的美化,我倒想说,德意志人因其不通世故的理想主义而犯下滔天大罪。"(《德意志国和德意志人》)这当然是一个惊世骇俗而又发人深省的观点。耐人寻味的是,尽管有客串政治和敷衍政治的嫌疑,托马斯·曼对德国历史和德国政治所发表的诸多见解产生了广泛而深远的影响。譬如,2006 年德国书业和平奖得主沃尔夫·勒佩尼斯撰写的《德国历史中的文化诱惑》就明显受到托马斯·曼的思想影响。这本书在我国也引起广泛关注。

　　"为尊者讳"的传统似乎源于人性,所以哪个国家都有。在德国,托马斯·曼早已跻身十大德意志伟人之列(有德国国家图书馆馆藏书目为证)。他的声望既来自其文学成就,也要归功于他的政治立场——他是伟大的"人道主义者"即西方主流价值的捍卫者。事实上,托马斯·曼的政治立场并非如此简单,他的人道之路也不无误会和偶然。在瓦格纳诞辰两百周年的 2013 年,我们有必要回忆发生在 1933 年的一个偶然事件。纳粹上台的 1933 年,恰逢瓦格纳逝世五十周年。托马斯·曼义不容辞地在慕尼黑巴伐利亚艺术科学院发表了题为《里查德·瓦格纳的苦难与伟大》的长篇演说。随后他带着讲稿去国外做巡回演讲。不料,他由此走上一条不归之路。由于德国国内政治形势日趋紧张,由于包括作曲家里查德·施特劳斯和汉斯·普菲茨纳在内的几十个文化名人在慕尼黑用公开信抗议他对瓦格纳的"污蔑",他接到不宜回国的警告,所以他被迫滞留国外,开始了流亡生活。在开头三年里,面对纳粹德国,他选择了观望和沉默。很显然,他不想做流亡者。纳粹德国也的确给他留下一点幻想空间:虽然他有政治"前科",虽然他的妻子是犹太人,他的儿女又坚持反纳粹,但是纳粹看重或者说忌惮其国际名望(诺奖永远是作家的护身符),在 1933 年春的纳粹焚书运动中也没有人把他的作品往火堆里扔,他的约瑟四部曲的第一部还得以在纳粹德国出版。倘若不是遭遇瓦格纳年,天知道托马斯·曼会不会走出纳粹德国,但有一点毫无疑问:如果托马斯·曼留在纳粹德国,他不仅很难最终完成和发表约瑟四部曲，他肯定也写不出《绿蒂在魏玛》《浮士德博士》等重量级作品，他日后也难以获得人道主义者的称号。如果联想到戈特弗里德·本恩和豪普特曼等“内心流亡”者的例子，我们事后也要为他捏把汗……瓦格纳让他“祸从口出”，瓦格纳也让他“因祸得福”。由此看来，他和瓦格纳之间的确存在一根命运纽带。

　　和许多艺术家一样，托马斯·曼具有双重人格。他有规矩体面的布尔乔亚外表，同时又有一颗放浪不羁的波希米亚灵魂。他的作品与生活、为人与为文的反差几乎路人皆知。然而，他在政治方面的双重人格却很少成为话题。他的政治双重人格体现为“正统”和“在野”的有机统一。说他“正统”，是因为他在现实中总是倾向主流倾向上层。也许是“大市民”、大资产阶级的出身作祟，他认定自己生来是“做代表人物而不是做殉道士”（《致波恩大学哲学系主任的信》）的。所以，即便“阴差阳错”地走上了具有殉道意味的流亡之路，他也很快实现了角色转换。在美国，他不仅是德国流亡作家的精神领袖，不仅是白宫的座上宾，他还发出“我在哪里德国文化就在哪里”的豪言壮语。说他“在野”，是就其灵魂深处而言。托马斯·曼骨子里是“在野派”。其艺术家天性使之然。他本能地抗拒各种意识形态，他在文章和演说中常常不由自主地跟主流社会和主流价值唱反调，“反动”言论在其小说里面更是比比皆是。他在《魔山》里面的利用纳夫塔搞的思想大串联就足以让他同时冒犯犹太教和天主教、共产主义和自由主义。1929 年的诺奖委员会对《魔山》避而不谈属于明智之举。事实上，主宰 20 世纪欧洲社会的几大意识形态都有理由跟他保持一定距离。耐人寻味的是,尽管教会认定他的作品"缺乏基督教精神"(《我的时代》),尽管东方阵营深知他的各种"恶习"(《艺术家和社会》),但这二者基本上保持了宽容和沉默。苏联和民主德国还早早地将他奉为文学经典(由民主德国建设出版社编纂的十二卷本托马斯·曼文集默不作声地弃用了《一个不问政治者的看法》等文本)。对他最不宽容的,反倒是被视为"自由世界"的肚脐眼的美国,因为他不仅访问东德,而且把反共视为"我们时代的大蠢事"(不管《反对共产主义是我们时代的大蠢事》这一标题是否来自于他,标题所概括的肯定是他的思想),曾导致"非美活动委员"对他进行近乎粗暴的调查,迫使他在耄耋之年回到欧洲(他随后就撰写了堪称政治绝交信的《艺术家和社会》)。时至今日,西方学界也难以对他的左倾言论做正面回应,只好为尊者讳。面对托马斯·曼的政治观点和政治表现,我们不得不问:真正的艺术家是否必然超越意识形态? 他们在政治方面是否都有些不靠谱?

　　作为译者,我们深知托马斯·曼作品的厚度和难度,所以我们不仅感觉任重而道远,而且忐忑不安。我们真诚希望读者朋友能够见微知著,能够明察秋毫,多提宝贵意见。

V 他山之石

——中德文学比较

一部献给 50 后的成长小说
——读铁凝的《大浴女》

"读了《大浴女》之后，您说的大自然事件在我这里才成为一个大自然事件。读这部小说之前，'大自然事件'是一个让我赞叹不已的绝妙比喻；读上小说之后，大自然事件便化为我的亲身体验。"这两句话摘自笔者在 2010 年年初写给德国作家马丁·瓦尔泽的邮件。这里所说的大自然事件指的是铁凝，这是瓦尔泽与她初次会面之后给她的称号。笔者给瓦尔泽写的是大实话。读《大浴女》之前，我对瓦尔泽的想象力感叹不已，我没想到铁凝给他一点点视觉和思想冲击就能让他联想到火山、海啸、台风这类大自然奇观。读上《大浴女》之后，我又佩服瓦尔泽的未卜先知的能力，佩服他能够从铁凝其人推断铁凝其文。因为《大浴女》是一部能够给人造成轻度脑震荡的小说，称之为大自然事件可谓自然而然。

《大浴女》的确是一本好书，因为它能够让人觉得新鲜，也给人以轻微的震撼。这种感觉首先来自它的语言。《大浴女》的语言是一种生动有力、细腻而大气、一语中的而又充满弦外

221

之音的语言。有这样的语言,作家很容易点石成金。所以,无论情感还是性爱,无论家庭还是社会,《大浴女》全都写得有声有色,写得有力度有深度;所以,我们既可以把《大浴女》当作爱情小说和心理小说,也可以把它当家庭小说和社会小说来欣赏和解读。

《大浴女》的确是一部需要从不同的角度进行阐释的小说。笔者最感兴趣的则是这本小说的历史意识和历史画卷。《大浴女》从 20 世纪 60 年代写到 20 世纪 90 年代。叙述者犹如一个时代书记官,把对 50 后和 60 后的思想、生活、命运产生过重要影响的诸多经历和事件全部记录在案:贫穷而逍遥的童年和少年时光,红色运动与红色教育,国企梦和外国梦,伤痕文学热,出国不归者的心态,等等。从这个角度看,《大浴女》既是一部为 50 后和 60 后撰写的成长小说,也是一部反映共和国三十年历史的时代小说,它既是心灵史也是社会史。尤其令人叹服的是,《大浴女》的作者和主人公都是女性,小说中的女性视角、女性感受、女性思维也随处可见,然而小说的叙事却是刚柔相济,常常通过高度女性化和高度私己化的视角对事物进行高度政治化和高度社会化的观察和思考,生动地、有力地、深刻地刻画了"生在新中国长在红旗下"这一代人如何在新中国生活,又如何在红旗下成长,把一幅耐人寻味的时代画卷呈现在读者眼前。其中,"文革"叙事是一大艺术亮点,值得我们点击和议论。

沙　发

　　《大浴女》的艺术魅力在其"引子"部分就得到充分展现。这里写的是尹小跳尹小帆小姐妹跟两岁的小妹妹尹小荃围绕"沙发休闲"展开的交流和较量。这是一场无声的、通过动作表情姿态进行的较量，是两个大的对付一个小的。这是一场此时无声胜有声的较量，是一场无比精彩的姐妹哑剧战。这三个小姑娘都极其可爱，她们的可爱在哑剧战中表现得淋漓尽致。尹小荃已经无法用"可爱"来形容。她在书中被称为"交际花"，其实我们也可以叫她小妖精。小妖精什么样，尹小荃就是什么样。"交际花"尹小荃异常的早熟，异常的鲜艳，所以她的生命也异常短暂，所以她成为一个命薄两岁的红颜。

　　沙发是姐妹哑剧战的诱因，姐妹哑剧战又来自成年尹小跳的回忆，勾起成年尹小跳回忆的则是她家里的沙发，这是"一张三人沙发合两张单人沙发，织贡缎面料，那么一种毛茸茸的灰蓝色，像有些欧洲女人的眼珠，柔软而又干净。沙发摆放的格局是压扁了的 U 字形，三人沙发横在 U 字底，在它两旁，单人沙发一边一个对着脸"。此沙发让尹小跳联想到彼沙发，也就是儿时的沙发：

　　　　那是 60 年代初期，家中有一对绛红色灯芯绒面的旧沙发，沙发里的弹簧坏了一些，冲破了包裹它们的棕和麻，强硬地顶在那层不算厚实的灯心绒下面,使整个儿沙发看上去疙疙瘩瘩,人一坐上去就叽叽嘎嘎。尹小跳每次爬上沙发,都能觉出屁股底下有几个小拳头在打她,她的脆弱的膝盖和娇嫩的后背给坏弹簧硌得生疼。可她仍然愿意往沙发上爬,因为和她专用的那把木板小木椅相比,她在沙发上可以随心所欲地东倒西歪——可以东倒西歪就是舒坦,尹小跳从小就追逐舒坦。后来,很长一段时间里,沙发这种物质被纳入一个阶级,那阶级分明要对人的精神和肌体产生不良影响的,像瘟疫或者大麻。绝大多数中国人的屁股是不跟沙发接触的,绝大多数中国人的家里软椅也稀少。

随着这番夹叙夹议,姐妹哑剧战获得了宏大的社会历史背景,超越了家庭叙事或者说闺房叙事的范畴。读者的历史记忆也一同被激活。一个业已过去的时代、一个物质非常匮乏精神却很疯狂的时代浮现在读者眼前。在那个时代,沙发也成为政治符号,沙发也具有阶级性。这种事情在今人眼里匪夷所思,在过去可谓顺理成章。在那个把阶级斗争搞得如火如荼的时代,不仅沙发这类物品被赋予阶级性,就连沙发这类词汇也被贴上了阶级的标签。在当时的高等学校外语系,聪明绝顶的教授们纷纷察觉出词汇的阶级性。他们发现"窝窝头"和"拖拉机"这类词汇是好的词汇,是工人农民的词汇;他们发现"面包"和"小汽车"是坏的词汇,是资产阶级的词汇。他们为此绞尽脑汁,克服"词汇空缺"这一头号翻译障碍,把"馒头"和"窝窝头"之类的汉语词汇翻译成英文法文德文。他们也没有白费功夫,因为识别和强调词汇的阶级性被视为高校外语专业教育改革取得的巨大成就,从而成为外语教学必须恪守的准则。今天人们会把物品阶级论和词汇阶级论视为无稽之谈。想当初,这无稽之谈却是少数头脑异常发达、思维异常活跃的知识分子将马克思主义活学活用的结果:社会存在决定社会意识,要铲除资产阶级意识,就必须远离资产阶级生活,面包和小汽车则是资产阶级生活的组成部分……那时的知识分子常常产生这类奇思妙想,他们的奇思妙想似乎反倒印证了革命导师的一句论断:高贵者最愚蠢。"小汽车,嘀嘀嘀,里面坐着毛主席。"《大浴女》收录的这句童谣与小汽车等于资产阶级的公式可谓相映成趣。值得一提的是,李洱小说《花腔》中的人物也讨论过吃面包算不算过腐朽的资产阶级生活的问题。那土头土脑的反方智慧得让人哑口无言。他的理由是:某某某去巴黎公社下过乡插过队,巴黎公社比新乡七里营人民公社还要早,人家那里都是吃面包,列宁同志也吃过面包,还教导人们说,面包会有的,一切都会有的……

刘胡兰和巴扎嘿

50后和60后的童年和少年时代正是各种运动搞得热火朝天的时代。他们接受的教育和熏陶也是最正宗最彻底的革命教育和熏陶。然而,也许因为狂热的革命理想主义者们不懂也不屑于研究教育心理学或者接受美学,如此正宗如此彻底如此极端的革命教育并未取得人们所预期的教育成果。尹小跳就是很好的一例。当已经成为某出版社副社长的尹小跳从嘀嘀嘀的小汽车里往外探头的时候,"落下的玻璃正挤着她的下巴颏儿,宛若雪亮的刀锋正要抹她的脖子"。这种感觉勾起她对红色教育的如下回忆:

> 每当她想起国民党匪帮用铡刀把十五岁的刘胡兰给铡了,她的喉咙就会"咕噜咕噜"响个不停。那是一种难以言说的惊惧,又是一种莫可名状的快感。那时她就总问自己:为什么最吓人的东西也会是最诱人的东西呢?

当她从车窗外收回她的脑袋的时候,一首在红色年代家喻户晓的歌曲又飘进她的耳朵:"北京的金山上光芒照四方,毛主席就是那金色的太阳,多么温暖多么慈祥把我们农奴的心儿照亮,我们迈步走在社会主义幸福的大道上——哎,巴扎嘿!"对于这首西藏翻身农奴歌颂毛泽东的歌曲,尹小跳是又熟悉又喜欢——因为结尾的"巴扎嘿"。通过反思,她知道自己为什么喜欢"巴扎嘿":

> "巴扎嘿"不是汉语。就为了它不是汉语,当年的尹小跳才会那么起劲地重复它吧,带着那么点儿不明根由的解

放感,像念经,又像耍贫。

通过尹小跳的回忆和感受,我们可以发现红色年代的红色教育搞得过于大而化之,过于粗枝大叶,似乎完全没有考虑儿童青少年的理解力和想象力。如果刘胡兰的故事只是让尹小跳们去血色浪漫或者说黑色浪漫中驰骋想象,那么千千万万的共和国的少年儿童在阅读和倾听董存瑞、黄继光、邱少云的革命英雄事迹时脑子里都冒出些什么念头?才旦卓玛用极富穿透力的嗓子唱出来的歌曲旨在让人知道和理解新中国给西藏带来的社会变迁,尹小跳们却只晓得重复那个让她不解其意的"巴扎嘿"。尹小跳的反应虽属舍本求末和思想跑偏,但是这种反应既不特殊也不个别。举一个小说之外的例子:在那红色年代,《东方红》和《国际歌》天天都回响在人们的耳畔。对于这两首气势无比宏大、内涵无比丰富的歌曲,千千万万共和国少年儿童却不解其意或者一知半解,但是大家都爱唱这个"呼尔嗨哟",爱唱这个"英特纳雄耐尔"。一个土得掉渣,一个洋得让人莫名其妙,但是大家念着好玩,唱着好玩。谁叫语文老师不讲"呼尔嗨哟"是什么意思,谁叫外语老师也不解释"英特纳雄耐尔"。如果外语老师告诉同学们:"英特纳雄耐尔"由"纳雄耐尔"和前缀"英特"组合而成,"英特纳雄耐尔"超越了"纳雄耐尔"的地界和境界,所以"英特纳雄耐尔"好,"纳雄耐尔"要不得。还有:"英特纳雄耐尔"是一个天才的、成功的音译,它既可丰富我们的汉语词汇,又能促进中国人对外文表达的理解力……如果老师把这些东西告诉学生,学生就掌握了有用的语法,就理解了伟大的思想。这种事半功倍、举手之劳的事情共和国的教育者们却没有做。同样,当尹小跳的同学孟由由背错毛主席语录,当她把"革命不是请客吃饭……"说成"革命就是请客吃饭……"的时候,女老师只会着急。她似乎压根儿没想到革命导师使用的是高度文学化的语言,没想到看似直白的毛主席语录常常充满弦外之音,如果没有耐心细致的讲解小学生是理解不了的。何况这个孟由由不仅对于烹调有着超乎常人的兴趣(成人之后孟由由如愿以偿地开起了餐馆),而且有着让人无可奈何的健全理智:革命不为吃饭是为了什么? 同样,当有个学生写出"我们的教室有很多玻璃窗都破了,教室仿佛露出了欢喜的笑脸"这样的句子时,老师非但不对其文学想象力表示赞赏,反倒呵斥学生污蔑教室。老师们这种过于简单、过于外行、必然失败的教育方法,与其归咎于不懂教学法,不如归咎于政治高压。在时代背景之下,教师这种少说为佳的做法其实是明智的,且不说《国际歌》的翻译和阐释是一项鲜为人知的政治高难动作,即便知道谁又会拿来说? 相信当时有不少人已经意识到早播《东方红》晚播《国际歌》有些不对头,意识到二者在思想上存在正题-反题关系,形成了奇怪的思想对偶。然而,无论《东方红》还是《国际歌》,它们都不可能出错,它们的地位和国歌一样神圣(在 1943 年的苏维埃共和国《国际歌》还成为其国歌),三者构成了神圣的三位一体,谁敢说三道四? 李洱小说《花腔》中的队长之所以倒霉,就因为他在别人唱"呼

尔嗨哟,他是人民大救星"的时候鬼使神差地唱起了"从来就
没有什么救世主,也没有神仙皇帝"。

批斗会和捉奸

批斗会是 20 世纪六七十年代的标志性社会事件,搞得最
热闹、最刺激、最令人刻骨铭心。批斗会是大大小小的 50 后和
60 后必然要接受的精神洗礼。《大浴女》描写的批斗会是一场
校园露天批斗会,批斗对象是"女流氓唐津津",一个因为非婚
生子而被打成女流氓的数学老师。唐津津批斗会让一年级新
生尹小跳一开始感觉很自由、很新鲜、很热闹、很好玩。在这里
没人管你的坐姿,在这里还可以跟大家一起举起胳膊喊口号。
但这批斗会开始之后很快就野蛮化、残酷化、丑陋化。尹小跳
看见特别能战斗的批斗者对柔弱的被批斗者滥施拳脚,还看见
他们别出心裁地把一个盛着屎尿的茶缸放到唐津津跟前叫她
喝。为了避免自己的非婚女儿身份暴露,为了避免女儿终生背
负耻辱,宁死不屈的女教师凛然接受了这"屎尿刑",一气喝下
盛在茶缸里的屎尿。尹小跳跑回家之后便赶紧漱口,而且漱得
自己直呕吐(读者也想漱口和呕吐)。唐津津批斗会触目惊心
地展现了政治运动员的邪恶与凶残,但小说所揭示的还不只是
政治运动员的邪恶与凶残。这里还有人性的阴暗和群众运动
的复杂性。声讨唐津津非婚生子,与其说是僵化的中世纪道德
观念作怪,不如说是其他动机,包括口淫和意淫。谁让唐津津

长得好看？唐津津批斗会也许接近或者超过了欧洲中世纪宗教裁判所的野蛮和残酷,但是它肯定赶不上宗教裁判所的偏执和严肃。且看街道主任如何上台补充唐津津的罪行:

> "还有,据邻居反映,唐津津在学校假装朴素,在家里一贯是资产阶级生活方式——她养猫,对猫比对人还好,有一天她竟敢坐在院子里抱着猫和猫亲嘴儿——我的老天爷,和猫亲嘴儿呀!"
>
> "哄"的一声会场爆发出一阵大笑,紧接着又转化成一片更加愤怒的口号:打到女流氓唐津津!

就这样,在众目睽睽和众人的掌声中,禁欲和纵欲、正经和放荡、政治和游戏便堂而皇之地调了情,通了奸。

唐津津批斗会是一个悲剧性事件,因为它不仅让唐津津受刑受辱,而且导致了唐津津自杀。但唐津津批斗会又超出了悲剧的范畴,因为它"热闹而又杂乱",因为它在热闹和杂乱中已经演变为戏剧和狂欢。由于政治运动员及其观众的粗鄙和滑稽,这场批斗会已经演变成为一个怪诞事件。

唐津津是批斗会的牺牲品,他的弟弟唐医生则死于捉奸。事情是这样的,有一天,唐医生和一个护士在宿舍里做爱,不料一群人突然破门而入。惊恐万状的唐医生跳出窗外,在众人的追逐和围观下光着身子和脚丫子穿过院落冲上煤堆爬上高烟囱,最后从那里飞腾而下……唐医生死得冤,死得惨,死得很怪诞。捉奸,这是一个恍若隔世而又太富中国特色的词语,在西文里面很难找到现成的对应词语。实在要翻译,恐怕也只能做阐释性翻译,譬如:"对既无婚姻关系,也无性交易关系的做爱男女实施的突袭式抓捕。"捉奸的对象是广义的通奸者,也就是所有既无婚姻关系也无性交易关系的做爱男女。众所周知,广义的通奸者最多触犯道德,但不会触犯法律。但是,在当时,捉奸者不仅以道德卫士自居,而且总是以执法者的身份出现在通奸者面前,把通奸者当刑事犯或者准刑事犯对待,通奸者则是个个心虚,个个理亏,见到捉奸者就像老鼠见到猫。捉奸者自然是在法律灰色地带或者说法律和道德的中间地带对通奸者进行审判,通常给他们定流氓罪。惩罚流氓罪的形式则是五花八门:审讯,游街,胸前挂牌挂破鞋,裸体展览,被单位记过、处分乃至开除,等等。捉奸成为司空见惯的群众狂欢,随着一次次的捉奸,无数人的尊严被践踏,无数人的前程被断送,无数人的生命被摧毁。《大浴女》的叙事者对当时人的捉奸嗜好进行了如下总结:"'捉奸'是令人兴奋的,'捉奸'前的设计、部署、准备和'捉奸'的场面总给人一种欢天喜地之感,捉奸是对发生奸情的狗男女最无情最彻底的惩罚。捉奸是捉奸的所有参与者释放性欲的最光明正大的一个响亮渠道。捉奸也是那个枯燥的时代里能够鼓荡人心的文化生活。"

《大浴女》叙述者发现的枯燥辩证法道出了那个性压抑和性荒漠的时代的悲哀。唐津津和她的弟弟一个死于批斗会,一个死于捉奸,但如果用"文革"术语讲,姐弟俩都属于流氓问题。

这流氓问题恰恰是六七十年代的一个大问题,这一问题的根源就是枯燥:枯燥造就流氓——包括真正的流氓和被打成流氓的流氓,枯燥也激发人们对流氓的兴趣,所以人们热衷于捉奸、捉流氓、听流氓故事。所以,流氓与非流氓、流氓与反流氓之间便有了非常微妙的关系:反流氓与非流氓一方面敌视和蔑视流氓,一方面又对流氓充满好奇和羡慕。对于前者而言,一个流氓等于一部三级片。捉奸者可以戴着道德审判官的面具听流氓讲述流氓故事——这相当于免费看一场三级片。王小波小说《黄金时代》和余华小说《兄弟》里面那些审讯者就属于这种类型。《大浴女》写小崔总把审问他的问题老婆唐菲作为房事序曲也有异曲同工之妙。对流氓感兴趣的非流氓要听流氓故事,就只好用烟酒或者饭局贿赂流氓——这相当于花钱看三级片。余华塑造那个李光头之所以从一个人人喊打的厕所流氓变为众人贿赂的英雄,就是因为贿赂者想听他细细描述他在厕所里面偷看的女人屁股。最具讽刺意味的是,身为李光头流氓活动的牺牲品的童铁匠(他老婆也在被偷看者之列)最后也来贿赂李光头。如是观之,非流氓和反流氓其实是流氓的精神寄生虫,他们跟流氓一样又滑稽又可怜。这些流氓和反流氓都是社会的产品,但是这种复杂心态并非那时人独有,这是扭曲的人性。

总　结

　　歌德在瓦尔泽小说《恋爱中的男人》中说过："在德国，一本好的小说总是一个例外。"这话听似戏言。德国从歌德时代起就被誉为诗人和哲人的国度，好的小说怎么成了例外？但歌德或者瓦尔泽说的却是一句大实话，是一句需要稍加补充和阐释的大实话。的确，德国不乏好作家好小说，但20世纪以前的德国作家一直写不出法国、英国、俄罗斯作家写出的那种气势恢宏的社会小说，他们的小说也一直未能走向世界。其中一个重要原因就是德国缺乏波澜壮阔、复杂而动荡的社会生活。找不到社会素材的德国作家只好扬长避短，把目光转向人的内心生活，纷纷创作聚焦个人而非社会的小说：如成长小说，如艺术家小说，如心理和哲理小说。哲理性和深刻性也由此成为德国文学的传统和标志。我们完全可以说德国文学塞翁失马。但是我们也有充分的理由假设：倘若18、19世纪的德国有翻天覆地的社会生活，有复杂而广阔的社会生活，德国就会出更多更好的小说，出更多类型的好小说。我们做这种假设，也是因为受到德国文学史给人的启示：三十年战争的灾难引出一本《痴儿西木传》，第一次世界大战之前德国乃至整个欧洲的危机氛围和动荡生活造就了托马斯·曼、穆齐尔、卡夫卡、德布林等德语现代经典作家，第三帝国这一空前的历史灾难则为走向世界的德国当代小说提供了丰富的素材。这并非偶然：人生之不幸往往成为艺术之大幸。这个道理作家艺术家大都明白。走火入魔的唯美主义者甚至祈盼不幸。当作曲家比才听人讲未来社会将充满理性道德和谐,未来社会不再有凶杀偷窃通奸的时候,他不禁潸然泪下。而比才落泪是因为这样一个问题:如果没有凶杀偷窃通奸,《卡门》的素材哪里来?

比起德国作家,中国作家从来不缺文学素材。十年"文革"就是一个取之不尽用之不竭的文学采石场,是我们当代文学的宝贵素材。故而"文革"叙事大有作为。正因如此,伤痕文学刚一出现就在中华大地掀起一阵空前绝后的文学热,伤痕文学作家也由此成为万众瞩目的文学明星(《大浴女》用方兢这个形象给他们留下了永久的文学纪念)。但也许因为伤痕文学作家自身就伤痕累累(方兢就有一条极富象征意义的"瘦骨嶙峋、伤痕累累的胳膊"),伤痕文学倾向于控诉和感伤,似乎难以摆脱黑白思维和个人恩怨。换句话说,"文革"叙事不能止于伤痕文学。令人高兴的是,在 50 后和 60 后这些"文革"小孩儿加入"文革"叙事的行列之后,"文革"叙事明显有了新角度、新花样,"文革"叙事出现了新气象。

《大浴女》的"文革"叙事之所以让人感觉新鲜,是因为这里没有刻板化、片面化、简单化的社会画面。小说刻画的不仅仅是政治高压和政治狂热,不仅仅是禁欲和教条,也不仅仅是焦虑恐惧痛苦悲伤。我们在这里还能看见平常的生活和平常的快乐,我们清晰地感觉到旺盛的生命意志似乎不受政治和意识形态打扰,也不受环境和物质条件的束缚,不屈不挠地追求快乐和享受。大人如此,小孩儿亦如此。虽说母亲的红杏出墙和妹妹的死让尹小跳姐妹心里有一种一般小孩儿所没有的沉重,但是这姐妹俩也不乏欢乐时光。父母去外地下放劳动的时候,她们沦为政治留守孩儿,其处境跟现在引起社会普遍关注和同情的农村打工留守孩儿一样可怜,但是姐妹俩浑然不觉,把留守孩儿的生活过得有滋有味(妈妈回来的时候还会拿红烧鲤鱼款待)。她们跟小姐妹凑一起的时候,多半讲吃讲穿,而且一边议论一边实践,同时还把《苏联妇女》杂志当享受指南。她们既享受家常小炒也享受西餐西点。描写姑娘们的快乐和幸福憧憬的时候,《大浴女》从来不吝笔墨,叙事者似乎也不怕人说。叙事者信奉一种脚踏实地的人生哲学:平凡的快乐也是快乐,庸俗的快乐也是快乐。况且小孩儿也有不少既不平凡也不庸俗的快乐。她们也读《苏联妇女》上面刊载的小说,偶尔还能听点政治幽默。譬如,孟由由的姥姥把"尼克松"听成"一棵葱",老太太也弄不懂毛主席跟尼克松"亲切友好的会见"怎么才进行了七分钟(气氛中)。但是,如果说"文革"孩儿们的快乐是单纯的快乐,"文革"期间大人追求和得到的快乐就不得不打点折扣,因为他们的快乐常常带有几分尴尬、复杂、辛酸乃至罪孽。苇河农场的山顶小屋是下放劳动的知识分子夫妻的周日圆房窝,为了在八小时之内尽早进入这个对八十对夫妻开放的圆房窝(这是在艰苦环境中采取的一项人性化的温和应急措施),需要同房的夫妻遭遇了难以言说的艰难和尴尬("山顶小屋"那一段真是不朽篇章);章妩与唐医生偷情,也为了逃避农场劳动,必然带有交易性质；他们俩的偷情很欢快很保险很划算，但尹小荃的死却给他们的快乐时光罩上了阴影；唐菲称心如意地进了好单位，找到好工作，但她是用自己的肉体铺路；唐医生跟女护士做爱无比的快乐，但是他遭遇捉奸，付出了生命的代价；捉奸者在捉奸活动中找到自己的快乐，但是捉奸者也有难言之隐……通过《大浴女》可以看到，"文革"革不断人的欲望，革不掉人的本性，"文革"人照样要吃要睡。无论红色运动如何轰轰烈烈，如何充满禁欲色彩，它也无法改变生活的本色，也就是食与色。

很显然，包括《大浴女》作者在内的 50 后和 60 后质疑"文革"的严肃性、单纯性、彻底性，他们看出了这段特殊历史的多义性、复杂性、荒诞性。所以，他们谈起"文革"不会愤愤然，他们叙述"文革"历史的时候可以做到轻松、冷静、超然，甚至做到宽容——强大使人宽容。他们的目光是一半嘲讽，一半宽容。他们眼里没有纯粹的好人与坏人，没有一成不变的好人与坏人。他们不仅对"文革"人、而且对"文革"的语言也比较宽容，所以他们喜欢戏仿"文革"语言，包括领袖语录和大字报。《大浴女》也是戏仿之作。所谓戏仿，也就是在批判中玩味，在批判中保留。戏仿者对戏仿对象或多或少有些留恋。这也难怪。如果尹小跳十二岁就会使用"是可忍孰不可忍"这样豪迈的语言，长大之后她自然不会轻易满足于小资语言。顺便说说：戏仿是一种走到世界任何地方都会得到赞赏的文学手法，但是戏仿也可能让中国文学走向世界变得更为艰难。譬如，当叙述者不打引号地说苇河农场知识分子恨不得滚一身泥巴踩两脚牛粪的时候，海外汉学家十有八九不知道叙述者在戏仿，更不知道在戏仿谁。

"文革"发生在 50 后和 60 后的眼前身边，他们对"文革"当然有亲身体验；不过，他们在"文革"期间还是大大小小的小孩儿，看什么都是热闹，看什么都是青蛙视角，所以他们对"文革"历史天然保持着一段距离，天然充满疑问。"文革"之后他们接受各种新思想，进行了自由的思考，反观过去的时候他们也就有了飞鸟视角，就从昔日的热闹当中看出了门道。所以，他们不仅写痛苦和苦难，而且写出了怪诞和荒诞，让读者一边落泪一边发笑，最后望着人性的深渊和人性的极限发蒙，发呆。

《大浴女》是一本好书。

向怪诞艺术家余华致敬

——读余华的《第七天》

《第七天》还没上市我就一气读完。这本书我非常喜欢,读到一半的时候就迫不及待通过短信向余华讲述阅读感受。我在第一条短信里写道:"中国人的悲惨和善良都让你写绝了。有了你这本书,谁还敢把我们视为文学第三世界。"我在第二条短信里称他为"怪诞写法第一人"。对此余华回答说:"怪诞是个新概念。"

《第七天》读到一半得出的结论,我至今也没有改变。我认为,这本小说有三大亮点:一是有文献价值,二是有批判锋芒,三是有艺术创造。下面我就谈谈这三点。

《第七天》一望而知是一篇社会批判小说。它记录了诸多社会现象或者说社会乱象,譬如:贫富悬殊,暴力拆迁,食品安全,事故瞒报,警民冲突,维稳,小三,器官买卖,等等。当今中国人非常熟悉也非常关切的许多社会事件都被这部小说记录在案。令我不解的是,这成为许多人抨击这部小说的主要理由。俏皮者还抛出"新闻串烧"论。"新闻串烧"论本是一种缺乏常识的论调,但它却产生了一呼百应的效应。我们必须回应。

首先要说明的是,小说可以写社会新闻。小说本来就有文献功能,而且它本身就是一种媒体。我们读小说,一个主要目的就是了解我们的历史,我们的社会。我们甚至希望小说的知识信息多多益善。在此我引两位权威人士的话来阐述这个简单的道理。一个是 18 世纪法国女作家斯达尔夫人。她说过,小说是对历史叙事的有效补充,小说家通常会关注并记录史学家所忽略的日常史、心灵史。如果没有小说,我们恐怕很难看到或者了解某个国家、某个地区的人们在一两百或者三百年前如何生活、有何感受,他们又如何表达自己的喜怒哀乐。因此,我们要把眼光放长远一点。不能因为一本小说描写的事情让我们感觉似曾相识就对小说进行否定。我们可以向自己提个"无私"的问题:《第七天》写的事情老外知道吗? 后人知道吗? 如果要来点偏激,我们就说这本小说是写给老外、写给后人看的。我们还可以说老外和后人对这本小说的价值也有发言权。

我要引述的另一个权威是恩格斯。曾何几时,恩格斯致玛·哈克奈斯的信在国内文学圈可谓路人皆知。他对巴尔扎克小说的文献价值的赞誉可谓登峰造极。希望大家不要误会。我无意拿余华跟巴尔扎克比较,也无意讨论《第七天》是否是一本批判现实主义小说。我只想谈两点感触:第一,小说的文献价值在媒体时代也丝毫不减。可能许多人都忽略了一个基本事实:不管我们如何哀叹小说在媒体时代怎样受挤压,小说依然是一种诱人的、强势的媒体。我们不仅喜欢通过小说了解我们的当代社会，我们也喜欢通过小说来了解历史。一个普通读者如果想了解清朝社会，读一本《红楼梦》恐怕要比去图书馆查阅史书合算。我是乐观主义者。我不相信小说会死去。第二，我们的文学评论在改革开放以来明显矫枉过正，对社会学套路避之唯恐不及。就我们的当代文学评论而言，我们似乎比较热衷于"内部研究"，"外部研究"反倒成了西方人的嗜好和长项。我们的当代小说成为他们了解中国文化、历史、社会的捷径。余华小说的海外评论也是很好的例证。

《第七天》的第二大亮点，是其批判锋芒。伟大的文学，都是批判文学，好的作家，一定是对社会和人性持批判立场的作家。众所周知，余华小说都是犀利而深刻的批判小说。《第七天》更是一则尖锐的社会批判。这部讲述游魂故事的小说，其主人公都是穷人、弱者、普通人，都死得很惨很冤。读者看到的，是一个充满物欲横流、尔虞我诈、弱肉强食、山雨欲来的当代社会景观。这是我们熟悉的社会景观。《第七天》写的就是当今中国人的生活之艰难之悲惨。我们不仅听说"全中国只有两个地方的食品是安全的"：一个在国宴，一个在阴间；我们还看到"朱门酒肉臭，路有冻死骨"的贫富悬殊似乎已经蔓延到阴间。因为这里的富人不知道"一平米的墓地怎么住"，其他人则是要么庆幸自己的墓地买得早，要么感叹现在"死也死不起"。有自知之明的杨飞很清楚，他的骨灰不仅无处安放，也无法撒向茫茫大海，迎接其骨灰的，只能是"扫帚和簸箕，然后是某个垃圾桶"。更加骇人听闻的是,小说最终把"死无葬身之地"宣布为中国人的理想居所。余华写《第七天》,似乎是要兑现他曾经许下的诺言,即写出"国家的疼痛"。

《第七天》的最大亮点,首先在于其怪诞手法。余华觉得怪诞概念很新鲜。我感到有些意外。后来我才明白,这是我们学术界或者说翻译界的术语混乱造的孽。人们把荒诞和怪诞这两个外来概念搞混了。前者是 absurd,指的是现实图景和思想意识,后者是 grotesque(英语,法语)或者 grotesk(德语),指的是艺术表现手法。怪诞和荒诞是两个密切相关的概念。借助怪诞,才能写出荒诞,荒诞的现实则需运用怪诞手法来表现。既然如此,什么叫怪诞手法? 所谓怪诞手法,就是让恐怖与滑稽交织在一起的艺术手法,就是在恐怖中看见滑稽,在滑稽中又感到恐怖。怪诞艺术通常需要死亡和疾病做依托。它所产生的艺术效果与黑色幽默类似。创造怪诞艺术,需要发达的想象力、严密的逻辑、宽广而自由的精神世界。所以,怪诞艺术是高级的艺术,伟大的艺术。《第七天》一开篇就是怪诞描写。第三自然段最后那几句话甚至堪称不朽:"有一种奇怪的感觉出现了,我的右眼还在原来的地方,左眼外移到颧骨位置,接着我感到鼻子旁边好像挂着什么,下巴下面也好像挂着什么,我伸手去摸,发现鼻子旁边就是鼻子,下巴下面就是下巴,它们在我的脸上转移了。"我向人推荐《第七天》,总是先给人朗诵这一段。不久前我跟几个北大的同事聚会时也拿这一段来念了念,当场就有聪明人点评说,这是毕加索的绘画(看来日后为《第七天》做插图的只能是毕加索的徒子徒孙）。血肉横飞的恐怖场面让余华写出这种效果，我们不崇拜他崇拜谁。

卡夫卡是我们非常熟悉的怪诞艺术大师。他的作品一方面充满恐怖、压抑、绝望，另一方面，他的字里行间自始至终充满讽刺、幽默、滑稽。他的《变形记》就是怪诞艺术杰作。这篇小说一开始就是怪诞描写：门外是家人和上司的催促、威胁、哭泣，在屋内，大难临头的格里高尔一面忧心如焚，一面冷静地思考如何拖着自己的虫身下床、开门。令人惊讶的是，卡夫卡讲述格里高尔的故事时从头到尾都很关注格里高尔的"虫性"，几乎不放过任何技术细节，连甲虫爬过之后留下多少脏兮兮的黏液也要提一句。此外，考虑到格里高尔是条虫，小说最后都没有说他"死了"，而是说他"嗝儿屁了"（德语词是 krepieren，专指动物毙命）。据说北京土话"嗝儿屁了"是八国联军留下的语言遗产。果真如此，《变形记》的译文应该做相应调整。

《第七天》的怪诞风格同样贯彻始终。这部描绘阴间和游魂的小说，非常注重阴间和游魂的"细节真实"，还不时地拿这些原本非常恐怖的细节来调侃、来玩味。如果说《变形记》因为描写格里高尔的"虫性"而妙趣横生，那么，《第七天》就因为关注和玩味人死后尸体都要腐烂这一令人恐怖也令人恶心的生物学事实而大放异彩。它所塑造的骨骼人即骷髅人既栩栩如生，又"真实可信"。可以说，卡夫卡怎么写甲虫，余华就怎么写骨骼人。譬如，骨骼人戴黑纱的时候"袖管里显得空空荡荡"，两位骨骼棋友哈哈大笑的时候"一只手捂住自己肚子的部位，另一只手搭在对方肩膀的部位,两个骨骼节奏整齐地抖动着";听到初来乍到的杨飞描述父亲"很瘦的样子",资深骨骼人便打断说"这里的人都是很瘦的样子";骨骼人谭家鑫还得意扬扬告诉杨飞,到了阴间"人会越来越瘦",最后"个个都是好身材";鼠妹因为即将火化,所以感叹自己不再害怕会让她的尸体慢慢腐烂的春天,送她去火化的骨骼人则调侃说,现在"春天就是那边奥运会的跑步冠军也追不上你了"。同样令人惊异的是,李月珍带着那 27 个悲惨无比的弃婴在阴间穿越一片芳草地时,这些在地面爬行的婴儿还因为"青青芳草摩擦"脖子产生"痒痒的感觉",所以全都"发出咯吱的笑声"。

《第七天》的怪诞艺术也用到了此岸。譬如,鼠妹在 QQ 空间宣布要自杀之后,网友们不仅不劝她打消自杀念头,反倒围绕如何才死得舒服、死得悲壮、死得顺利的问题为她出谋划策,后来鼠妹的自杀现场又变成了看热闹的闲人和可疑小贩的狂欢。又如,卖肾的穷人遭遇肾贩子请兽医来切肾,无奈之中,他们只好自我安慰:"兽医也是人,切了多了熟能生巧,医术可能比正规医院里的外科医生还要高明。"再如,把新生儿的尸骨称之为"医疗垃圾",这是余华从荒诞现实中信手拈来的素材,死婴抛弃事件的后续风波却是余华的怪诞手笔:死婴垃圾说招致的舆论压力迫使政府摆出二十七个骨灰盒,以示医疗垃圾得到"人的待遇"也就是火化。但接着有人爆料,李月珍和死婴的骨灰是从当天烧掉的别人的骨灰里面分配出来的。这一传闻导致其他死者的亲属"纷纷打开骨灰盒,普遍反映骨灰少了许多,虽然他们之间没人知道正常的骨灰应该有多少"。政府官员的麻木和虚伪与老百姓的轻信和愚昧可谓相映成趣。

说到这里,有关《第七天》与媒体新闻有何区别的问题已经不难回答。这可以从两个方面讲:一方面,当今的中国已经荒诞到难以被艺术超越的地步。余华说他很妒忌现实,这既是他本人的心里话,也表达了当代作家艺术家的共同心声。从这个意义上讲,《第七天》或者说余华捡了当下现实的便宜。另一方面,怪诞等艺术手法的运用,使余华成为一个点石成金的作家。他可以把接近荒诞的现实推向荒诞,可以让荒诞的现实变得更加荒诞。同时需要指出两点:第一,《第七天》的怪诞艺术之所以炉火纯青,是因为余华对怪诞艺术早已驾轻就熟。怪诞笔墨在其早期作品里就已比比皆是。第二,余华的怪诞不同于卡夫卡的怪诞。他擅于冷暖搭配,擅于一手写冷酷、压抑、黑暗,一手写光明、温暖、纯洁。我不知道读卡夫卡的作品有多少人落泪,但是我知道余华的作品很容易把男人变成女人,让男人也潸然落泪。《第七天》也不例外。这部小说一面进行令人绝望的社会批判,一面书写催人泪下的人性童话。既写此岸的童话,也写彼岸的童话,前者如鼠妹的爱情,如杨飞父子之情,后者就是充满和谐、平等、温柔的骨骼人部落。我至今也没想明白余华怎么能够在同一部作品里创造两个本是水火不容的世界。

说到余华的怪诞艺术,我想起一位试图在余华和《第七天》的批评者之间劝架的学者。这位学者认为,"中国读者更乐于接受悲剧性的叙事风格",言外之意是中国读者接受不了怪诞艺术。对这一高论,我实在无法苟同。他所说的"审美趣味的差异",并非"中西读者"的差异,而是阳春白雪和下里巴人的差异。我想,我们中国读者还不能整体沦为下里巴人。

最后,作为一个搞外国文学的,我想来一句肺腑之言:我对余华的敬意,也是对我们中国当代文学的敬意。我为我们的当代作家,尤其是以 50 后和 60 后为主体的实力派作家感到自豪。他们的优势既来自素材,也来自思想。中国的飞速发展和对外开放,使他们在短短几十年里见识和经历了几个世纪几个时代的生活和思想,他们的内心世界由此变得复杂而丰富,他们的思想变得异常自由而活跃,所以他们几乎不约而同地走向怪诞,不约而同地书写荒诞,直逼人性的深渊和人性的极限,让好人与坏人自由转换。受宗教传统和启蒙普世价值的双重熏陶和制约的西方作家,很难像我们的当代作家这样忽左忽右,上下翻飞,相应地,他们的作品也没有这么五彩斑斓。我这么说话,是因为我把自由而非信仰视为文学创作的根本前提。我知道,许多人并不这么看。

德国文学的难言之隐

——中德文学异同谈

2015 年 5 月,中国网围绕中、德两国文学异同这一话题对黄燎宇教授进行了采访。黄教授指出,各个国家都有难言之隐,德国也不例外。由于政治原因,德国文学几乎没有一本描写纳粹德国日常生活的小说,没有一本反映生活在纳粹德国的普通民众(犹太人和地下抵抗者不属于这个范畴)的思想和感受的小说。这是一个很大的缺憾,因为小说也是历史文献,可以让我们看到在一般的史书中看不到的心灵史和微观历史。这一问题当今的德国人普遍没有意识到。他们以为自己很自由,他们喜欢谈论和指责别国的不自由,尤其是中国,这实际上暴露出自己的无知、傲慢和偏见。

中国网:黄老师,您好! 您是研究托马斯·曼和马丁·瓦尔泽的专家。您曾经说过:"谁讨厌托马斯·曼,我讨厌谁。"而马丁·瓦尔泽曾经批判过托马斯·曼,您为何会同时喜欢这两位作家呢?

黄燎宇:我对托马斯·曼的钟爱由来已久。我也说过:"谁喜欢托马斯·曼,我喜欢谁。谁讨厌托马斯·曼,我讨厌谁。"
不过,我是在阅读托马斯·曼研究文献时发现马丁·瓦尔泽
的。1975 年,在托马斯·曼诞辰一百周年之际,瓦尔泽写了一
篇题为《反讽作为最高级的食品或者高贵者的食品》的檄文,对
托马斯·曼进行猛烈批判。我一看到这文章标题,就被深深地
吸引住了,我认定这是一个绝顶聪明的人,于是就开始关注他。

从语言外观来看,这两位作家的差别很大。托马斯·曼喜
欢长句,马丁·瓦尔泽喜欢短句。托马斯·曼的一个句子可以
有三百多单词。而马丁·瓦尔泽初期写长句,晚期写短句。关
于这个转变,有一个很有意思的八卦。有一次,瓦尔泽写一个
长句时岔了气,差点把命丢了。从此以后他就只写短句。不
过,这两位都是具有"德意志特色"的作家。其具体表现为:第
一,语言的思想密度大。他们具有深刻的思想,对德国历史和
民族精神发表过诸多发人深省的见解。第二,可以提供高级娱
乐,也就是智性快乐。他们是反讽大师,但反讽是一种需要经
过思考才能理解的美。第三,他们都是很博学的人,他们的作
品就是大百科,从中可以学到关于德国和欧洲的文化、历史以
及思想史。知识传播是文学的一大功能,他们作品便很好地履
行了这一功能。

中国网:您认为文学还有哪些功能?

黄燎宇:根据流俗之见,文学就是煽情滥情,就是咬文嚼字
或者风花雪月。我是一个文学帝国主义者,我认为文学还有更
为广泛的功能,如哲学认识功能、历史文献功能、娱乐功能、逻

辑训练功能等等。特别要说明的是,文学常常对正史即大历史的书写形成补充,后者常常存在两个盲区:一是心灵史,二是日常史。在那些宏大的历史叙述中,你看不见普通人想什么、说什么、吃什么、用什么,看不到人们彼此之间如何交往、如何交流。当然,现在的历史研究中已出现专门研究日常史的社会史流派,相关的研究为我们了解日常史提供了大量材料,但读这类书籍总不如读小说获取史料来得轻松、自然、真切、愉悦,不管我们读的小说是否为经典的社会小说和历史小说。

读亨利希·曼的《臣仆》,可以见识德皇威廉二世的言论和他在民间的形象和威望;读托马斯·曼的《魔山》,可以了解 19 世纪末、20 世纪初瑞士的山顶疗养院中的饮食起居,他的《布登勃洛克一家》则是一部 20 世纪德国中产阶级家庭的生活指南;看海因里希·伯尔和马丁·瓦尔泽,可以很好地了解德国 20 世纪五六十年代的社会生活;读欧根·鲁格的《光芒渐逝的时代》,则可了解东德的家庭和社会生活。需要强调的是,德国作家普遍具有实证主义的美德。他们在写作之前通常要对小说中所涉及历史或者学术话题做不少考证和研究。为了写一本小说,有的作家会拿出写博士论文的劲头来查阅文字材料,或者进行实地考察,或者向"活辞典"即有关专家咨询等等。这样写出来的小说,很可能成为寓教于乐的大百科。读者从中可以学到很多东西。

中国网:您刚才提到德国文学作品的特点或者优点,当代德国文学也存在什么问题吗?

黄燎宇：有一个很明显的问题，这就是政治原因妨碍创作自由。这体现在德国当代作家没有写出一本反映第三帝国日常生活和日常感受的小说。这话听起来有些刺耳、离谱，道理其实很简单。对于普通的德国人（不包括犹太人和各类异见人士及地下抵抗人员）而言，第三帝国可谓丰衣足食、秩序井然、业余生活丰富多彩。对于不谙世事的小孩子来说，还可能是"阳光灿烂的日子"。德国的一位联邦议院议长曾在一次演说中说道，如果希特勒的政治生涯止于 1938 年，如果他不屠犹不发动战争，他有可能成为德国历史上最成功的政治家。原因是他的内政搞得太好。虽然这位议长因为这番言论被迫辞职，他陈列的诸多"干货"却值得我们正视和思考。可以想象，如果当时的一个普通的德国人不去关注或者不在乎周围是否有犹太人消失，他的日子可能会很充实、很舒服、很阳光。对于他来说，生活的主旋律并不是黑色恐怖，不是血雨腥风。可是，谁敢这么写小说？谁会这么写小说？在长期的政治教育之下，第三帝国的过来人多半会有意无意地给自己的历史画卷上增添一些暗色调。

瓦尔泽的自传体小说《迸涌的流泉》就很好的例子。这部小说以小孩的视角讲述了第三帝国。瓦尔泽曾经在散文中回忆过自己的少年时代。他承认自己当时很幸福，同时也承认几十年后，当他得知在他享受生活的时候，犹太人却被源源不断地送往灭绝营，那种感觉很怪诞、很难堪。再后来，等到他写小说的时候，他明显给自己的少年时代加了一些暗色调，描写了纳粹肆虐给日常生活造成的影响。尽管如此,他还是惹到一点麻烦。有评论家就质问他的小说里面为什么没有出现奥斯维辛。这是典型的政治教条主义。因为这是一本儿童视角的小说,小孩哪知道这么多政治?而且,纳粹德国将灭绝营几乎全部建在国外,建在东欧,其中一个原因就是让老百姓"眼净",眼不见心不烦。

在此,我可以讲讲我亲身经历的一个事情:几年前我去魏玛开会。会后跟其他参会者坐大巴去七公里外的埃特尔斯山参观布亨瓦尔德集中营旧址。德文中"布亨瓦尔德"的意思是"榉树林",而我对植物很感兴趣,所以我请同行的德国教授把山毛榉指给我看。结果发现,那里根本就没有这种树。后来据研究历史出身的导游讲,布亨瓦尔德这个听起来非常浪漫的地名其实是纳粹精心构想并且由希姆莱拍板敲定的,目的在于掩人耳目,避免人们从埃特尔斯城堡王宫联想到魏玛王宫和歌德、席勒——把歌德、席勒跟这种事情扯在一起肯定不妥。

描写第三帝国历史的最佳人选自然是第三帝国的过来人。他们中间不少人写了回忆录,但他们不写小说,他们不敢写小说。随着时间的推移,经历过第三帝国的整整一代人即将离开人世。他们给德国文学留下一个永远的空白和永远的遗憾。

中国网:据您所知,中国文学在德国的接受情况如何?

黄燎宇:不太好。中国文学走出国门面临很多困难,原因是多方面的。首先,两种文学的区别很大。一般而言,中国文学故事性强、细节多。而德国文学注重思辨、重语言,思辨的结果常常直接反映在语言上面。因此,德国人会觉得中国人太啰唆,中国人会觉得德国人太无趣。其次,翻译不好。德语是一种立体结构,由"因为-所以""虽然-但是""如果-那么"等一系列的连词构建而成。而中文是线性结构,讲究排比和对仗。如果直接将汉语翻译成德语,这不仅不符合德国人的阅读习惯,有时他们甚至要怀疑中国作家的思维能力。有些人认为,译本质量差是中国文学难以获得诺贝尔文学奖的最重要的原因。而莫言之所以获奖,不仅其英译本质量很高,德文版本也很不错。三是欧洲中心主义。许多德国人习惯站在政治和道德的制高点看中国,所以本能地从中国文学里找政治批判素材。德国人在看本国文学的时候比较唯美,看重艺术性和思想性,作品越复杂越精致就越好;看中国文学的时候则倾向"重口味",乐见感伤文学、控诉文学甚至口号式文学。读中国文学的时候,他们很容易忘记一条文学普世价值:写出人性复杂的文学才是伟大的文学。

中国网:在德国比较受欢迎的中国作家有哪些?

黄燎宇:除了那些所谓的"流亡作家"和异见作家之外,比较受欢迎的有莫言、余华、李洱、闫连科、阿来。总的说来,德国人对中国文学的接受度和欣赏度低于英国、法国、意大利。一个明显标志就是他们不乐意给中国作家颁奖。德国的文学奖很多,但是涉及中国文学的时候他们很抠门儿。如果不是因为政治偏见或者奇怪心理,他们本可以对不少中国当代文学作品表示欣赏,因为我们有不少作品都符合他们从内容到形式对优秀文学提出的要求，如深刻的批判立场，如通篇的反讽和怪诞。

中国网：莫言在德国的知名度如何？德国人是如何看待莫言获得诺贝尔文学奖的？

黄燎宇：2009 年，巴伐利亚艺术科学院把莫言吸收为荣誉院士，这是马丁·瓦尔泽和科学院主席迪特·波希迈耶尔共同提议和推动的结果。莫言也因此成为唯一的具有德国院士头衔的中国人。德国人欣赏莫言的作品，包括他的写作手法以及高度政治化的话题。莫言拿奖后，巴伐利亚艺术科学院在第一时间表示祝贺，这同时也是一种炫耀，炫耀自己是慧眼识珠的伯乐。但在一些德国人眼里，莫言有很多的政治硬伤，譬如，他是体制内的人，他还是作协副主席。如果他们知道莫言一开始就读于军艺，他们恐怕会严重郁闷，因为这意味着中国人民解放军是诺奖的摇篮。还有，莫言不喜欢在作品之外谈论政治。一些德国人想不通，对中国社会进行如此尖锐批判的莫言怎么在中国如此吃香。最后，他们找到一个能够自认为合理的解释：莫言的写作手法实在太高明，晃过官方的审查。换言之，莫言是一只披着羊皮的狼。由此我们可以看出，他们的欧洲中心主义是有多么的根深蒂固。他们总是从意识形态的角度来看中国，看中国文学。

中国网：一个国家的文学可以在一定程度上反映这个国家的社会现状。目前，中国社会的自由和开放程度是不是也比较高呢？

黄燎宇：自改革开放以来，中国社会整体上一直在朝着思想解放、思想自由方向迈进。经过几十年的积累和操练，中国人的精神自信呈几何级提升。当今的中国社会在思想方面已出现严重分化，不仅有左、中、右，还有极左偏左、极右偏右，甚至还有忽左忽右。有意思的是，不管哪种立场哪个阵营，说起话似乎都很潇洒，都充满了自信，而自信的标志就是嬉笑怒骂，就是玩反讽和戏仿。对内如此，对外亦如此。譬如我有一次在飞机上偶然拿了一份《环球时报》，看见一篇文章，题为《美媒忽悠缅甸别上中国当：宁要美国草不要中国苗》，讲的主要是美国《纽约时报》恶意解读中国和缅甸的合作，指责中国在缅甸的投资使缅甸国内的民族冲突升级。因此，美国"劝"缅甸别上中国的当，和美国保持合作。我很欣赏这个标题，这是一个很有气势、很有文学水准的标题。我这个年龄的人都可以看出，这个标题出自"文革"时期的一句家喻户晓的口号：宁要社会主义的草，不要资本主义的苗。能够写出这一标题，一方面表明我们跟自身的历史拉开了思想距离，能够做到自我戏仿、自我讽刺；另一方面，"文革"的思想经历使我们得以从一个新的角度看待美国。

总之，当今中国出现的思想自信，自然和国家的综合实力极大提升密切相关。但同样重要的是，中国人在过去的几十年里经历过不少的思想洗礼和思想破灭，我们不仅对自己国家的曲折历史有着深切的体验，同时也走出国门考察了西方社会，经过一系列的横向和纵向比较，悟出一些基本道理，有一点点"看破红尘"的意思。如果只看文学，当今中国社会的自由和开放度还是比较高的。文学里几乎什么都写,什么都说。但文学有其特殊性,因为它有虚构成分,有叙事空间,可以成为作家的"隐形飞机"或者说保护伞。因此文学的自由度高于社会平均水平,所以只能说文学在一定程度上反映了一个社会的开放和自由度。

后　记

　　大约两百年前,歌德发表了《说不尽的莎士比亚》一文。该文开宗明义:"对莎士比亚的论述已不计其数,我们仿佛已无话可说。然而,精神的特性就在于永远在启发精神。"从此,"说不尽"不仅成为德语世界永不消失的流行语,而且是文学大家经典的身份标签。

　　拙文所谈论的文学大家,也多半具有千言万语道不尽的特征。所以,我以"说不尽"为题,在这篇后记中给拙文来点补充、总结或者画外音。

　　我从最远的说起。

　　说不尽的莱辛:他是近代德国文学之父,德国文学批评之父,德国民族戏剧之父。德意志第二帝国还把他奉为文化国父,与腓特烈大帝比肩而立。因为,对于普鲁士的崛起,他的文化伟业和腓特烈大帝的赫赫武功同等重要。今天,《智者纳旦》代表着启蒙政治话语,甚至成为联邦德国的政治护身符。每当政治形势变得微妙的时候,人们就把《智者纳旦》搬上舞台。20

世纪 90 年代初,当霍耶斯韦达和罗斯托克出现严重排外事件时如此,美国遭遇"9·11"之后也如此,在难民问题撕裂德国社会的今天,更是如此。德国的政治和文化精英在对待穆斯林的问题上如履薄冰、如临深渊,与智者纳旦的谆谆教导不无关系。遗憾的是,莱辛的思想和作品尚未引起我们的哲学家们的普遍关注。情急之中,我曾呼吁在北大哲学系门口立一尊"莱辛-康德"双子座雕塑,让莱辛和康德跟魏玛德意志剧院广场上的歌德和席勒一样比肩而立。

说不尽的瓦肯罗德:这个文弱、清秀、英年早逝的浪漫青年,给后人留下了一笔影响深远、值得大书特书的精神遗产。没有艺术宗教,哪来的艺术神殿?没有艺术神殿,哪有对艺术的敬畏?今天,我们习惯于衣冠楚楚、仪态端庄地步入剧院、音乐厅、美术馆,从某种意义上讲,这是谁的功劳?有了瓦肯罗德,人们才视艺术如宗教,才把艺术殿堂当神庙。

说不尽的托马斯·曼:读他的书,犹如接受一场思想史的洗礼,许多大话题会扑面而来,如艺术家问题,如民族性和阶级性、启蒙与浪漫的对立,如长篇小说的特性,等等。托马斯·曼还是一部活的经典,他的思想依然对当今的德国知识界产生影响。譬如,谈论德国民族性和文化特性的,几乎没有一个能够绕开他。2006 年德国书业和平奖得主勒佩尼斯如此;有国师之称的政治学家赫尔弗利德·明克勒亦如此,他撰写的《德国人和他们的神话》大段引述了托马斯·曼;前巴伐利亚艺术科学院主席迪特·博希迈耶尔更是如此,他的皇皇巨著《什么是德意志?》(2017)因为频繁引用托马斯·曼而引来德国联邦议院议长诺伯特·拉默特的调侃,说托马斯·曼是博希迈耶尔的"御用作家"。

　　说不尽的马丁·瓦尔泽:他是我的良师,也是我的益友。在瓦老这里,我学习了文学,知道文学语言就是思想者的语言;我也学习了政治,知道德国有"政治正确专政"的存在。此外,瓦老是一个生命奇迹。虽然年过九旬,瓦老依然笔耕不辍,依然思维敏捷、快如电闪,依然跳动着一颗青春的心。出门在外,依然自己拎行李,依然拒绝他人搀扶。

　　说不尽的马塞尔·赖希-拉尼茨基:这位现象级的文学评论家捷足先登,完成了一件令无数同行羡慕嫉妒恨的事情:他把批评活动本身变成了读者和观众的欣赏对象。他克服了文学批评的附属性、寄生性、第二性。他不再是文学中介,他变成了文学作品。

　　赖希-拉尼茨基的批评文字尚未译成中文,中文读者也无缘欣赏其电视书评。但是,从《批评家之死》的中译本的市场反应推断,我们并不缺乏对文学教皇的鉴赏力。因为在日前举行的"新京报2018年中书赏"活动中,《批评家之死》被选为外国文学类的六本好书之一。评委会还将这部小说与哲学家海德格尔和经济学家孙冶方的论著相提并论,说它们都属于"纯粹而艰涩的读物"。对此,也许有无数的德国人会感到诧异。他们阅读《批评家之死》,全都聚焦一个问题:"反犹"还是"不反犹"? 这也难怪。谁让赖希-拉尼茨基是犹太人,谁让德国人发明了奥斯维辛。

说不尽的欧根·鲁格：我和他多次见面聊天，在北京，在柏林，在波罗的海的吕根岛。他的知识、谈吐以及批判意识都给我留下深刻印象。在他的精神世界中，有东方和西方，有德意志还有俄罗斯，有文科也有理科。他的头脑不可能简单。但是，德国主流媒体对《光芒渐逝的年代》的解读却是如此的一厢情愿。这一厢情愿背后，则是傲慢与偏见。因为在两德统一后，西德人几乎都是用胜者的眼光看待东德的一切。殊不知，东德在文学艺术领域没有被打败。包括鲁格在内的一批东德作家不久便异军突起、大放异彩。个中原因，在于东德作家拥有艺术创造所需要的精神财富：思想的矛盾和冲突，五味杂陈的情感，也许还有被侮辱与被损害的体验。而且，东德给他们的政治教育和政治经验也未必是一笔负资产。

弗洛里安·伊利斯，可以成为史书写作的楷模。相关的写作需要政治意识，也需要叙事技巧。

说不尽的余华：今天我要补充的，是有关《第七天》的讨论花絮。

2013 年 7 月 3 日，我参加了在北京师范大学国际写作中心召开的《第七天》研讨会。这是一场带有闭门特征的小型活动。除了我，与会者全是国内的一线文学评论。余华本人到场，以"公开回应来自各界的质疑"。这是一场高水平的研讨会。大家态度认真，说话专业而且到位，语言含蓄有度，而且秩序井然。最后，余华本人做了礼貌而真诚的回应。他特别称赞与会者全都认真通读了《第七天》。

两个月后,由本人出任第一公仆的北大德国研究中心举办了一场学术沙龙,主题就是余华的《第七天》。余华本人到场。这是一场别开生面的座谈会。首先,到会的二十来人都是圈外人,他们来自哲学、法学、历史、政治学、心理学、电影学、外国文学等学科。其次,活动历时四个小时,几乎达到了瓦格纳歌剧的时间长度。第三点也是最重要的一点:本次沙龙八卦多多,调侃多多,笑声多多,有时还接近怪诞,自始至终开得热闹非凡。一位康德哲学大拿跟余华讨论小说中该不该用关系连词、该用多少关系连词,一位做柏拉图和现象学研究的大腕儿自述读《第七天》的时候潸然落泪,但在抹去眼泪之后又问这本小说是否太日神,是否少了一点酒神、少了一点疯癫和陀思妥耶夫斯基。这位哲学家还强调说,作家可以半疯,别全疯就行。沙龙上的非哲学声音也令人难忘。有的赞扬《第七天》诗意、精致和人性之美,有的联想到聚斯金德的《香水》,有的恨不得撬开余华的精神硬壳,以探究其意识的深处,有人把贴近时代的海因里希·伯尔当作前车之鉴来谈论,还有人想知道余华小说中反复出现的林红是谁,等等。

余华则是舌战群儒,妙语连珠,该损的损,该骂的骂,甚至不惜搞自杀式袭击。他说,当代文学都是垃圾,哪个国家都一样:中国每年出版的长篇小说有五千部,未来能够留下几部?淘汰下来的四千九百多本小说不去垃圾桶去哪里? 他还说,海外汉学整体水平不高,因为他们跟着中国学术界跑。他还反问提问者是否想跟他探讨《第八天》，等等。我们很嗨，余华也很嗨，谁都不觉得累，也不在乎吃喝。我们连续作战，仅仅利用中场休息来了一顿简单的盒饭。

余华兄是天才的，同时也是真诚和朴素的。余华沙龙让我们大开了眼界。

最后一个"说不尽"，是铁凝。

我是坚定的铁粉。我酷爱铁凝小说，无论是长篇、中篇还是短篇。读了《哦，香雪》，我不仅为中国乡村的现代化渴望唏嘘再三，而且对中粮公司出品的香雪牌挂面产生了浓厚兴趣，我甚至认为铁凝应该收取商标使用费；读了《午后悬崖》，我联想到卡夫卡和陀思妥耶夫斯基，所以我觉得这篇小说亦可冠名《审判》或者《罪与罚》，当我为小说中的政治讽喻和黑色幽默击掌叫绝的时候，我又觉得可以更名为《1958》；《玫瑰门》和《大浴女》都以"文革"叙事深深地吸引着我，二者的区别，在于一个是管风琴一个是小提琴。值得一提的是，我对《大浴女》的喜爱已经达到大江健三郎的水准。据说，大江喜欢拿《大浴女》赠送友人。我可以请出友人作证。

铁凝的小说，既有厚重的历史叙事，又有细腻生动、机智幽默的语言。这是一个令人惊异的二合一。

同样令人惊异——"惊异是美丽的！"——的是，铁凝的小说天然具有民主化特效，可以瞬间拉近官民之间的距离。读了她的小说，人们很容易忘记她是一位共和国的部长，很容易从铁主席切换到铁凝。也许，铁凝是升级版的尹小跳。我们在

《大浴女》中看到，身为出版社副社长的尹小跳，没有一个同事
叫她尹社长的，他们只会直呼其名：尹小跳。

　　向文学大家们致敬。很高兴跟大家一起读大家。